नियति यही थी

दिल छूने को बेकरार कहानियाँ

अंकित बाजपेई

सन्मति पब्लिशर्स एण्ड डिस्ट्रीब्यूटर्स

ISBN: 978-81-938103-4-7

प्रकाशक

सन्मति पब्लिशर्स एण्ड डिस्ट्रीब्यूटर्स

बी–347, संजय विहार,

मेरठ रोड, हापुड़–245101 (उ0प्र0)

website : www.sanmatiindia.com

email: sanmati555@gmail.com

मो. 8439645104, 09997184964

प्रथम संस्करणः 2018

आवरण

RETROTEK

यह एक काल्पनिक किताब है। स्थानों और संस्थाओं के नामों का प्रयोग केवल कथ्य को प्रमाणिकता प्रदान करने के लिए किया गया है। कहानी में आये सभी चरित्र, नाम और घटनाएं लेखक की कल्पना पर आधारित हैं और इसका किसी भी जीवित या मृत व्यक्ति से किसी भी प्रकार का सम्बन्ध एक संयोग मात्र होगा।

भूमिका

'नियति यही थी' कि मैं इस पुस्तक को पढ़कर इसके साथ जुड़कर इसके विषय में कुछ लिख जाऊं, जिसके विषय में मैंने पहले कभी सोचा नहीं था।

अंकित बाजपेई जी की यह पुस्तक इस सिद्धांत को पूर्ण एवं प्रत्यक्ष रूप से प्रतिपादित करती है कि 'उम्र से अनुभव का कोई ताल्लुक नहीं होता।' केवल आवश्यकता होती है अपने आंतरिक संसार में व्याप्त ऊर्जा को पहचान कर उसे समझने की। अतः ये तभी सम्भव है जब मनुष्य स्वयं को प्राप्त हो जाए और ऐसे में जन्म लेती है, 'संवेदनशीलता', वही संवेदनशीलता जो अंकित बाजपेई जी के अस्तित्व को उजागर करती है जिसका आभास बड़ी आसानी से उनकी इस पुस्तक में किया जा सकता है।

आप इस पुस्तक को जब पढ़ना प्रारम्भ करेंगे तो आप इसे जल्दी समाप्त करने के इच्छुक नहीं हो पाएँगे, आप ठहरना चाहेंगे जहाँ आप रुककर अपना स्व–मूल्यांकन करने को स्वयं ही योग्य हो जाएँगे, बिना किसी बाहय दबाव के।

आपको पूछना ही पड़ जाएगा स्वयं से ही कि क्या आपको वाकई ज्ञान है प्रेम की पराकाष्ठा का? जहाँ पर प्रेम बिना किसी परिभाषा, बिना किसी सीमा के अपने पूर्ण रूप में स्वतंत्र परिलक्षित होता है। जहाँ कोई महत्त्व ही नहीं बचता किसी योजना का जिसके आधार पर वर्तमान में प्रेम को तैयार किया जाता है।

कहते हैं जबतक आप स्वयं किसी चीज का अनुभव नहीं कर लेते तब तक आपका उस विषय पर लिखना पूर्ण रूप से सार्थक सिद्ध नहीं होता, किन्तु ये पुस्तक इस तथ्य का खंडन करती हुई प्रतीत होती है। इसका कारण यही है कि अंकित बाजपेई जी ने अपने लिए कोई सहज सीमा निर्मित नहीं की। जहाँ आपकी सीमा रेखा के बाहर के विषय आपके लिए मायने नहीं रखते इसलिये ऐसी किसी सहज सीमा से स्वयं को परे रखकर अंकित जी ने इंसान जैसे शब्द को उसका अर्थ प्रदान किया है। तभी तो स्त्री पुरुष के भेद को मिटाकर उनके मानवीय जीवन जीने की कला ही इस बात की साक्षी है कि पुरुष होकर भी स्त्रियों की अभिव्यक्ति उनके हाव–भाव तक ही केवल आपकी पहुँच न हो कर उनकी भावनाओं की भी आपको समझ है, जोकि निकट रूप से इस पुस्तक में प्रकट होती है और आपमें विद्यमान सकारात्मकता, समझदारी एवं संवेदनशीलता को दर्शाती है।

समाज में रहकर भी अपने साथ रहने की कला सिखाती ये किताब इस बात का एहसास करा जाती है कि समाज में रहकर जीवन काटना आपको जीवंत सिद्ध नहीं करता अपितु समाज में रहकर स्वयं को जीना ही समाज में आपको और आपके जीवन को जीवंत करता है।

पुस्तक की शीर्षक कहानी **'नियति यही थी'** बड़ी ही सरलता से इस बात का आभास करा जाती है कि प्रेम करने नहीं, बल्कि होने की क्रिया है जो प्रेम के पूर्व प्रेम सम्बंधित जानकारियों को एकत्रित कर प्रेम करने हेतु अपनी योजना तैयार नहीं करती अपितु ये बंधन मुक्त होकर आपको आनंद की अनुभूति करा जाती है।

'दुपट्टा' नामक कहानी की बात करें तो हम पाते हैं जीवन में हमेशा एकाकी और अल्प आत्मविश्वास का जीवन जीने वाला डरपोक लड़का जब एक सीमा से अधिक प्रताड़ित कर लिया जाता है तब कैसे खुद के व्यक्तित्व स्वाभाव से इतर कदम उठा लेता है, ये दर्शाया गया है।

'शीतलहर' कहानी को यदि आप जी पाएंगे तो आपके अंदर की मानवता आपकी आँखों से अश्क बनकर उतर आएगी। पूछेगी आपसे कि क्यों मार डाला मुझे मानव रूप में जन्म लेकर भी कि तुम्हें अब कुछ भी दिखाई नहीं देता।

'कलंक' जो कि पुस्तक की प्राण कहानी है चीख चीख कर कहती है कि क्यों अपने क्रोध और द्वेष में किसी को अपनों का ही दर्द नहीं महसूस होता? कौन पालता है ऐसे दरिंदों को जो बदले की आग में किसी को नोंच कर जिंदा आग में झोंक देते हैं? बलात्कार के वो जख्म जो शरीर को छलनी करने भर की ही हैसियत रखते हैं मगर एक निर्भीक आत्मा को हरा नहीं पाते।

इनके साथ और भी कहानियां बांधती हैं। सबमें कुछ न कुछ सन्देश स्पष्ट है और खास बात है कुछ खास भावों को कहानियों के आखिर में उकेरती कवितायें जो कम शब्दों में भी अपने अर्थ में बेहद स्पष्ट हैं।

हार्दिक शुभकामनाओं के साथ, आपकी पुस्तक से जो प्रेम हुआ है, उस अपार प्रेम को प्रदान करती हूँ।

प्राची त्रिपाठी
लेखिका – Prachee The Psychology
Master of Social Work (M.S.W.), LL.B.
email : tripathi01prachee@gmail.com
website : www.pracheetripathi.com

आभार

बचपन से ही कहानियों को सुनने और पढ़ने का शौक धीरे–धीरे लिखने में कब बदल गया पता ही नहीं चला। जब कहानी संग्रह का विचार आया तो सबसे पहले समाज में झाँका और पाया कि हममें संवेदनशीलता घटती ही जा रही है। कुछ मुद्दे आज भी उतने ही गंभीर हैं जितने सालों पहले थे। बल्कि अब तो और भी विचलित करने वाला दृश्य हो गया है, इसीलिए उनको नजरंदाज करना मुझे गंवारा न हुआ। एक लेखक के तौर पर जो मैं लिख सकता था मैंने अपनी कोशिश में कोई कमी नहीं रखी। कलंक, हवस और मनोविकार, हत्या और आत्महत्या, लम्हा, शीतलहर, जानवर, इत्यादि कहानियों में कई समस्याओं को कहने की कोशिश की है। निष्कर्ष निकालने और यथार्थ की कसौटी पर कसने की जिम्मेदारी प्रबुद्ध पाठकों की है।

कहानियों के अंत में कहानी के अनुसार लिखी कवितायें मुझे लगता मेरी बात को और अधिक स्पष्ट करती हैं। इसलिए उनका होना मेरी कहानियों के लिए पूरक की तरह है। आशा है मेरा ये प्रयास आपको जरूर पसंद आएगा।

भोलेनाथ की कृपा के संग–संग इस संग्रह के पूरा होने में कई और लोगों का योगदान है। माता पिता के आशीर्वाद से और बड़े भाईयों और बहनों के प्यार के कारण ये संग्रह संभव हुआ हैं।

इसके साथ ही मैं आभारी हूँ प्राची त्रिपाठी मैम का जिन्होंने मेरी कहानियों को पढ़कर एक निचोड़ निकाला किताब से जो कि 'भूमिका' के रूप में आप सबके सामने है। उसके लिए प्राची मैम का बहुत बहुत शुक्रिया। उन्होंने किताब की कहानियों को बेहतरीन तरीके से समझा है और बयाँ किया है। आशा करता हूँ कि आपको भी किताब उतनी ही पसंद आएगी और आप सबका प्यार मुझे हमेशा ही मिलता रहेगा।

– अंकित बाजपेई

अनुक्रमिका

परमपिता की इच्छा और
माता पिता के आशीर्वाद से
नियति यही थी।

हत्या या आत्महत्या

नमन और सुमन को अपनी गलती का एहसास हो चुका था। एक शादीशुदा औरत के प्रति प्यार जता कर नमन ने तथाकथित संस्कार के रक्षकों से बैर ले लिया था। मगर दोनों एक लिए ही वो कोई सेक्स के लिए किया गया मजाक या खेल नहीं था बल्कि उसके लिए जैसे वो एक अपराध न होकर एक तरह की पूजा थी। नमन सुमन के घर में साफ सफाई करता था। दोनों के मन में किसी तरह का जबर्दस्ती वाला भाव नहीं था। मगर सुरेश से प्रताड़ित हो कर सुमन जब किचन में आकर कराहती, तो नमन के मन में जाने क्यों बहुत तरह के भाव फूटते। अपनी हैसियत के चलते वो सुमन को सांत्वना नहीं दे पाता और अपने मालिक की इस दरिंदगी पर उसको बहुत गुस्सा आता।

एक दिन घर में सिर्फ यही तीन थे और सुरेश आज किसी पार्टी से शराब पी कर आया हुआ था। कुछ देर रोज की तरह सुरेश ने सुमन को बेवजह पीटा और उसको गालियाँ देकर खुद कमरे को अंदर से बंद करके सो गया। सुमन चुपचाप हमेशा की तरह की खिड़की के पास आकर रोने लगी और अपने बदन पर लगी हुई चोटों के दर्द से कराहते हुए खुद ही मूव मलने की कोशिश कर रही थी। तभी नमन वहां आया और चुपचाप सुमन के हाथ से वो ट्यूब लेकर उसके कंधे पर लगाने लगा। सुमन चौंकी जरूर मगर नमन उसके यहाँ तीन साल से काम करता था। पुराना नौकर घर का ही सदस्य हो जाता है। इसलिए सुमन ने बिना कुछ नमन को खुद को हाथ लगाने की इजाजत दे दी और नमन चुपचाप उसको मूव लगा कर वहां से चला गया।

बिना आवाज हुई इस बातचीत में दोनों के मन का आइना साफ हो गया। सुमन को लगने लगा जैसे वह सुमन को किसी देवी की तरह पूजता था। और सुमन भी तो उसको बहुत मानती थी, क्योंकि दोनों को ही एक दूसरे में एक दूसरे के लिए जो सम्पूर्णता दिखनी चाहिए वो दिखती थी जैसे दोनों को एक ही मिट्टी से बनाया गया हो। मिट्टी मतलब विचार! दोनों को पास आना ही था। दोनों को एक दूसरे से बातें करना और दर्द बांटना सुकून देने लगा और मगर उन दोनों के उस पवित्र भावना के प्रेम को संसार नहीं समझ सकता, जिसे एक औरत और मर्द में बस जिस्मानी रिश्ता नजर आता हो। संसार दोनों की आत्मा को नहीं देख सकता और यही वजह है कि आज जो भी होने को था वो उन दोनों के अनुकूल नहीं था।

लेकिन उनकी नजरों ने भले ना जगजाहिर किया हो मगर एक दिन किचन में जब सुमन चोटों को थोड़ी देर आराम देने के लिए और खुद को अगली मार सहने के लिए तैयार कर रही थी तो हमेशा की तरह नमन ने आकर उसको मूव लगाया, लेकिन बदकिस्मती से उसी वक्त सुरेश वहां आया और नमन को सुमन की पीठ छूते देखकर आगबबूला हो उठा। उसको नमन के हाथों में लगा मूव नहीं दिखा। उसने बिना आवाज किये अपनी बेल्ट निकाल कर पीछे से जाकर नमन को गर्दन से दबोच लिया और अचानक हुए इस हमले से नमन उसके चंगुल में फंस गया। बहुत छटपटाया, लोटा पूरे फर्श पर लेकिन मगर नहीं छूट सका वो, तभी सुमन ने बेलन उठाकर सुरेश के सर पर दे मारा गुस्से में। और नमन को भाग जाने को कहा।

सुमन के घर वालों ने जब से यह जाना है, क्योंकि उन्हें बताया ही इस तरह गया कि सुमन बिना कुछ कहे ही गुनाहगार साबित हो जाए, आज किसी की सुनने का सब्र ही किसे है? वो पागल कुत्तों की तरह तलाश कर रहे नमन को। पुलिस और घर वालों की संयुक्त तलाश का नतीजा जल्द ही सामने आया और पता चला कि नमन शहर के रेड लाइट एरिया में छिपा है। वहां पहुँच कर उन लोगों में से किसी ने उसकी किसी भी बात या दलील को सुनने की जरुरत ही नहीं समझी। पुलिस के सामने नमन को चाय की टपरी में बांध कर आग लगी दी गयी। वो बहुत रोया चिल्लाया और माफी भी मांगता रहा पर उनमें से किसी ने भी एक बार भी उसकी चीखों पर ध्यान नहीं दिया। वो चीखता रहा और कुछ देर बाद शरीर का मांस सूखकर हड्डियों से एकाकार होने लगा। वो तभी शांत हो पाया जब उसकी आत्मा ने कराहते हुए शरीर को छोड़ा।

इधर सुमन के पति सुरेश ने अपनी पत्नी को बंधक बना रखा है। दिन रात की मार और रोने धोने के बाद कुछ समय नमन के साथ बिता कर उसको अपने दर्द पर मरहम सा लगा था। मगर अब वो खुद पर मिट्टी के तेल को पड़ते देख रही। बंधे हाथों से काजल आंसुओं के संग बहकर आंखों के नीचे बिखर रहा है। वो समझ चुकी है कि उसकी गल्ती ये नहीं कि उसने पति के सिवा किसी को चाहा। बल्कि उसने शादी करके ही गल्ती कर दी थी। उसे भी छुप कर धोखे से समाज को खुश रखते हुये ही अपने प्यार को अंजाम देना चाहिये था। बनावटी दुनिया में झूठ से ही वो ऐसा कर सकती थी। मगर उसने सच सबके सामने रखकर तलाक की मांग कर दी, और ये नागवार था उनके लिये जो औरत को सिर्फ उपभोग और प्रतिष्ठा की सजावट समझते हैं।

वो जान गयी थी कि नमन को भी ये सब ढूंढ लेगें और मेरे बारे में बात फैल ही गयी है कि मेरे सम्बन्ध नमन के साथ हैं तो अपराधबोध के चलते मैं आत्महत्या कर लूंगी। कोई ये बतायेगा कि इसे हत्या साबित कैसे करूं मैं??

धड़कनों की साँसों से अब
लय जुदा होने को थी,
झुलसाती लपटों की जब
वो गवाह होने को थी,
किसी दर के ताबीजों ने
उसका दर्द बांटा ही नहीं,
बेवजह वो दर्द की
जलती हवा होने को थी।

नसों में खौलता खून
आखिर फट पड़ा,
डूबता सूरज भी जैसे
आँखें मूँद कर छुप गया,
सूरज और इसका संग
रोज पहली किरण से था,
आज वो सूरज के ही संग
बस फना होने को थी।

नश्तरों से चुभ रहे थे
ताने और शिकायतें,
तीरों सी छू छू कर
निकलती रही रिवायतें,
नसीहतें भूल खुदगर्ज
अब होने को थी,
सम्मान पाने की ललक में
वो खुदा होने को थी।

वैलेंटाइन्स डे

बाबा – अरे बबुआ इधर आवौ हो तनुक।

बबुआ – तनुकै काहे बाबा, पूरे आइत हन।

बाबा – सुनौ यार एक किलो काजुक बर्फी लय आवौ बिर्जुआ हुआँ सेरे।

बबुआ – कुछु खास हय का आज?

बाबा – अरे ससुरऊ, वउ अंगरेजन वाला तिउहार होति है न, का बोला जाति हय, नामौ तउ सब लकडबग्घा जैसन धरत हइ, हाँ बैलनटेन डे! बस इही खातिर लिहे आऊ फट सेरे भाग कइ। नरम नरम लायेऊ, बूढा बुढ़िया खाए सकैं वई तरहक।

बबुआ – अरे बुढऊ, कहाँ चक्करम परे हउ, बहुत ज्यादा ऐसा करउ अम्मा सेने कहिकै रसगुल्ला लेओ बनवाए, इत्ती महंगी मिठाई खाएक दस्त लगवाई देहौ बुढापे मा, यू कहूँ तुम्हरी जबान चटकाए केरी उमिर हय?

बाबा – तुम सुअरऊ कुछौ सुनतय नाय हउ, जेतना कहि रहेन करौ, जब पैसा मांगेक होत हय, तब तउ खींसे निपोरत चलि देति हउ, काम कहि रहेन तउ पेटम दरद परि गवा, लैकै आउ।

बबुआ – जाय रहेन! बाउजी स बताइब बुढऊ बैलेनटेन मनवासे हैं।

कुछ देर बाद हाथ में काजू की बर्फी और दूसरे हाथ में छड़ी लिए बाबा आधुनिक पुरातन सभ्यता का गठबंधन करवाने को आतुर दौड़े चले जा रहे एक कमरे से दूसरे कमरे में, सांस फूल रही है, छड़ी इधर उधर भाग रही है, हाथ के कम्पन छड़ी को एक जगह टिकने नहीं दे रहे और आँखों में बेताबी है जबरदस्त, हो भी क्यों न, आज बाबा ने वैलेंटाइन के बारे में सुनकर खुद भी मनाने की सोची है अपनी वैलेंटाइन यानी दादी के साथ। वैसे भी जिन्होंने जीवन के इतने साल एक दूसरे के सहारे काटे हों, उनका तो हर दिन वैलेंटाइन ही होता है।

बाबा – दुलारी ओ दुलारी!! कहाँ छुपी बैठी हउ, बुढापे मा भी चैन नाय हय बुढ़िया का, हउ कि निकल लिउ (भगवान घर)!

दादी बरामदे में बैठी मटर छील रही हैं। बुढापे में बहुओं की टक्कर का काम कर लेती हैं दादी। सारी बहुएं मना भी करें तो कहती हैं जब तक हाथ पाँव चल रहे हैं तब तक चलने दो, जब नहीं कर मिलेगा तब की तब देखी

जाएगी। दादी ने जब अपने कमजोर कानों में बाबा की आवाज सुनी तो बोली भी वैसे ही जैसे सामने वाला भी उनकी तरह ऊंचा सुनता हो।

दादी – कहाँ निकल जईबा? तुम तउ दिनरात यहै मनावा करत हउ, कि बुढ़िया चली जाय कइसयउ, बताओ काहे टिरटिराए रहेउ?

बाबा – यू लेओ पहिले अपन प्संद केरी काजुक बर्फी खावौ?

दादी – कउन खुसी मा?

बाबा – अरे आज बैलनटेन डे हय!! उहै केरी खुसी मा!

दादी – यू का होत हय। यू नवा तिउहार तउ नाय सुनेन कबहूँ!

बाबा – अरे दुलारी ई आज केरे लइका बिटेवा मनावत हैं,

दादी – अरे बुढऊ, सरम करौं कुछौ, यू का बुढापा मा तमासा करत घूमत हउ, राम राम कबहू नाय कहिहऊ।

बाबा – अरे यू प्यार केर तिउहार हय, अउर हमार तुम्हार संग तउ सत्तर बरिस पुरान हई, जरा देखौ बुढाय गइयु, हुकुम चलाना नाय गवा!

दादी – अरे हटऊ, तुमहू बस्स, बुढ़ापा मा नाटक करेक दय देओ, परबाबा परनाना हुई गएऊ लड़कपन नाय जाय रहा।

बाबा – दुलारी तुमका पता ज्ब सुरुआत मा बाउजी डांट डांट कइ नौकरी करई भेजत रहैं, तउ तुमका याद कइ कइ आँखी सूजि अउती रहें, अम्मा बाउजी का पता न चल जावै ई लिए बिना घर आये तुम्हरे घरि केरे चक्कर लगाइत रहन, अउर सादी बाद तउ बाउजी मिल केरा सारा कामकाज करइ खातिर हियाँ बुलाई लिहिन रहैं, तब जान मा जान आई रह।

दादी – जैसन सारे कस्ट तुमहैं सहेउ? हियाँ अम्मा जान खपाए रहती रहैं,पर तुम्हका कुछ बुरा न लागै, ई लिए कुछु कहित नाय रहेन।

बाबा – जिंदगी केरा कउन भरोसा, दुलारी इत्ती उमिर के बादौ बस यहै खुसी हय कि साथ हन दुइनौ जन।

दादी – ई लड़का बिटिया का कष्ट उठइहैं जो हम पंचै सहि डारेन, अब तउ बना बनावा मिल जाति हय तौ कोइक कदर नय हय, यहै सम्बन्धन परिहौं लागू होत हय। बस तनिक सहइक परा तउ कहौ तलाक हुई जावई, सबै अपन अपन देखत हैं, वरना अपने जमाने मा कोई जानवरौ मरत रहे तउ पूरा गाँव किरिया करम मा संगै जावत रहे, अब तउ सब कुछ दिखावा हय बस!

बाबा – अरे बुढ़िया तुम तउ खोइन गयिऊ पुरानी बातन मा, यू दुनिया हय बदलत रहिहहि, सब कुछ हमरे तुम्हरे हिसाबस थोड़ी चलि पैहई, हम तुम

साथ हन इके अलावा हमका कोइक जरुरत नय, आवौ बगीचा तक घूमि आयित हन दुइनौ जने।

पहले जिनके कंधे पर चढ़कर दुनिया देखते हैं, बाद में उन्हीं को कंधे पर उठाकर विदा करने का दस्तूर रहा है।

कोई किसी का साथ जीवन भर नहीं दे सकता पर जितना रहे उतनी देर खुशी से बिता लो, मम्मी पापा हम बच्चों के लिए क्या क्या त्याग करके बैठे हैं वो हम नहीं जान सकते, न ये लिखा जा सकता है न बताया जा सकता है, उनके लिए कड़े शब्द किसी भी हाल में न कहें जिससे उन्हें ठेस पहुंचे!

अब मनाओ बैलनटेन डे
ज़िन्दगी बिता दी तेरे संग,
फिर भी कुछ कसर अभी बाकी है,
चंद लफ्जों से क्या होगा मेरा,
नगमों का होना असर अभी बाकी है।

नजर भर तुझे देखना नसीब हुआ,
जाने किसकी दुआओं का असर अभी बाकी है,
कसमों व्रतों वादों का लिहाज है या,
सच में मेरी उमर अभी बाकी है।

बहुत ख्याल से रखा है तुमने मुझे,
होना तेरा बेखबर अभी बाकी है,
करनी शिकायत हो तो करो बिना झिझके,
न जाने कौन सी खबर अभी बाकी है ।

कुछ बातें हैं मैं कहता हूँ सुनो,
जो न कह सका वो जिक्र अभी बाकी है,
डरता हूँ तुम्हारे नाराज हो जाने से,
करनी तेरी मुझे जो फिक्र अभी बाकी है।

सूना सा संसार मेरा तूने रौशन कर दिया,
चिरागों सा तुझमे हुनर अभी बाकी है,

सच कहूं अभी मैंने देखा ही क्या है,
तुझे बतउँ मेरा क्या इरादा है।

कैसे कहूं मेरा जीवन अधूरा था तुम बिन,
बस यही कहने की ख्वाहिशें अभी बाकी है।

समय का कोई इरादा नहीं हमें समय देने का,
मगर जाने कितनी सारी फरमाइशें अभी बाकी हैं।

किया है आज तक और करता रहूँगा,
पर लगता है जैसे मेरे प्यार की
नुमाइशें अभी बाकी हैं।

नियति यही थी

घर से इतनी दूर जॉब लेने का फैसला मेरा ही था। मम्मी पापा की लड़ाईयां, तंगहाली और निराशा के माहौल में रहने के बावजूद जब मुझे जॉब मिली तो मन ने कहा बस निकल चलो यहाँ से। दो रोटी कम खा लूँगा पर नींद तो सुकून की मिल पाएगी। यहाँ रहकर न घर में चैन आता है ना बाहर, इन लोगों को दिन रात लड़कर न जाने क्या मिल जाता है?

छोटा था तो दोस्तों के मम्मी पापा और उनकी आपसी समझ देखकर लगता था कि मुझे भगवान ने शायद यहाँ दुःख झेलने ही भेजा है। उनके माँ बाप की तुलना अपने घर से करता और खूब रोता। हर रविवार जब उनके पापा उनको पार्कों में घुमाते थे, या खुद खेलते थे उनके साथ तो मैं भी सोचता था कि काश मैं भी इनकी तरह खुशकिस्मत होता। लेकिन मेरे पापा मुझे फूटी आँख नहीं पसंद करते थे। बचपन में जब कहा पापा चलिए खेलने चलते है तब तब झिड़क दिया गया या कभी कभी मार भी खाया सिर्फ इसलिए कि वो मुझसे न जाने क्यों नफरत सी करते थे। मैं ही हमेशा उनके पीछे पीछे चलने की, उनको खुश रखने की, उनकी बात मानने की, उनको शान्ति से रहने देने की कोशिश करता रहा मगर उनको अपने बेटे पर कभी तरस नहीं आया। अंततः इसी को किस्मत मान कर मैंने खुद को परिवार से ही काट लिया, और उन्हें भी जैसे कुछ फर्क नहीं पड़ता हो, जैसे मानो उनके झगड़े मेरे वजूद से भी ज्यादा जरूरी थे। इस तरह मुझे किसी ने भी जाने से रोकने की कोशिश भी नहीं की, या जाने के बाद भी कभी बिना जरूरत फोन करके याद करने या हाल जानने की कोशिश नहीं की। मैं न जाने क्यों उनके बोझ को ढ़ोता रहा, ना जाने क्यों बेटे का फर्ज अदा करता रहा। मगर मेरी शायद किस्मत ही ऐसी थी।

इस नए शहर में पहले कभी नहीं आया था, शायद नाम भी नहीं सुना था। सेंट्रल की नौकरी की समस्या ही यही है कि जहाँ मन चाहा वहां पटक दिया। खैर मुझे तो अच्छा ही लगा। मैंने एक और सहकर्मी संग एक कमरा किराये पर लिया था। छोटा सा ही था शहर तो कम खर्च में महीना गुजर जाता और बचे पैसे मम्मी पापा के खातों में अलग अलग भेज देता, ताकि जरुरत पड़ने पर गुस्से में कहीं एक दूसरे को रूपये देने से मना न कर दें, जैसे मेरे मांगने पर करते थे, पापा कहते मम्मी से लो, मम्मी कहती पापा से मांगो और मैं पिसता उन दोनों के बीच। कहता भी किस से? कोई अपना था भी तो नहीं।

आज दिन बहुत खुशगवार था, मेरे मन का मौसम। बहुत जाड़ा पर धूप भी खिली, रविवार भी और सैलरी मिल चुकी थी। अकेला था तो सोचा पास के पार्क में ही हो आऊं। वहां भीड़ नहीं होती और वो बना भी बहुत अच्छा था, बड़ी नर्म मुलायम घास और पेड़ के सिवा बच्चों के लिए झूले और बुजुर्गों के लिए बेंच थी, मैं वहीं कुछ देर एक तरफ घास पर लेटा जाकर, जैसे झपकी सी आ गयी हो, आँखें बंद होने लगी।

तभी एक गेंद आ आकर मेरे पास गिरी,

'अंकल बॉल दो न प्लीज!'

दौड़ता आ रहा एक तीन चार साल का बेहद मासूम सा खूबसूरत लड़का आता दिखा, बॉल एक अजनबी के हाथ में देख कर सहम गया और कुछ दूर खड़ा होकर बॉल की तरफ देखने लगा।

'आओ ले जाओ अपनी बॉल!!'

'नहीं अम्मी ने मना किया है, किसी बाहरी से बात करने को, जो अजनबी हो।'

'क्यों?'

मैंने बात बढ़ाने की तलब से एक सवाल किया, मुझे उसके बात करने का ढंग बहुत अच्छा लगा था। उसने दोनों हाथ बाँध कर और एक हाथ की ऊँगली से अपने माथे पर जोर देकर कहा

'ये तो नहीं पता, मैं बता दूं तो आप दे देंगे मेरी बॉल?'

'हाँ क्यों नहीं!'

'रुको मैं अभी पूछ कर आता हूँ।'

मैं हंस दिया उसकी मासूमियत पर, बच्चे ऐसे ही होते हैं, सोच ही रहा था कि वो वापस दौड़ता हुआ आया।

'हाँ तो क्या पता चला?'

'अम्मी कहती हैं अनजान लोग बच्चों को गायब करके मुर्गी बना देते हैं!'

'हा हा हा हा, ये क्या बता रही मम्मी!!' मैं हंसा और कायल हो गया उसकी मासूमियत का।

'मम्मी नहीं अम्मी'

उसने सर हिलाकर मना करते हुए कहा।

'अच्छा अच्छा, मेरे दोस्त बनोगे? और मुझको जादू भी नहीं आता तो मैं तुमको मुर्गी भी नहीं बनाऊंगा।'

'रुको मैं अम्मी से पूछ कर आता हूँ।'

'अरे अरे सुनो, अम्मी से कहना कि सारे अजनबी बच्चों को मुर्गी नहीं बनाते...'

'ओके'

और वो भागता चला गया, सामने एक पेड़ के नीचे दूसरी तरफ मुंह करके खड़ी उसकी अम्मी की तरफ, उनके साथ एक बूढ़ी महिला और खड़ी थी, दोनों बुर्के में थी, बच्चा उछलते हुए गया था और उसने अपनी अम्मी के कान में कुछ कहा, मगर उसके बाद वो वापस नहीं आया, वो देख मेरी ही तरफ रहा था मगर वापस आने के लिए शायद उसे मना कर दिया गया हो। मैंने उसे हाथ हिलाकर उसकी बॉल दिखाई, वो कुछ उछला लेकिन उसका हाथ अम्मी ने पकड़ रखा था। मुझे लगा शायद उन्हें सच में अजनबियों का काफी डर होगा इसीलिए मैंने उसे बुलाने के इशारे करना छोड़, खुद उनकी तरफ चल दिया।

'क्या हुआ अम्मी ने मना कर दिया?'

'हाँ'

मैं खड़ा उन तीनों के पास ही था मगर मेरी नजर बच्चे पर ही थी, मैंने उसकी अम्मी और उनकी बुजुर्ग की शक्ल अब तक नहीं देखी। मुझे अपने पास खड़ा जान कर उन्हें अचरज तो हुआ मगर बच्चे को उन्होंने दो कदम आगे आने से नहीं रोका,

'ये लो तुम्हारी बॉल, और अपनी अम्मी का कहा ज़रुर मानना, वो सच कहती हैं, अनजान लोग अक्सर बच्चों को मुर्गी बना देते हैं।'

मेरी बात सुनकर वो बुजुर्ग महिला हंस पड़ी और मेरा ध्यान उन दोनों की तरफ गया, मैंने उसकी अम्मी की तरफ देखा, और.... और देखता ही रह गया, ऊपर से नीचे बुर्के में ढकी वो चाँद से भी ज्यादा खूबसूरत थीं। ये तब था जब सिर्फ तीन इंच बमुश्किल आँखों के पास की जगह से ही उन्हें देखा, और मेरी कल्पनाशीलता ने जवाब दे दिया कि कोई कितना खूबसूरत हो सकता है। इन आँखों को जीवन भर निहारने के लिए कोई पूरी जिंदगी कुरबान कर दे। इन आँखों में डूब जाने के लिए, कोई साँसों का सौदा भी कर ले तो कम है। दुनिया में अगर आइना न होता तो ये समंदर से भी गहरी आँखों की मालकिन खुद अपना हुस्न न निहार पाती इन आँखों से तो वो ही शायद सबसे बड़ी कयामत होती दुनिया में। क्या कोई दुनिया में ऐसा भी होगा जो इन आँखों की एक झलक पाने के बाद इनको बिना सोचे रह सकता हो! शायद का सवाल ही नहीं उठता।

मैंने बहुत मेहनत से एक नौकरी पाई थी, इन सारी चीजों की तरफ मेरा ध्यान कभी गया ही नहीं था, मगर मैंने आज शायद खूबसूरती का कोहिनूर देख लिया, एक ही बार में इतना अच्छा महसूस हुआ, जबरदस्त आकर्षण जैसे कोई चीज सीधे जमीं पर आकर ठहरती है, मैं भी ठहर गया था उसी पर, पर शायद मुझे सच में अब ठहर जाना चाहिए, उनका बच्चा है और मैं उन्हें नहीं जानता, यही सोच कर मैंने नजरें नीची कर ली मगर शायद जो पांच सात सेकण्ड उन्हें देखा, मैं जिंदगी में अब कभी भूल नहीं सकता, ये तस्वीर ज़ेहन से अब नहीं उतरेगी, मैंने बच्चे के हाथ में बॉल रखी, सर पर हाथ फेरा और आगे बढ़ने लगा, तभी उसकी अम्मी ने डांटते हुए उसे कहा

'शहजाद, अंकल को थैंक्स बोला? क्या सिखाया है तुम्हें?'

'थैंक यू सो मच अंकल!'

मेरे मुंह से कुछ निकला ही नहीं, मैंने झूठी मुस्कान से जवाब देते हुए वापस आकर अपनी जगह पर लेट गया!

शाम खत्म होने को थी, सब लोग वापस जाने को हुए, लगभग पार्क खाली ही हो गया...मैं लेटा रहा वहां और उनकी तरफ देखना बंद कर दिया। 'जिस रास्ते जाना ही नहीं उसकी तरफ गाड़ी ही क्यों घुमानी?' ये सोचकर खुद को तसल्ली देने लगा, और भी कई महान लोगों के ख्याल मन में आये, 'मन का हो तो अच्छा और न हो तो बहुत अच्छा' वगैरह वगैरह लेकिन मेरा दिल जानता है उस पल के बाद मैंने कुछ और नहीं सोचा था, मैं खुद में ही खोता जा रहा था, आँखें बंद हुईं और शायद नींद भी आ गयी।

तभी किसी ने घबरा कर मुझे पुकारा, मेरे कानों में शायद इतनी सुरीली पुकार पहले कभी नहीं गयी होगी।

'सुनिए, उठिए प्लीज!! मदद कर दीजिये हमारी।'

'मदद' शब्द सुनकर तन्द्रा टूटी, आंखें खोल कर देखा तो सामने वही हूर खड़ी थी, घबराई देख कर मेरे होश फाख्ता हो गये।

'क्या हुआ आपको, इतनी परेशान क्यों हैं?'

'गेट पर अम्मीजान फिसल कर गिर गयी हैं। आप हेल्प कर दीजिये प्लीज, हम अपना फोन साथ नहीं लेकर आये हैं।'

'फोन तो मैं भी भूल गया हूँ आज। पहले चलिए माँ जी के पास चलते हैं।'

मैंने कुछ और कहना जरूरी ही नहीं समझा इसके आगे। दोनों लगभग भागते हुए गेट के पास पहुंचे जहाँ काई और पानी की फिसलन की वजह से

उसकी सास गिरी थी, फिलहाल तो पार्क के गेट से टेक लगाकर बैठी थी, लेकिन देख कर लगा रहा था कि किसी तरह की बड़ी चोट लगी है।

'रुकिए दो मिनट मैं ऑटो ले कर आता हूँ!'

मैं सड़क की तरफ भागा और मुझे ऑटो जाता दिखा, मैं बहुत ही ज्यादा खुश हो गया, क्योंकि एरिया इतना चलताऊ नहीं था, मैंने ऑटो अस्पताल तक के लिए बुक कर लिया, माँ जी को बिठाया, बच्चे को गोद में लिया और आगे बैठा, मोहतरमा अपनी सासू माँ की सेवा में पीछे बैठीं, सभी अस्पताल पहुंचे। मैंने उन्हें दिखवाया, तब तक उन्होंने अस्पताल से अपने घर फोन करके अपनी पति को बुलाया, जब तक उनकी सास का ट्रीटमेंट चला। हमारी बहुत हल्की सी बात चीत हुई, जिसमें उन्होंने बताया कि उनका घर कहाँ है, उनके पति क्या करते है, और ये बताते ही उनके मुझे ख्याल हो गया कि उनका घर मेरे कमरे से दो गली छोड़ कर है, उनका नाम ज़ेबा है, मैं उर्दू का जानकर तो नहीं पर इतना ज़रुर पता है कि इस नाम का मतलब होता है 'खूबसूरत' जो कि वो बेइंतहा थी।

कुछ देर बाद उनके पति और ससुर वगैरह आ गये। हलकी फुलकी जान पहचान और शुक्रिया अदायगी के बाद मैंने घर की राह ली। वे लोग ज़रुर कहते रहे कि मुझे घर तक कार से छोड़ देंगे, लेकिन मैंने ज्यादा घुलना मिलना स्वभावानुसार ठीक नहीं समझा और उन्हें विनम्रता से मना कर मैं कमरे पर आ गया। लेकिन ऐसा लगता था जैसे मेरा कोई हिस्सा ज़ेबा के पास ही रह गया हो, क्योंकि मैंने उसके बाद से कुछ और सोचा ही नहीं। मेरा दिमाग और दिल जैसे एक दूसरे से रूठ गये हो, दिमाग कहता कि काम करना चाहिए पर दिल में कुछ और ही कारिस्तानी चल रही थी। मेरा व्यवहार मेरे रूममेट को भी अखर रहा था, उसने मुझे छेड़ना शुरू कर दिया कि कहाँ सेटिंग कर ली जो बिना बात मुस्कुरा रहे हो। दोस्तों को तो चुहल से मतलब होता है, मगर मैं सिर्फ इस मुलाकात तक ही नहीं सीमित रहना चाहता था। मेरे लिए उसको सिर्फ देखना ही काफी नहीं था अब, मैं उसे जी लेना चाहता था कि वो मेरे ज़हन से मरने के बाद ही निकले। मेरी मन की बंजर ज़मीं पर पहली बार खुशियों की फसल लहलहाने वाली थी अगर उसके प्यार की बारिश हो जाए तो!

अरे!! ये क्या सोच रहा हूँ मैं? वो शादीशुदा है यार, उसका बच्चा है परिवार है, मैं ये सोच क्या रहा हूँ आखिर? मैं उसे पाना चाहता हूँ क्या? नहीं नहीं, मैं बस उसे चाहता हूँ।

इस तरह की पशोपेश और हलचलें मेरे अंदर चलने लगी हर समय, मैं बेचैन रहने लगा, उसे बिना देखे मुझसे रहा नहीं जा रहा था। अगले दिन मैं

फिर पार्क में पहुंचा। पार्क एकदम सुनसान पड़ा था, शायद आज सभी मैच के लिए टीवी से चिपक कर बैठे होंगे। ज़ेबा भी न आए शायद। और क्यूं आये, सबका स्क्रू मेरे जितना ढीला थोड़े है! मगर मेरा मन उसी पेड़ के नीचे बैठने का कर रहा था, जहाँ मैंने उस हूर को पहली बार देखा था। मैं पहुंचा पेड़ के नीचे और ऐसा ऐसा महसूस हुआ जैसे मैं अपने जीवन की सबसे पसंदीदा जगह पर हूँ। मैंने उत्साह में पेड़ को गले से लगा लिया, उसके तने को चूम लिया। जैसे मैं अपने ख्वाब में होऊं। मैं वैसे ही खड़ा रहा कुछ देर।

तभी मेरे पीछे से किसी के ठहाके लगाने की आवाज आई। वही जानी पहचानी आवाज। मैंने मन ही मन भगवान से माँगा कि ये वो न हो। मैं चौंककर पीछे मुड़ा और ये वही थी। मैं चोरी से रसगुल्ला खाते पकड़े गये बच्चे जैसा मुंह बना के खड़ा था और वो बेहिचक मुझपर हँसी जा रही थी, मुझे शर्मिंदा देखकर भगवान को मज़ा आया होगा!!

'ये कर क्या रहे थे आप?'

(मन में) – 'खुदकुशी'

'अरे प्रत्युष आप तो बिलकुल ही ठंडे पड़ गये, शायद आपको हमारा आना पसंद नहीं आया, हम बाद में आते हैं, आप अपनी सारी हसरतें पूरी कर लीजिये इस बेजुबान के साथ!'

'रुकिए रुकिए। मैं कुछ कर नहीं रहा था, वो...वो मुझे पेड़ों से बातें करना पसंद है न तभी बस।'

'क्या सच में?'

झूठ बोलते समय मैं कितना असहज दिखा था मैं बता नहीं सकता। कोई ब्लड प्रेशर नापता तो पता चल जाता।

'हाँ जी बिलकुल सच!! वैसे आपकी माँ कैसी हैं?'

'अब बेहतर हैं!'

'और आपका बच्चा नहीं आया आज साथ?'

'वो अपने अब्बू के साथ मामा के यहाँ गया है!'

'अच्छा तभी आपको अकेले आना पड़ा सैर के लिए?'

'मैं यहाँ घूमने नहीं आई थी, मैं तो आज आपका शुक्रिया अदा करने आई थी।'

'अरे उस दिन आपके पति सॉरी शौहर साहब ने कर दिया था शुक्रिया अदा। आपने बेवजह तकल्लुफ किया।'

'हां पर मदद आपसे मैंने मांगी थी शौहर साहब ने नहीं, तो मेरा फर्ज बनता है आपका शुक्रिया करने का!'

'आप एक अनजान इन्सान का शुक्रिया अदा कर रही हैं, ऐसा न हो कि कहीं मैं आपको मुर्गी बना दूं।'

'हा हा हा हा!! आपका सेंस ऑफ हयूमर कमाल का है, माशाअल्लाह!!'

'संगत खूबसूरत हो तो रंगत निखर ही जाती है मोहतरमा!!'

उसने ये सुन कर पलकें झुकाना चाहते हुए भी आंखें मेरी आँखों पर ही टिकाये रखी, शायद नजरें झुकाना मुझे उसकी तरफ से किसी तरह का इशारा लगता उसे इसलिए आंखें नहीं हटाई मेरी तरफ से, लेकिन होठों पर खिल उठी मुस्कान ने बात के असर का खुल कर इजहार कर दिया था। बीस मिनट पहले तक जिस सुकून की तलाश में था, जिन मुस्कुराती आँखों को देखने के लिए दुआएं कर रहा था, तड़प रहा था, अब वो एहसास मन में समा नहीं पा रहा था!! मैं इतना खुश पहले कभी नहीं था, कभी नहीं!

'आपकी फैमिली यहीं रहती है?'

नहीं जी, सब जमशेदपुर में हैं, और मैं यहाँ बैंक में जॉब करता हूँ।'

'बहुत खूब!! आपसे मिलकर खुशी हुई, मुझे अब चलना चाहिए, देर हो रही है, अच्छा लगा आपसे मिलकर!'

'मुझसे ज्यादा नहीं!!'

'जी?'

'कुछ नहीं, मैं कह रहा था मुझे भी अच्छा लगा आपसे मिलकर!!'

'खुदा हाफिज़।'

उसने जाते जाते ये कहा मैं सोच में पड़ गया मैं क्या जवाब दूं, खुदा हाफिज़ या अलविदा या अल्लाह हाफिज़ पहले कभी कहा नहीं था, बाय कहने की आदत रही और यहाँ मैं अटक गया तो उसने मेरी तरफ पलट कर देखा जैसे मेरी तरफ से कुछ कहे जाने का इंतजार कर रही हो,

'खुदा हाफिज़।'

वैसे तो उसके और मेरे घर के बीच दो गलियों का ही फासला था मगर साथ चलने की हिम्मत और हिमाकत मैं दोनों ही करने की इच्छा नहीं कर रहा अभी! कुछ देर की मुलाकात में कोई इतना करीब तो आ नहीं जाता, मैं उसे जाते देखकर हाथ हिला रहा था, और ख्याल तो बहुत सारे आये मगर इस एक ख्याल के नीचे दब गये कि 'सम्भाल कर आगे बढ़ प्रत्युष, शादीशुदा है वो, एक

खुशनुमा परिवार की बहु है, मेरी एक गलत हरकत उनके परिवार की कलह बन सकती है, या मेरे खुद के ज़मीर की या जिंदगी भर की शर्मिंदगी!! मैं वहीं रुक गया।

कमरे पर दोस्त हरविंदर को देखकर सोचा इससे शेयर करूं! नहीं। अभी इसको बताना ठीक नहीं, अभी इसको जाने दिन ही कितने हुए हैं, महीना भर मुश्किल से, मगर दिन तो ज़ेबा को जाने भी नहीं हुए थे, ये इतना आकर्षण तो पहले कभी नहीं लगा किसी के लिए। ऑफिस में भी बहुत सारी खूबसूरत लड़कियाँ हैं, पर उनको देखकर तो कभी मन नहीं बहका, उनके तो कभी सपने नहीं आये, न ही कोई अच्छे बुरे ख्याल, बेशक लोग मरते हैं, उनसे बात करने को, ऐसे ऐसे लोग हैं कि लड़की का हाथ भी छू जाए गलती से तो हफ्ते भर नहाए नहीं, मगर इतना लगाव मुझे किसी से नहीं था। चलो जाने दो, छोड़ो, खाना खाकर सो जाना ही बेहतर है। 'धत्त!!! लोग प्यार में जान दे देते हैं तू क्या एक बार इजहार भी नहीं कर सकता, फट्टू?' मन बेचैन हो उठा, क्या करूँ? उस रात नींद ही नहीं आई!

अगले दिन ऑफिस में मन ही नहीं लग रहा था, हरविंदर ने लंच में बुलाया मगर नहीं गया, इंतजार शाम का था, जो मुझसे हो नहीं पा रहा था! लेकिन काम को ताक पर रखकर आशिकी निभाने जैसी मेरी हालत नहीं थी, जो भी हो नयी नौकरी लगी है, अभी से नाटक किये तो मेरे भविष्य के लिए ये ठीक नहीं होगा, मैंने शाम तक के लिए काट लिया खुद को हर तरफ से काम में डूब कर, मैं ऐसा ही था, मुझे अगर कुछ करना होता है तो मैं खुद को उसी काम में झोंक देता हूँ, घर पर मम्मी पापा की लड़ाइयों में ये हुनर बारीक कूट कर भरा था खुद में।

शाम को पार्क में –

आज वो वहीं थी, मेरा मन बल्लियों उछल रहा था, बेशक मैं नहीं उछला लेकिन मन उछला, मैंने देखा वो पेड़ के नीचे बैठकर गाने सुन रही थी, कानों में इयरफोन और ड्रेस वही रोज की तरह बुरका, जाने क्या नशा था, उसकी शख्सियत में कि मेरी नजर उसको हमेशा ऐसे ही देखती रह जाती जैसे पहली बार है, या दोबारा कभी नहीं देख पाऊंगा।

'हेलो ज़ेबा!!'

उसने नहीं सुना, आंखें बंद, कान में तेज आवाज उसको आस पास का कोई ख्याल नहीं था शायद, मैंने और तेज बोला,

'हेल्लो ज़ेबा।'

कोई सुनवाई नहीं, मैंने खुद को आजादी देते हुए उसको कंधे से हिला दिया, आज तक तो किसी को हिलाने का मौका मिला नहीं था, तो पहली बार किसी लड़की को छूने का डर भी था, जाने क्या सोचे वो, क्या महसूस करे, ये तो कुछ ज्यादा ही नजदीक आये जा रहे, लेकिन ये सारे ख्याल मुझे उसे हिलाने के बाद आये, उसने चौंक कर आँखें खोली और उठने लगी, कान से इयरफोन निकाले

'ओह्ह आप हैं, माफ कीजियेगा, मुझे ख्याल नहीं रहा बिलकुल, आप कब आए?'

'जी दो मिनट पहले, लेकिन आप इतनी मगन थीं कि समझ ही नहीं आया बुलाऊं कैसे? आवाज दी तो सुनी नहीं आपने!!'

'सॉरी, बस कभी ऐसे ही लाउड म्यूजिक सुन लेती हूँ।'

'मैंने आपको डिस्टर्ब तो नहीं कर दिया? आपकी संगीत साधना में?'

'नहीं जी, मैं तो बल्कि ये सोच रही थी कि आप आज दिखे नहीं?'

हे भगवान!! इसके ज़हन में मेरी याद है, शुक्रिया भगवान!!

'आपको हिलाकर उठा दिया उसके लिए सॉरी!!'

'पहली बार किसी लड़की को हाथ लगाया न?'

'जी हाँ, मगर आपको कैसे पता चला?'

'आपके कांपते हाथों से!!'

'अब ये तो शराफत है हमारी!'

'शराफत हाथ लगाने से नहीं पता चलती, ये एक लम्बी प्रक्रिया है, इम्तिहानों से भरी हर कदम पर'

'मुझे नहीं पता था कि साइकोलॉजी का लेक्चर मिल जाएगा'

'हा हा हा मैं तजुर्बा बयां कर रही थी।'

'मैं बैठ सकता हूँ यहाँ?'

'शौक से!'

'ज़ेबा आप मेरी दोस्त बनेंगी? मैं यहाँ किसी को नहीं जानता?'

'अगर इस बहाने को किनारे रख दें तो सोचा जा सकता है!'

'ठीक है, मैं यहाँ किसी को नहीं जानता इससे कोई फर्क नहीं पड़ता, ज़ेबा अब आप मेरी दोस्त बनेंगी?'

'जरूर, खुशी से, वरना आपका क्या भरोसा मुझे मुर्गी बना दें तो?'

मेरे चेहरे पर मेरी अब तक की सबसे ज्यादा बड़ी मुस्कान तैरने लगी, अंग्रेजी में वो कहते हैं न, 'आर यू ब्लशिंग?' शायद मेरे चेहरे से साफ पता चल सकता है कि ये ऐसा होता है। मैंने उसकी रजामंदी की हाँ को ऐसे सुना जैसे 40 की उम्र में कोई किसी लड़की से शादी के लिये हाँ सुनता है, कि जैसे आखिरी मौका हो!!

'तो कहीं पार्टी हो जाए? अपनी नयी नवेली दोस्ती की खुशी में?'

'प्रत्युष मैं मना नहीं करना चाहती पर, मैं लोगों को ऊँगली उठाने का मौका नहीं दे सकती, मैं शादीशुदा और एक बच्चे की माँ हूँ, जब तक मैं अपने शौहर से इजाजत न लूं मैं किसी के साथ नहीं जाती, पार्क में मिल लिए बात कर ली वो ही मेरे लिए बहुत बड़ी बात है!'

'नहीं कोई बात नहीं, मैं क्यों बुरा मानूंगा, मुझे तो बस इस बात की ही खुशी है कि आपसे बात हो रही, और भगवान ने चाहा तो हमेशा होती रहेगी'

'अच्छा आपको इतनी खुशी क्यों हो रही मैं भी तो जानूँ!!'

'बता तो नहीं सकता, आपको मेरे चेहरे पर झलक रही होगी!'

उसने मेरे चेहरे पर देखा और मैंने उसकी आँखों में, नजरें मिलीं और कुछ देर तक हम एक दूसरे को ऐसे ही देखते रहे, मुझे उसको देखने का इतने करीब से शायद दोबारा मौका मिले या न मिले मैं ये पल हाथ से नहीं जाने दे सकता मैंने उसे जी भर के देखा उसकी बड़ी सी मुस्कान और पतले से गुलाबी होंठों को देख कर लगता था कि भगवान ने अपनी सबसे उम्दा कारीगरी दिखाने में कई साल लगा दिए होंगे।

उसका चेहरा लंबा सा और पतली सी नाक, तराशी हुई आँखें और उनपर पलकों का पर्दा। मैंने अपनी पूरी जिंदगी में इससे खूबसूरत औरत नहीं देखी, जितनी वो खूबसूरत थी उससे ज्यादा उसके चेहरे पर आता नूर और उसकी सादगी भरी अदाएं जिन्हें कोई कभी नहीं भूल सकता और कल का क्या पता मिलना या देखना हो या नहीं मैं सारी उम्र की कसर आज ही पूरी कर लेना चाहता हूँ। मैं उसके सामने थोड़ा हाथ पीछे की तरफ टिकाकर कर आराम से बैठा और वो उस घास की लम्बी सी दूब को अनजाने में या शर्म से मुझे नहीं पता नजरें नीची करके उँगलियों पर लपेटे जा रही थी। मुझे लगा उसने नजरें नीची करके मुझे उसे जी भर देखने की इजाजत दे दी हो। मैं थोड़ा सीधा हुआ और पालथी मार कर अपने हाथ बाँध कर उसको देखे जा रहा था और इसके बाद मुझे फिर नहीं पता चला कि किस सम्मोहन में बहकर कब मैंने उसका हाथ अपने हाथ में ले लिया और

'ज़ेबा मैंने बुरे से बुरे दिन देखे, पर उन दिनों में मैं कभी सोच भी नहीं सकता था कि मैं तुमसे मिलूँगा या मैं कभी इतना खुश भी हो सकता हूँ, काश तुम मेरी हो सकती!!'

मुझे ध्यान ही नहीं रहा कि मैं ये क्या कहे जा रहा हूँ, और मैं अब अपने शब्द वापस नहीं ले सकता, कुछ पता नहीं चल रहा था कि उसके मन में क्या है! मगर उसका हाथ मेरे हाथ में था, और उसने मेरे कांपते हाथों को छोड़ा।

'मैं नहीं जानती प्रत्युष मैं क्यों तुमसे मिलने आती हूँ, पर ये हो जाता है अपने आप, ऐसा नहीं है कि मैं अपनी फॅमिली से नाखुश हूँ, पर तुम्हें देखकर दिल को जो सुकून मिलता है, वो कहीं नहीं मिलता, जैसे तुम मुझे देखते हो, कोई नहीं देख सकता, जैसे तुम मेरी आँखों में झांकते हो ऐसा लगता हैं ये नजरें सीधा दिल में उतर जाती हों, पहले रोज से तुम्हें पसंद करने लगी वरना सबको घर पर छोड़ कर मैं सिर्फ यहाँ गाने सुनने थोड़ी न आती हूँ, मगर तुम समझदार हो, जरा सोचो जो तुम कह रहे हो क्या वो मुनासिब है!!'

'मैं समझ रहा हूँ, और ये दिल की बात जुबां तक कैसे उतर आई मैं भी नहीं जानता!!'

'अगर हम एक दूसरे की तरफ कदम बढ़ाएंगे तो खुश रह लेंगे ऐसा मुमकिन नहीं, मेरा परिवार मेरा बच्चा ऐसा नहीं कि मुझे उनसे किसी तरह की भी कोई तकलीफ हो, ,मगर तुम्हारे पास जो सुकून है वो भी नहीं जाने दे सकती, तुम्हे छोड़ना भी मुझसे सहा नहीं जाएगा।'

'मैं किसी के परिवार कि खुशियाँ छीन कर कैसे खुश हो सकता हूँ? मैं हमेशा तुम्हें चाहूँगा ज़ेबा बिना शर्त बिना मांग किये कुछ भी।'

उसके आंसुओं से भरी आँखों में मुझे अपनी परछाईं दिखाई दी, उसने आगे आकर मुझे गले से लगा लिया,

'मैं तुम्हें बहुत चाहती हूँ, बहुत ज्यादा, और मैं तुम्हें खोना नहीं चाहती, लेकिन मेरी वजह से तुम आगे न बढ़ पाओ ये भी मुझे अच्छा नहीं लगेगा, काश तुम उन सबकी ही तरह होते जो औरत में उसका जिस्म ही देख सकते है, मगर तुम वैसे नहीं अब मैं क्या करूँ?'

'मुझे बस अपनी आँखों में देखने की और देखते रहने की इजाजत दे दो, इससे ज्यादा की न मुझे आदत है न ही जरुरत!!'

वो मुस्कुराते हुए मुझसे अलग हुई और,

'मुझे नहीं पता था प्रत्युष मैं तुम्हें इतने करीब से जान पाऊँगी।'

'मुझे भी कहाँ पता था, मैं तो खुद को तुम्हारे आगे हारते देखना चाहता था।'

'तुम हारे कहाँ प्रत्युष, तुमने तो ज़ेबा को ही जीत लिया, हम हमेशा साथ रहेंगे बहुत अच्छे दोस्त बनकर'

मैंने मुस्कुराते हुए उसका चेहरा निहारा और उसको निहारता ही रहा, और अब वो पहले की तरह नजरें नीची करके नहीं खड़ी थी, मैंने उसकी आँखों में खुद को देख रहा था और वो मुझे!!

लम्हें कुछ साथ गुजरे,
तो याद रह जाएगी ही!
नजरें झुक गयी जो मेरे लिए,
तो याद रह जाएगी ही!
कुसूर किसी का भी नहीं,
इन यादों के बनने में
मगर मुस्कान जो बिखेरी तुमने,
तो याद रह जाएगी ही!

इससे ज्यादा आजादी मैंने नहीं लेना ही मुनासिब समझा, बेशक वो मुझे रोके नहीं, मगर मुझे ख्याल है!!

'नियति यही थी!!'

मेरी जागती सुबहों की, दरकार हो तुम,
ढलती रातों का चढ़ता खुमार हो तुम,
जमीं पर गिर कर खोती बारिश की बूंदों सी,
बदलते मौसम की रिमझिम फुहार हो तुम।

कभी ज़िन्दगी कभी उसका नाम हो तुम,
कभी रास्ता तो कभी मुकाम हो तुम,
सुबह की ताजगी तो कभी सुस्तियों की शाम हो तुम,
कभी इनसे भी खूबसूरत मेरा अंजाम हो तुम।

भूली हुई भटकी हुई राह हो तुम,
जग सुन न सका वो आगाह हो तुम,

मेरे इरादों से अब भी बेपरवाह हो तुम,
फिर भी करती मेरी कितनी परवाह हो तुम।

एक अधूरा मगर प्यारा सा ख्वाब हो तुम,
गहरे राजों से जब्त खुली किताब हो तुम,
मेरे सवालों का बस एक ही जवाब हो तुम,
मासूम सा खिलता कोई गुलाब हो तुम।

दिलों से दिल तक पहुंची दुआ हो तुम,
मुरझाये हुए चेहरों की दवा हो तुम,
सबसे प्यारा लगने की भी वजह हो तुम,
मेरे साथ बिताये लम्हों की गवाह हो तुम।

मिट न सकेगी ऐसी तस्वीर हो तुम,
लिखी गयी मेरे लिए वो तकदीर हो तुम,
हाथ पर मेरी खुद बनाई लकीर हो तुम,
टूटी हुई कड़ी मैं, मेरी जंजीर हो तुम।

समझने में सालों बिताये वो जज़्बात हो तुम,
जितना सोचूं उतनी नयी बात हो तुम,
हर दिन हर पल आते मुझे याद हो तुम,
दिन बीते मगर न बीते वो रात हो तुम।

लगे जो तुमसे ही वो अपनापन हो तुम,
जैसे छिन के वापस मिला बचपन हो तुम,
सबको ही दिख जाता दीवानापन हो तुम,
फिर मेरी आँखों में बसा सूनापन हो तुम।

हवस या मनोविकार

एक लाल और हरी साड़ी, पुरानी हवाई चप्पल, तेज चलने से सांसें फूल रही हैं, मगर दम लेने की फुर्सत नहीं है शिल्पी की माँ जगरानी को। उसका बाप गांजा फूंकता था, तीन साल पहले दशहरा में जुआ खेलने और दारु खींचने के बाद, मुंह से झाग और शरीर से प्राणों के निकलने पर मोहल्ले वालों ने भी उसे वैसे ही फूंका और कह कर चले आये 'राम नाम सत्य है' रामनाम सत्य ही होगा क्योंकि हर झूठ पर रामनामी पर्दा पड़ा दिखता है हर कहीं!!

शिल्पी अब पंद्रह की हो गयी है, गोरा रंग, नैन नक्श बेहद खूबसूरत। जब वो और उसकी माँ बाजार या मेले में निकलती तो अजनबी उनको ऐसे ही देखते जैसे शिल्पी अपनी माँ की ही मालकिन हो। शक्ल सूरत और रंग से किसी बड़े घर की लड़की लगती, उसकी सुन्दरता सिर्फ भले लोगों को ही अचम्भे में नहीं डालती थी, बल्कि उन कमीनों को भी ललचाती जिनके दिन दारू और रातें सनी लिओनी में बीतती थी। इस मोहल्ले में शायद ही कोई शरीफ हो जिसने शिल्पी को बिस्तर पर लाने की जुगत न भिड़ाई हो। हाँ ये अलग बात है कि शिल्पी को खुद कभी इस बात का कह सकते हैं अंदाजा नहीं हुआ कि वो खुद कितनी सुन्दर है मगर आस पास वालों की नजरें उसको धीरे धीरे समझ आने लगी थीं जो उसका भोला चेहरा न देखकर बदन टटोलते रहते थे आँखों से ही।

जगरानी दिन भर जगह जगह दौड़ दौड़ कर अपना पेट काटकर शिल्पी को पाल पोस रही थी, उसके सपने भी कोई बहुत बड़े नहीं थे। उसको बस अपनी बिटिया के लिए मोहल्ले में हुए सभी रिश्तों में सबसे बढ़िया रिश्ता चाहिए था। भोली जगरानी इतनी उम्मीद भी बहुत कर रही थी, जिसके घर में दाल रोटी भी दिन भर की हाड़तोड़ मेहनत से आ रही हो उसके लिए रात की नींद ही सुकून की मिल जाए ये बड़ी बात है, सुनहरे सपनों की बगिया कोई क्या ही सजाये!!

सेठजी के यहाँ आज दावत है, उनके घर पहले पोते के आने का जश्न था, शिल्पी और जगरानी भी मेहमानों की आवभगत में लगी हुई थी, सेठजी यानी विश्वनाथ सहाय के घर में वो उनकी पत्नी जानकी, बेटा युवराज और बहु निशा थे! भीड़ अपने चरम पर थी और जगरानी, शिल्पी मेहमानों की सेवा में।

तभी घर की छत पर काफी शोर होने लगा, सबकी नजरें ऊपर उठीं तो देखा सबने, युवराज और निशा की कहासुनी हो रही है। न जाने किस बात पर,

कुछ देर के बाद अचानक से निशा ने युवराज को थप्पड़ जड़ा और वो नीचे उतरी, इससे पहले कि सेठजी या जानकी उसको बिठाकर कुछ पूछ पाते, वो अपने नवजात बच्चे को लेकर गाड़ी में बैठी और वहां से चली गयी। कुछ मेहमानों ने खुद ही माहौल देखकर निकलने का फैसला कर लिया और बाकियों ने उन सभ्य लोगों के पीछे जाकर मेज़बान की इज्ज़त और निजता में अपना योगदान दिया!

मेहमानों के सामने ही हुई इतनी बेईज्जती से सेठजी का पारा आसमान छूने लगा। किचन के सामने युवराज का कमरा था और किचन में शिल्पी बाहर हुई घटना से अनजान मेहमानों के लिए गिलासों में कोल्ड ड्रिंक भर रही थी, युवराज ने गुस्से से अपने जूते वगैरह उतारे और अपने बेड पर पाँव पसार कर बोला –

'ए लड़की! इधर आ! अरे हाँ! तू ही, खाना लगा मेरे लिए फटाफट।'

युवराज ने कमरे से ही आवाज लगा कर कहा और दो मिनट बाद वो प्लेट लेकर पहुंची ही थी, इतने में सेठजी अंदर आये और युवराज के गालों पर एक झन्नाटेदार थप्पड़ रसीद कर दिया।

'बस यही रह गया था नामुराद! करवा दी बेईज्जती शहर भर में, उगल लिया जहर उस बच्ची पर, क्या बिगड़ जाता तेरा अगर सिर्फ एक दिन, सिर्फ एक दिन उसको खुश रख लेता, न करता उससे झगड़ा!'

'युवराज पर ऊँगली उठाने की हिम्मत कैसे हुई उसकी? मुझसे ऐसे बात करेगी जैसे मैं उसका गुलाम हूँ? मैं पति हूँ उसका, जितना चाहूँगा जिसको चाहूँगा उतना ही टाइम दूंगा। जबरदस्ती करके पहले ये मनहूस बच्चा ले आई ऊपर से धमकी दे रही कि काम पर जाना न शुरू किया तो घर छोड़ देगी! इतनी अकड़ है उसमें तो क्या मैं जूतियाँ चाटूंगा उसकी? इसीलिए उस हरामजादी से बोला था कि शादी नहीं करते हैं, सिर्फ कुछ घंटे का काम होता है उसके लिए शादी की क्या जरुरत थी?'

सेठजी जैसे पेड़ से कटे फल जैसे गिर पड़े। सोने की मोटी चेन और मोतियों की माला एक साथ ऐसे हिलीं जैसे किसी मोतियों के पर्वत पर भूकंप आ गया हो! अपनी आँखों के आंसू पोंछते हुए जानकी की तरफ देखते हुए कहने लगे

'जानकी जी, भगवान ने सबकुछ दिया पर जीवन में सुख चैन की कीमत पर। इससे अच्छा होता कि कहीं हम मजदूरी करके जी लेते, जितना ज्यादा पैसा उतनी ही ज्यादा प्रतिष्ठा और उतनी ही बड़ी लगती है चोट, जब ऐसे

कलंक घरों में जन्म ले लेते हैं। हर ख्वाहिश पूरी की इसकी और आज ये अपने बाप के आगे अपनी अय्याशियों के चर्चे सुना कर मुझसे ही जिरह कर रहा है?'

जानकी अलग खड़ी रो रही हैं, जगरानी उनको चुपचाप थामे खड़ी है, शिल्पी चुपचाप सहमी सी आती है और युवराज के सामने रखी मेज पर खाना रख चली जाती है! युवराज उठकर अपना खाना उठाता है, जमीन पर बैठे अपने पिता के सामने खाना खाते हुए फोन पर कुछ टाइप करता है, कुछ देर बाद वो अपना खाना खत्म करके उठता है और 'चलो ये रोना धोना ड्रामा अपने कमरे में जाकर करो, मुझे नींद आ रही' कहकर अपनी प्लेट रखकर हाथ धोने चला जाता है। सेठजी अपनी किस्मत को कोसते हुए अपने कमरे में चले गये, जानकी जगरानी को साथ लेकर अलग कमरे में जाकर रुक गयी।

युवराज ने शिल्पी को आवाज लगाई

'जी भैया, बुलाया आपने?'

'ये तेल की बोतल उठा और पैरों में लगा, जाने क्यों दर्द हो रहा है!'

शिल्पी ने आस पास देखा तो उसकी माँ नहीं दिखी तो युवराज के गुस्से से डरकर शिल्पी ने चुपचाप उठकर पैरों में मालिश करने आई।

'ठीक से लगा, जान नहीं है क्या?'

युवराज ने डांटते हुए इतनी जोर से कहा कि शिल्पी सहम गयी, उसने और जोर से ताकत लगानी शुरू की।

'आह!! बस्स ऐसे ही, ये बता अभी जो ड्रामा हुआ वो देखा तूने?'

'भैया मैं किचन में थी, मैंने नहीं देखा कुछ भी!'

'मुझ तक तो आ रही थी प्लेट टकराने की आवाजें! चल छोड़ ये बता कितने तक पढ़ी है?'

'इंटर चल रहा है!'

'इसके बाद?'

'पता नहीं, माँ कहती हैं शादी कर देंगी, आगे की पढ़ाई नहीं करवा पाएंगी!'

'सही कहती है तेरी माँ, पढ़ाई औरत की सिर्फ उतनी ही ठीक जितने में उसको शादी का कार्ड पढ़ने में आ सके! भाभी की हालत देखी अपनी? इंजिनिअर है, जुबान देखी कैसी चलती है कैंची की तरह! इसको तो इतना बर्बाद करूँगा मैं कि इसके खानदान वाले न इसको छोड़ पाएँगे न रख पाएँगे, फिर आएगी मेरे पास, तब न जूते साफ करवाऊंगा इससे!'

शिल्पी चुप रही क्योंकि वो भी जानती थी कि गलती किसकी थी, और गलत इन्सान कौन है! मगर वो इनका विरोध करके रोजी रोटी पर संकट नहीं ला सकती! यही तो होता आया है हमेशा से जहाँ से रोजी रोटी चलती हो वहां बैर कैसे ले ले गरीब आदमी। युवराज अब उठकर बैठ गया, और शिल्पी के दुपट्टे के अंदर तक झाँका और उसको अपनी ओछी नजरों से देखने लगा। शिल्पी को जब इसका एहसास हुआ तो उसने दुपट्टे को कंधे से ले जाकर कमर तक बाँधा और फिर पूछा

'भैया मैं जाऊं अब?'

'कंधे पर कौन मालिश करेगा फिर?'

'भैया मेरे हाथ दुःख रहे हैं, मैं माँ को बुला देती हूँ!'

मगर हवस युवराज पर पूरी तरह हावी थी, उसने अपनी कमीनेपन से भरी हंसी हंसते हुए कहा–

'जवान तू है और काम सारा माँ से करवाएगी? काम सीख, मुफ्त का यहाँ कुछ नहीं मिलता। चल आ नाटक किया तो निकाल दूंगा समझी?'

शिल्पी उसकी नियत समझ चुकी थी उसने बहुत हिम्मत करके कहा –

'मैं माँ को ही भेजती हूँ, आप उनसे ही लगवा लेना, मैं नहीं लगा सकती'

युवराज को जैसे 'न' सुनने की आदत ही नहीं थी, पहले अपनी बीवी और इस वक्त शिल्पी की 'न' ने उसके अंदर के हैवान को जैसे सोते से जगा दिया हो, उसने शिल्पी को एक जोरदार तमाचा जड़ा, अप्रत्याशित प्रहार को शिल्पी तैयार नहीं थी, वो दीवार से टकराकर बेहोश हो गयी!

कुछ देर बाद उसको होश आया तो, वो युवराज के बेड पर बंधी थी। उसके मुंह में कपडे ठूंसे गये थे, और शरीर का एक एक कपड़ा युवराज ने उतार लिया था, वो चिल्ला ज़रुर रही थी मगर उसकी आवाज उसके गले में ही घुटकर रह जा रही थी, और कमरे में युवराज ने तेज गाने चला रखे थे, दरवाजे पर युवराज की अक्ल जैसे पर्दा पड़ा था, युवराज ने उसका विडियो बनाना शुरू कर दिया, और उसने अपनी जबरदस्ती जारी रखी, वो उसपर झुका ही था कि उसको अपनी पीठ में कुछ घुसता सा महसूस हुआ! एक पौधे काटने वाली बड़ी कैंची उसकी पीठ में पैबस्त हो चुकी थी सेठजी के हाथों! वो दर्द से चिल्ला उठा। गिरते गिरते उसने सेठ जी को घूरा और खून उगलता हुआ शांत होता चला गया। सेठजी के आँखों में आंसू थे और उनमें घृणा और गुस्सा साफ झलक रहा था। दरवाजे पर जानकी जगरानी खड़ी थीं। सेठजी ने शिल्पी के

जिस्म पर चादर डाली और उसके हाथ पैर खोल कर उसको आजाद किया, जगरानी अपनी बेटी से लिपट कर रोने लगी। माँ जानकी के आगे बेटे की लाश ज़रुर थी मगर इस वक्त उनमें दुःख नहीं था, सेठजी ज़रुर जमीन पर बैठ कर रोये जा रहे थे। जानकी ने उनको सम्भाला और उनके पास बैठते हुए कहा

'ये हमारा बेटा होने के लायक ही नहीं था, इसके लिए आंसू मत बहाइये, इसके जैसे हवसी कुकर्मी को सजा में मौत ही मिलनी चाहिए थी, कल तक बाहर मुंह मारता था, फिर बीवी के साथ भी हर दम जबरदस्ती करता था, और आज ये फूल सी बच्ची!! आपने इसको मुक्त किया है, इसके लिए आंसू मत बहाइये।'

'जानकी एक औलाद के लिए कितने मंदिर मजारें घूमे हम, याद है न तुम्हें? काश हमें भगवान एक लड़की ही दे देता, शादी करके अपने घर चली जाती, पर इसके जैसे नीच न होती, क्या कुछ नहीं किया इसके लिए जानकी, क्या नहीं किया? नहीं चाहिए हमें ऐसी औलाद!'

फिर शिल्पी के पास जाकर सेठ जी ने उसके पैर पकड़ लिए।

'बेटी किस मुंह से माफी मांगूंगा तुझसे, पर मेरी गलती ये जरूर है कि मुझे ये बहुत पहले कर देना चाहिए था। बहु ने बहुत सहा इस शैतान को और उसका गुस्सा इसने तुमपर निकालने की कोशिश की, मुझे माफ कर देना, इसके पापों का प्रायश्चित हमें करना ही होगा।'

कहकर सेठ जी फफक कर रो दिए!

उन्हें कुछ महीने की जेल भी हुई पर परिस्थितियां देख कर उन्हें रिहा कर दिया गया कुछ जुर्माने के साथ। सेठजी वापस आ गये। शिल्पी आज उनकी देख रेख में कॉलेज पूरा कर रही अपना और अपना भविष्य सुरक्षित करने में जी जान से जुटी है। उनकी बहु निशा ने उनका सारा कारोबार संभाल लिया है। अब सेठजी को किसी भी तरह की कोई चिंता नहीं! वो खुश हैं अपनी इतनी बेशकीमती और अनमोल बेटियों के साथ। किसी भी लड़की के सामर्थ्य पर शक क्यों करा जाता है? देवी को पूजने वाला समाज स्त्री को अपमानित करके विसंगतियों से जूझता दिखे तो आगे बढ़कर अपना हक छीन लेना और विरोध जताना ही एकमात्र उपाय है।

बदन पर उसके गुस्से के निशान बाकी हैं,
घरों में कैद रह गये जो, कुछ अरमान बाकी हैं।

वो नहीं सोचती अब ख्वाहिशों और जरूरतों को,
काटें हो पर फिर भी तेरी आखिरी उड़ान बाकी है।

उलाहना तो हर गली के मोड़ पर मिलेंगी तुझे,
मंजिलों के आगे भी असली मुकाम बाकी हैं।

न सिसकियों को तकदीर मान बैठ जाओ,
नहीं हुए जो पूरे सपने तमाम बाकी हैं।

दुपट्टों से घूंघट तक सफर पूरा हो तो चलो,
सफलताओं की एक नई दास्तान बाकी हैं।

पंडितजी

ट्रेन बहुत धीरे धीरे आगे बढ़ रही थी। लग रहा था कि जैसे कोई स्टेशन आने वाला है। भीड़ भी ऐसी कि लगता जैसे पूरा कुम्भ का मेला ट्रेन से ही प्रयाग जा रहा हो। ट्रेन धीरे धीरे स्टेशन पर रुक तो गयी मगर हालत ऐसी थी कि न कोई अंदर से बाहर जा पा रहा था न कोई अंदर आ पा रहा था, जो लोग खड़े थे वो गिरे जा रहे थे और जो बैठे थे वो दबे जा रहे थे। बैठे हुए लोग सोच रहे थे कि किस मनहूस घड़ी में ये सीट मिली थी। स्टेशन पर जमी भीड़ अफसोस कर रही अपने टिकट और समय दोनों के बर्बाद होने का। रेहड़ी वालों को ज़रुर थोड़ी आमदनी हुई जिनके नौकर चाय पानी समोसे लेकर खिड़की पर बैठे लोगों से चाय पानी पीछे पहुँचाने को लेकर हुज्जत कर रहे थे।

एक बोगी में एक पंडित जी भी थे, जो खिड़की की सीट पा गये थे, पाते समय ज़रुर उनके चेहरे पर विजयी मुस्कान होगी मगर अब तक वो निराशा और भारी भीड़ के कारण हिल भी न पाने की समस्या से कहीं गिर कर खो गयी है। 12 इंच की लम्बी शिखा, धवल वस्त्र, रुद्राक्ष माला, चन्दन का लेप माथे पर और उसपर त्रिपुंड। इतनी गरिमामयी वेशभूषा में पंडितजी शायद कहीं बहुत ही विशेष काम से जा रहे लगते थे। आस पास वालों से सटकर बैठने से उनके चेहरे के भावों में हो रहे बदलाव ये दर्शा रहे थे कि घर पहुँच कर कम से कम आधा घंटा तो स्नान बनता ही है। लोगों को साफ समझ आ रहा था कि कर्मकांडी दिखने वाले ये महाशय आम जन का संसर्ग सहन नहीं कर पा रहे।

उनकी कद काठी के हिसाब से वो कम से कम ढाई लोगों की जगह पर बैठे थे, अपने इस भरे पूरे गोलू नोलू शरीर पर इतना क्रोध आज तक नहीं आया होगा उन्हें। मगर आज वो खुद को भीड़ के दबाव में दबा हुआ महसूस कर रहे थे, वरना मजाल कि कोई उन्हें आज तक दबाने की सोच भी सका हो।

ट्रेन में लड़कों का एक झुण्ड भी था जो हंसी मजाक कर रहा था और सर्वाधिक लोकप्रिय ट्रेन के खेलों में सर्वप्रिय ताश में व्यस्त था जो कि नीचे अखबार बिछाकर चालू था। सीट पर वो भी थे मगर पंडित जी की तरह तशरीफ ना हिला पाने का अफसोस नहीं कर रहे थे। वो खुद ही प्रसन्न हुए जा रहे थे एक दूसरे के साथ की वजह से। उनमें से एक लड़के ने पंडितजी की गंभीर मुद्रा देखकर समझ लिया कि महाशय एकांतवासी हैं, आम जन का स्पर्श उन्हें स्नानागार की तरफ धकेलता होगा, सो उसने उनसे मजाक करने की सोची

'अरे पंडितजी आराम से बैठिये, चाय लेंगे क्या?'

'नहीं धन्यवाद!'

दूसरे लड़के ने पहले वाले की जगह जवाब दिया।

'अरे महेश, पंडित हैं बे वो, पूछना है तो खीर –पूड़ी, मिठाई, शरबत या लस्सी, रबड़ी वगैरह पूछो!'

पंडितजी समझ गये लड़के उनके साथ चुहल कर रहे हैं तो उन्होनें बहुत हल्की सी मुस्कान झलकाकर फिर खिड़की से बाहर देखना शुरू कर दिया। तभी एक लड़के ने उनके मुंह के पास हाथ ले जाकर बोला

'पंडितजी देखिये जरा मेरी शादी कब होगी? लड़की कैसी मिलेगी?'

दूसरे ने पहले की बात पर हंसते हुए बोला

'सीधे बच्चे पूछ न! शादी होगी ही जब बच्चे होंगे।'

पंडितजी ने फिर मन को शांत करके जवाब दिया

'अभी बेटा आप बमुश्किल 16–17 साल के ही होंगे, अभी पढ़ाई लिखाई करिए, समाज में अपना और माता पिता का नाम ऊंचा कीजिए, ये उम्र उसी की है, शादी विवाह वगैरह के फैसले अपने बड़ों पर छोड़ दीजिये'

लड़कों को शांति से मिले जवाब ने कुछ झेंपने पर मजबूर कर दिया, तो वो एक के बाद एक बेतुके सवाल पूछ पूछ कर पंडितजी को तंग करने लगे।

'पंडितजी पंडितों में दूसरी जाति वालों को नीचा क्यों मानते हैं?'

'पंडितजी आप लोग इतनी मोटी चुटिया क्यों रखते हैं?'

'पंडितजी इतिहास में सबसे ज्यादा लोग आपको ही क्यों गरियाते हैं?'

'पंडितजी आप सब लोगों ने शूद्रों के साथ कितना बुरा बर्ताव किया था?'

'पंडितजी आपके घरों में नीची जातियों में शादी होती हैं क्या?'

एक के बाद एक हुए गुस्सा दिलाने के उद्देश्य से सवालों का पंडितजी अपनी विद्या और अनुभव के हिसाब से जवाब देते रहे शान्ति से। तभी एक लड़के ने ऐसा प्रश्न किया कि पंडितजी को क्रोध आ जाना चाहिए था।

'पंडितजी आप लोग राममंदिर पर इतने आक्रामक क्यों होते हैं? हम भी हैं हिन्दू, हम तो नहीं चाहते कि लड़ाई झगड़ा हो, हमें तो कोई ऐतराज नहीं कि वहां मंदिर बने या मस्जिद, आप मुस्लिमों से घृणा करते हैं क्या?'

पंडितजी ने देखा कि बोगी में कुछ मुस्लिम भी हैं और लड़कों ने जान बूझकर ऐसा प्रश्न किया था जिससे पंडित जी की बात पर सब ऐतराज जता

दें। पर विद्या वही सफल जो समय पर काम आये। पंडितजी ने व्यवहारकुशलता को प्राथमिकता दी और लड़कों की तरफ देख कर कहा

'हम सनातनी ब्राह्मण हैं, मगर रूढ़िवादी कट्टरपंथी नहीं, हमारे घर के पीछे ही मुस्लिम भाइयों की बस्ती है, और हमें कभी नहीं लगा कि हमें वो जगह छोड़ कर कहीं और बसना चाहिए, अक्ल पर पट्टियाँ चढ़ीं हों तो घरों में भी लड़ाई हो जाती है, वरना लड़ने की कोई वजह ही नहीं होती, और ये नेताओं की तरह बातें करके हम आपस में वैमनस्यता क्यों बढ़ा रहे हैं? ये सवाल आपको नेताओं से पूछना चाहिए जिन्होंने देश को बाँट रखा है, सर्वसमाज में रह कर हम एक पंथ एक सम्प्रदाय के नान पर लड़ाइयाँ नहीं कर सकते, न करनी चाहिए, शांति और प्यार ही आखिरी रास्ता बचेगा हमारे पास जब सब रास्ते बंद हो जाएँगे, हमें उसी दिन का इंतजार है।'

पंडितजी से और बहस करके लड़के अपनी यात्रा और नहीं बर्बाद करना चाहते थे, चुप हो जाना ही अब ठीक लगा इतनी बातें सुनने के बाद। पंडितजी के जवाबों में कोई कटुता नहीं थी जो वो उन्हें परेशान कर पाते या उकसा पाते।

व्य्व्हारकुशलता अनुभव से दृढ़ होती है, पास बैठे मुस्लिम जनों के चेहरे पर भी मुस्कान थी, वो भी समझ रहे थे कि पंडितजी बहुत ही अनुभवी हैं, उन्होंने लड़कों की तरफ दया भरी नजरों से देखा और अपने काम में मशगूल हो गये। तभी अगले स्टेशन पर एक मुस्लिम महिला अपने बच्चे के साथ डिब्बे में चढने की कोशिश कर रही। पंडितजी ने देखा वो गर्भवती हैं तो पंडितजी ने खिड़की से ही अपना भारीभरकम हाथ निकल कर डिब्बे पर थपथपाया और जोर से चिल्लाए

'अरे बहन को जगह दो, अंदर आने दो उसे'

बहन भी एकबारगी सोच में पड़ गयी कि अंदर से कौन सा भाई आवाज दे रहा! और सोच रही कि अंदर पहुँच भी गयी तो इतनी भीड़ में बैठने की जगह कहाँ मिल पाएगी, लेकिन पंडितजी ने अपना गमछा सीट पर रखा और उठ गये, उनके उठते ही पास दबे बैठे लोगों ने थोड़ा हाथ पैर चलाने की कोशिश की जो जाम हो चुके थे कब से बैठे बैठे।

पंडितजी ने उस महिला के बच्चे को सीट पर बिठाया और फिर उसे भी आगे बढ़ा दिया खुद गमछा उठा कर फिर खड़े खड़े यात्रा संपन्न की। ट्रेन का सद्भाव नजरों में बस गया और सहिष्णुता की चमक आँखों से होती हुई बुद्धि को रौशन कर गयी। पंडितजी सनातनी ही नहीं मानवता के भी प्रकांड विद्वान

निकले। आजकल लोग नहीं समझते किस स्थान पर किस तरह बात करनी चाहिए। वैमनस्यता को बढाने वाली बातों से हमेशा दुराव होता है। इसलिए सार्वजनिक स्थानों पर तो कम से कम इस तरह की भड़काऊ बातें करना किसी के लिए भी अच्छी बात नहीं।

न कुछ खास चाहत है,
न है कुछ रोने खोने को,
मगर कुछ तो मगर फिर भी,
है बर्बाद होने को,
गलतियां न ले डूबें,
इसी अनजान डर से मैं,
पलटते पन्नों में छुप गया
मैं इक आजाद कैदी सा।

निकलेगा कोई मुझे यहाँ से,
कोई संवारेगा वजूद मेरा,
कोई तबाह करेगा मुझे,
अर्थों में अपने छुपा,
जो मैं इक शब्द था तो मैं,
मेरे अर्थों के भंवर में था,
जब मैं ही अर्थ बन गया,
तो कैसे खुद को समझूंगा,
इसी गुमनामी के डर से मैं,
पलटते पन्नों में छुप गया
मैं इक आजाद कैदी सा।

न अर्थों से है जंग मेरी,
न मैं डर गया इनसे,
मुझे डर तुमसे –तुमसे है,
न और डरता मैं किसी से,
मैं इक शब्द हूँ बस, न मुझको,
व्याख्यानों से समझो,
न अपने अर्थों से तोड़ो ,
न इशारों से मुझे समझो ,

तुम्हारे समझने से डरता हूँ ,
न जाने क्या समझ जाओ ,
इसी नासमझी के डर से मैं ,
पलटते पन्नों में छुप गया,
मैं इक आजाद कैदी सा।

दुपट्टा

8 साल का था, जब नए मोहल्ले में पापा ने अपना घर लिया था। पास में एक घर था जिनके यहाँ पापा का आना जाना था, जिन्होंने पापा को इस घर के बिकने की खबर दी थी। उनकी एक खूबसूरत सी बेटी थी, जो मुझसे दो–तीन साल बड़ी होगी। इस नए घर के आस पास मेरी उम्र का कोई था ही नहीं, सब ही तीन चार साल बड़े थे। पुराने मोहल्ले के दोस्त (मैं तो यही मानता था) छूट गये सारे। पुराने स्कूल से नाम कटा कर घर के पास वाले स्कूल में लिखवा दिया गया। पता नहीं कैसे और क्यों मगर मैंने उस उम्र में ही आत्मविश्वास खो दिया था। किसी भी अपने से बड़े से नजर मिलाकर बात ही नहीं कर पाता, कोई जरा सा डपटकर बोल दे तो सूसू निकलने जैसी हालत हो जाती, शक्ल जॉनी लीवर से मिलती थी, और खराब आत्मविश्वास के कारण पढाई में फिसड्डी ही रहता, मेरा पूरा ध्यान खुद को स्मार्ट बनाने में लगा रहता। भले ये कभी काम न आता मेरे।

स्कूल में तेज लड़के मुझे अपने पास बिठाते नहीं थे और शैतानों की टोली में वैसे ही अलग था जैसे पानी में तेल की बूँद। वो मुझे तंग करते, मेरा बैग छीन लेते, मेरा टिफिन खा जाते, मेरी पैंट में पानी डाल देते, मेरे बालों में कलर लगा देते और एक बार तो च्युइंगम चिपका दिया था, जो बाल काटने के बाद ही निकाल सका था। मगर मैं रोने के सिवा कुछ नहीं कर सकता था। किसी से शिकायत करने के ख्याल पर लगता कि इनसे पंगा लिया तो शायद कभी साथ न बिठाये, या खेलने न दे या टेस्ट में कुछ न बताएं कभी। मैं शायद दुनिया का सबसे दुखी बच्चा था। मेरे मार्कस काम आते, मुझे स्पोर्ट्स में कोई दिलचस्पी नहीं थी। मेरा कोई टीचर मुझे नहीं पसंद करता और मेरे क्लास के लड़के लड़कियाँ मुझे अपने ग्रुप का मेम्बर बनाने को तैयार नहीं होते। मुझे नहीं पता मैं क्या करना चाहता था या मेरी जिंदगी कहीं बिना उद्देश्य की तो नहीं? हर घर के बच्चे कुछ न कुछ बनना चाहते थे, मुझे नहीं पता चल पा रहा था कि मैं क्या करूँगा। कहीं किसी दुकान पर तो नहीं काम करना पड़ेगा मुझे! मैं उसे बुरा नहीं मानता था मगर पापा की समाज में जो इज्जत थी उसके चलते मैं खुद को किसी नौकरी में ही ठीक पाता था, लेकिन मेरी पढ़ाई का जो हाल था, उससे किसी चपरासी की भी नौकरी नहीं लग सकती थी। मैं निराश हुआ जा रहा था। अपनी बढ़ती उम्र को अभिशाप मानकर।

मैं घर आता तो पापा का चेहरा देखते ही सहम जाता क्योंकि उन्हें अपने इकलौते बच्चे में जो तेजी, रिजल्ट, होशियारी जैसी खूबियाँ चाहिए थी वो मुझमे नहीं थी। वो मुझसे और मेरी प्रगति से निराश थे। इसी तरह मेरा निरर्थक जीवन अपनी नियति की तरफ बढ़ा चला जा रहा था।

14 साल का हुआ तो सोचा मुझे कराटे आते होते तो शायद मैं भी सबमें अच्छी तरह पूरे आत्म विश्वास से घुल मिल पाता, पर क्लासेस करके सबको जताना नहीं चाहता था इसलिए मैंने फुटपाथ से 'दो महीने में बने कराटे चैम्पियन' नाम की किताब खरीदी और छत पर पंचिंग बैग टांग कर प्रैक्टिस करके ब्रूस ली बनने की सोची। मैंने पहले ही पंच से खुद को यकीन दिलाने की भरपूर कोशिश की कि मुझमें एक महान फाइटर बनने की कला पहले से ही मौजूद है और यही सोचकर मैंने पंचिंग बैग पर पूरी ताकत से मुक्के बरसा दिए, और अगले पांच सेकण्ड के अंदर ही अंदर मैं और मेरे पंच दोनों ठंडे पड़ गये, हाथों ने उठने से मनाकर दिया और साँसों ने फेफड़ों से रेस शुरू कर दी। मैं हांफने लगा बुरी तरह। तभी मेरे कानों में बहुत ज्यादा तेज हँसने की आवाजें आयीं, ये चीनू थी। वही पास वाले अंकल की बेटी। अपनी छत से मुझपर हंस रही थी, दोनों की छतें आपस में मिलती थीं।

मैं शर्म से पानी पानी हो गया।

'ओये जैकी चैन, शहीद होने आया है क्या?'

'क..क्या, वो...मैं...मैं तो बस यूँ ही!'

'हाँ हाँ तू तो बस कमाल ही है, हा हा हा हा।'

मैंने गुस्से से उसकी तरफ देखा और नीचे की तरफ भागा, वो पता नहीं कितनी देर खड़ी मुझपर हंसती रही होगी! अगले कई दिन तक मैं उसके सामने जाने से कतराने लगा, मुझे देखकर उसकी हंसी छूट जाती, अगर बड़ी न होती तो मैं दो रखकर देता और सारी हंसी निकल देता। ऐसा मैं सोचता पर मैं तो किसी से ऊंची आवाज में बात भी नहीं कर पाता। मेरी आवाज ही कांपने लगती है जैसे बकरी की मेमे करती हुई आवाज। अब शायद मैं ऐसा ही रहूँगा, दिन बीतते रहे और मैं लोगों से कटता चला गया और उन्हें और ज्यादा बर्दाश्त करने लगा। छोटे और बड़े होने में बस यही फर्क आ गया था कि मैं बस अब रोने नहीं लगता था, या यूँ कहें कि रो पाने की भी हिम्मत अब नहीं रह गयी थी। मोहल्ले के कई बड़े लड़के जहाँ लोगों से लड़ाई झगड़ा करके पुलिस थाने और एफआईआर तक जा पहुंचे थे वहीं मैं अब भी किसी की आँखों में झाँक कर बात नहीं कह पाता था।

इस बार होली पर –

सब तरफ रंग खेला जा रहा था। हमारी तरफ, सब एक पास के मैदान में अपने रंग और पिचकारी वगैरह लेकर सामूहिक होली के उत्सव जैसे इकट्ठे होकर होली खेलते थे। छोटे छोटे बच्चे हाथों में पिचकारी लेकर बड़ों पर रंग डाल रहे थे। उन सबका खास निशाना मैं ही था, उनको मुझे रंगना भा रहा था और मैं भी उनसे रंग लगवा कर खुश था। तभी हमारे मोहल्ले के 6–7 बड़े लड़कों को मुझमें शायद एक खिलवाड़ करने लायक कुछ नजर आ गया, सबने मुझे घेर लिया और घेरेबंदी करते हुए दूर तक ले आये, लगभग 100 मीटर। मुझपर रंग डाला, मिट्टी रगड़ी, मुझे गोबर में ढकेला, मेरी सैंडेल निकाल कर फेंक दी टंकी में, मेरी शर्ट फाड़ दी और मेरी पैंट से बेल्ट निकाल दी, मैंने बहुत कोशिश की, विरोध किया तो मेरी पैंट वो नहीं निकाल सके। मैं सिसक रहा था, और 'प्लीज जाने दो मुझे, छोड़ दो मुझे' की रट लगाये था। काफी देर परेशान कर लेने के बाद उन्होंने मुझपर तरस खा ही लिया। बाकी लोग होली खेल कर जा चुके थे, मगर मेरी एकदम फटी शर्ट और फट चुकी ढीली पैंट से मैं कैसे भाग कर घर जाऊं कुछ समझ नहीं आ रहा था। मैं घुटनों पर सर झुकाए बैठा था और अपने आप को कोस रहा था, रो रहा था, मगर चीख नहीं पा रहा था। मेरी हमेशा की आदत रही, मैं अपने कमरे में इसी तरह घुट घुट कर रो लेता था ताकि मम्मी पापा को न पता चल जाये। मैं आज फिर वही कर रहा था।

तभी मुझे चीनू आती दिखी, वो मुझे ही ढूँढ़ती हुई मेरी तरफ बढ़ी चली आ रही थी।

'इसको भी अभी आना था? मेरी ये हालत देखकर न जाने और कितने दिन मेरी हंसी उड़ाएगी?'

मैंने मन में बुदबुदाया।

'निशांत चलो, मैं तुम्हें ही लेने आई हूँ।'

उसने आकर पास में बैठते हुए मेरे चेहरे को ऊपर उठाते हुए कहा, मेरा पूरा चेहरा आंसुओं से भरा और जगह जगह मिट्टी, कीचड़ और गोबर से सना हुआ था। मैंने उसको एक बार गुस्से से देखा और नजरें नीची कर लीं। और खुद को उसके हाथों से छुड़ाने की अनमने ढंग से कोशिश की। मगर उसने मेरे हाथों से बनाया मेरे घुटनों के चारों तरफ का घेरा तोड़ते हुए मेरा सर ऊँचा किया।

'चली जाओ यहाँ से, मुझे तुम्हारी हमदर्दी नहीं चाहिए। मुझे किसी की भी हमदर्दी नहीं चाहिए।'

कहते कहते ही मेरा गला भर आया और दृश्य नजरों में झिलमिलाने लगे।

'नहीं मैं तुम्हें यहाँ से ले जाने आई हूँ, इस तरह हारा हुआ और आंसू बहाता निशांत नहीं देखना चाहती मैं। चलो उठो और मेरे साथ चलो।'

'मुझे कहीं नहीं जाना, सुन रही हो, मुझे कहीं नहीं जाना।'

मैंने आखिरी शब्द पर अपना पूरा जोर दिया रोते रोते और झटके से अपना हाथ छुड़ा लिया।

'मुझे सब दिखाई और सुनाई दे रहा है, बस जितना कह रही हूँ सुनो, चलो यहाँ से, प्लीज।'

इतना कह कर उसने मुझे खींच कर उठाया और मुझे अपना दुपट्टा दिया ओढ़ने को।

'इसे लपेटो और खुद को दूसरा मौका दो, तुम्हारी हिम्मत इसमें नहीं दिखती कि छह लोगों से पिटो ही न, बल्कि तुम्हारी हिम्मत इसमें होगी कि इस हालत में भी तुम घर तक जा सकोगे य नहीं जहाँ रोज की तरह मजाक करने वाले कमीने लड़के और तुम्हारे कमजोर आत्मविश्वास की वजह से तुमसे निराश रहने वाले तुम्हारे पापा होंगे। जिनके डर से तुम अब तक यहाँ दुबके बैठे हो।'

उसने मेरा हर डर हर शंका कितनी आसानी से समझ ली और मुझे हिम्मत दिलाने वाली बातें कह कर सच में मुझे अच्छा महसूस कराया जैसे मैं भी व्यक्तिगत रूप से कोई हूँ, एक डरपोक के अलावा भी कोई वजूद है मेरा। मैं उसको इतनी भलाई के बाद कुछ कह नहीं सकता था, मगर पहले कभी मुझ पर जोर से हंसने वाली चीनू को मेरा इतना ख्याल करते देख कर अच्छा भी लग रहा था और आश्चर्य भी हो रहा था। उसने मेरा हाथ पकड़ा और मुझे लेकर आगे आगे चलने लगी, मैं धीरे धीरे वहां से आगे बढ़ने लगा। कुछ दूर आने पर मैंने पलट कर उस जगह को देखा जहाँ कुछ सेकंड पहले मैं बैठा रो रहा था, मुझे वहां बैठा कमजोर और बुझदिल निशांत दिखा जिसकी पैंट फटी, शर्ट गायब, चेहरा बुझा हुआ सा और निराश था। मैंने कसम खायी कि आगे की हर परिस्थिति में चाहे मेरी नजरें ऊपर न उठे, चाहे मेरे आंसू बह निकले, चाहे मैं चिल्लाऊं मगर अब से डरकर पीछे नहीं हटना है। अपनी वो परछाई अपनी आँखों से देखी और दिल ही दिल में भगवान से प्रार्थना की कि मुझे दोबारा ऐसी परिस्थिति में न डालना कभी।

घर पहुँचने से कुछ दूर पर एक प्लाट पर वो सारे के सारे बैठे थे, चिलम, शराब और भांग की महक बहुत दूर तक आ रही थी। उसमें से एक लड़के नीरज ने मुझे और चीनू को आते हुए देखा तो अपने सब साथियों को हमारी तरफ देखने का इशारा किया, सब बहुत हँसे जोर उनमें से एक बोला

'दुपट्टा ही क्यों, सलवार कुरता भी दिया होता न इस छक्के को, चूड़ियाँ तो हम लोग खरीदेंगे इसके लिए।'

चीनू ने मेरा हाथ पकड़ा और जोर से घसीटने लगी और हमारी रफ्तार बढ़ने लगी।

'भागती कहाँ है चीनू, तुझे तो पूरा मोहल्ला ढूँढ रहा सुबह से, एक बार तो हमसे रंग लगवा ले।'

इतना कहते हुए नीरज नशे में अपनी हद भूल कर आगे बढ़ा और चीनू के गाल पर हाथ कसने के इरादे से बढ़ा। मुझे जिंदगी में इतना गुस्सा कभी नहीं आया ये तो नहीं कहूँगा मगर आज मैं अपने इस गुस्से को आंसुओं में नहीं बह जाने दे सकता था। मैंने नजरें दौड़ायीं और प्लाट पर पड़ी सरिया तक पहुँचने में मुझे एक भी सेकंड नहीं लगा, उठाने के साथ साथ ही नीरज की टांग में दो जगह फ्रैक्चर कर डाले मैंने।

वो दर्द से तिलमिला उठा और उसके बाकी साथी भी उसकी हालत देखकर नशे में गिरते पड़ते तितर बितर होने लगे। चीनू ने मुझे गले लगा लिया, अब वो मुझे बहुत खुशी से देख रही जैसे मेरा नया जन्म हुआ हो और मैं उस निशांत को देखने की कोशिश कर रहा जिसे मैं मैदान में ही छोड़ आया था।

तू गिरा ताश के पत्तों सा,
नर्क बना दे ये जीवन,
पर मैं न कर पाउँगा खुद को,
तेरे सम्मुख यूँ अर्पण,
तूने बस जन्म दिया है पर,
मैंने सीखा है सब खुद से,
तुझसे ही था ये मर्म मिला,
मैं हूँ यहाँ बेहतर सबसे,
आज तेरे प्रपंच की हर,
दीवार तोड़ आया हूँ मैं,

कर न दो दो हाथ कि,
ज़िन्दगी लौट आया हूँ मैं।

क्या समझ के बैठी है मुझको,
एक बात मैं समझा दूँ तुझको,
मैं नहीं खिलाड़ी कच्चा अब,
जीकर मैं दिखाऊंगा तुझको,
तोडूंगा तेरा आज मैं भ्रम,
विश्वास अटल मेरा खुदपर,
रोया हूँ अगर मैं आज तू सुन,
कल लोग हंसेंगे सब तुझपर,
बस ये ही अभिमान तेरा,
एक बार तोड़ने आया हूँ मैं,
कर न दो दो हाथ कि,
ज़िन्दगी लौट आया हूँ मैं।

वो होंगे अलग डरने वाले,
संघर्ष मेरा कहानी सा है,
मेरी तकलीफें भी हैं उपमा,
जलती रेत में पानी सा है
तू रहने दे तेरे बस का नहीं,
मुझे झुकाना अब आसान कहाँ,
मैं झुक जाऊं फिर मेरी जिद को.
रहेगा मुझ पर गुमान कहाँ?
ये सच है तेरे दरवाजे पर बस,
पैगाम छोड़ने आया हूँ मैं,
कर न दो दो हाथ कि,
ज़िन्दगी लौट आया हूँ मैं

प्रमोशन

गिरीश को आज प्रमोशन मिला है और इन्क्रीमेंट भी हुआ है, रास्ते में आते हुए खुशी से उछलता चला आ रहा है। सोच रहा है पिछले पांच साल से इसके लिए ही तो रात दिन मेहनत की और आज वो दिन आ ही गया। गिरीश ये सोचते हुए घर की तरफ बढ़ा चला जा रहा बिना ध्यान दिए सड़क पर।

'बच्चों की शिकायत थी कि पापा कभी घुमाने नहीं ले जाते, 10–7 की जॉब सर उठाने की फुर्सत नहीं, मम्मी को भी वैष्णो देवी ले जाना है। पापा की तो ये ही आखिरी इच्छा थी जो उनके साथ ही चली गयी, कितना कहते रहे कि बेटा वैष्णो देवी के दर्शन करवा दो जाने कब ऊपर से बुलावा आ जाए, और सच में पापा की बात ही सच साबित हुई। मम्मी ने कितना सुनाया था तेरहवीं पर पापा की, कितना डांटा था कि माँ बाप की इच्छा क्या काम के सामने कुछ नहीं? पर माँ को भी तो समझना चाहिए न कि मैं कोई मस्ती नहीं कर रहा, दिन रात मेहनत करता हूँ कि बुढ़ापे में आप लोगों को ही कोई तकलीफ न दूँ, दवा इलाज हर चीज का इंतजाम कर रखा है, अपने कपड़े तीन साल से प्रेस मार कर चला रहा हूँ, पर आप लोगों का इंश्योरेंस करवा रखा है, शालिनी कहती रही अबकी दिवाली में तो एक जोड़ी नए कपड़े ले लो पर, ऊपर छत का प्लास्टर गिर रहा था, उसकी भी तो मरम्मत जरुरी थी न, मैं क्या करता? 20000 में घर का खर्च, बच्चों की फीस, बिजली, पानी, गैस, और बीमे की किश्त के बाद बमुश्किल हजार पांच सौ ही तो बचते हैं, वो भी कोई बीमार पड़ जाए तो और मुसीबत। पापा की अधूरी इच्छा मेरे जीवन का सबसे बड़ा अफसोस रहेगी मैं ही जान सकता हूँ बस, पर पापा मेरी जगह होते तो वो भी इसी तरह करते जैसे मैं कोशिश करता हूँ सबको खुश रखने की। मम्मी ने भी कोई सच्चे मन से नहीं कहा था मुझे वो सब मुझे मालूम है, दुखी होकर उनके मन से जो निकलता गया मैंने समझ लिया, वो जान बूझ कर अपने लड़के का मन थोड़े दुखाएंगी। मुझे पता है वो मुझे बहुत प्यार करती हैं, मगर बस वो यही चाहती हैं कि मैं भी परिवार की तरफ थोड़ा ध्यान दूं। मगर मैं ओवरटाइम न करूं तो कैसे चलेगा? पापा के टाइम पर छुट्टियां मिल जाती थी, अब लोग खून चूस कर काम निकलवाते हैं। इसी काम के तनाव में पिछले महीने ब्लड प्रेशर की समस्या हो गयी, अब उसकी दवा शुरू। जिम्मेदारी निभानी हैं तो काम करना ही पड़ेगा वरना कल को बच्चे कहेंगे नहीं कि पानी पिलाकर ही पालना था तो पैदा क्यों किया था। मैंने भी पापा से जिद की थी कॉलेज में कि पापा बाइक लेनी है तो पापा ने स्कूटर बेचकर डाउन पेमेंट दी थी। कभी कभी पापा को छोड़ने भी जाता था ऑफिस मगर जब जल्दी जाना होता था तो संकोच में बैठा रहता कि अगर मैं निकल गया तो पापा कैसे जाएँगे ऑफिस तब पापा सब जान जाते और मुझे कहते कि जाओ यार मैं पैदल ही निकल जाऊँगा इसी बहाने सैर हो

जाएगी वरना बुढ़ापे में जोड़ काम भी नहीं करेंगे। इस तरह का त्याग अपनी संतान के लिए सिर्फ माँ बाप ही कर सकते हैं। मम्मी कहती कि लाओ रोटी पर घी लगा दूं तो कहते गिरीश को खिलाओ सूखता जा रहा मैंने जवानी में बहुत दूध घी खाया पिया। मम्मी ने मुझे गलत नहीं डांटा मैं उस पिता की ही आखिरी इच्छा न पूरी कर सका जिसने मुझे जिंदगी दी तो मैंने जीवन में किया ही क्या?मैं क्या खाक जिम्मेदार बन पाऊंगा उन जैसा?'

इसी तरह सारी बातें सोचते विचारते गिरीश घर आ पहुंचा और सीधा मम्मी के कमरे में गया और उनके पैर दबाने लगा।

'आ गया बेटा?'

'हाँ माँ!'

'क्या हुआ इतना मुंह लटका कर क्यों बैठा है?'

'मम्मी मेरा प्रमोशन हुआ है आज!'

'अरे वाह! इतनी खुशी की बात है और तू मुंह लटका कर बैठा है?'

'मम्मी तुम ठीक कहती हो मैं कभी एक अच्छा बेटा साबित नहीं हो सकता! शायद मैं पापा को वैष्णो देवी ले जा सकता था मगर काम के चलते उनकी बात को अनसुना कर दिया। और वो बिना माता के दर्शन किये ही दुनिया छोड़ गये। इससे बड़ा दुःख मेरे जीवन में और क्या होगा?'

'तू अब भी उस दिन की बात को दिल में दबाकर बैठा है पगले! मैं तो खुद ही सुध में नहीं थी अपने, और तू उस बात को अब तक भुला नहीं सका! मुझे तो सच में अब याद भी नहीं मैंने तुझे कहा क्या था! अरे गिरीश मेरे बच्चे तू रो क्यों रहा है? अपनी माँ की बात इतनी बुरी लग गयी तुझे?'

'माँ तुमने जान बूझकर न कभी कहा न कहोगी मगर सच तो यही है न कि मैं उनके आखिरी समय में उतना नहीं कर सका जितना मुझे करना चाहिए था, अब मैं क्या करूँ? कैसे जियूं इस अफसोस के साथ?'

'बेटा तुमने पिछले दस सालों में हम लोगों की जितनी सेवा की इतना दिल लगाकर, वो कोई कर सकता है क्या? किसी भी माँ बाप के लिए गर्व और घमंड की बात होती है तुम जैसा बेटा पाना! याद है दो साल पहले जब पापा को बुखार हुआ था और उन्हें भर्ती करवाना पड़ा था, तू तीन दिन तक हटा भी नहीं था उनके पास से, न तू सोया जब तक डॉक्टर ने उन्हें स्वस्थ नहीं बता दिया। बेटा हम तो बहुत खुशनसीब हैं कि तुझ जैसा बेटा हमें मिला। पापा हमेशा कहते थे कि मुझे मेरी दौलत से बहुत प्यार है जो भगवान ने मुझे गिरीश जैसे बेटे के रूप में दी है, तू ही बता कौन सा बेटा होगा जो पूरा दिन थक कर दिमाग खपाकर आये और पहले अपने माँ बाप के पैर दबाए, तुझे तो नींद भी ना आए अगर तू ऐसे सोने की कोशिश करे। मैं तुझसे बिलकुल भी गुस्सा नहीं हूँ न तुझसे कोई शिकायत है मुझे। तू इसी तरह तरक्की करे और भगवान तुझे संसार की सारी खुशियाँ दें।'

अब गिरीश के मन को सुकून मिला जिसके लिए उसका मन कई दिनों से बेचैन था।

रुकती नहीं बस चलती जाती है ज़िन्दगी,
रुलाती है फिर खिलखिलाती है ज़िन्दगी,
आंसू देने वालों को रोक न सकेंगे हम,
फिर मौत तक लड़ती जाती है ज़िन्दगी।

कोशिशें नाकाम हो या उम्मीदें हताश हो,
हौसला डिगे या भटकता विश्वास हो,
क्या हुआ जो थोड़ा डर गये जमाने से,
कमजोरों को भी डटना सिखाती है ज़िन्दगी।

कदम बढाने पर अपनाती है ज़िन्दगी,
सताए हुए को फिर बहलाती है ज़िन्दगी,
मरने के बाद जो बचता वो नाम है,
वो नाम भी कमाना बताती है ज़िन्दगी।

बच्चों की नादानियां बड़ों का सयानापन,
धीरे धीरे इनमें बदल जाती है ज़िन्दगी,
कहती है साथ साथ तुम भी बदलते चलो,
क्योंकि कहीं पर न रुक पाती है ज़िन्दगी।

भटकता है मन जब हाथ की लकीरों में,
डरता है तू जब बेकार की दलीलों में,
डगमगा रहा हो जब विश्वास टूट जाने को,
तब ही सही राह पर लाती है ज़िन्दगी।

लम्हा

ये कहानी है 28 साल की सुरेखा की। घर में बस वो और उसकी सास ही हैं। पति अखिल देश के लिए शहीद हो गये और 2 साल का बेटा रिशू डेंगू की भेंट चढ़ गया। ये ही दो प्राणी और बड़ा सा घर। पेंशन है और खाने भर का राशन गाँव से आ ही जाता है और कुछ अच्छी सेविंग्स भी हैं। कुल मिलाकर खाने खर्चे की तरफ से दोनों औरतों को कोई समस्या नहीं है। तकलीफ है तो एक दूसरे से। दोनों एक दूसरे को बिलकुल पसंद नहीं करती हैं न बात ही करती बिना वजह। अखिल की मौत के बाद सुरेखा थोड़ा बहुत ज़रुर अपनी सास नंदिनी के लिए करती है मगर नंदिनी को उसकी जरा भी फिक्र नहीं रहती है। अखिल के रहते नंदिनी को इस बात से दिक्कत थी कि अखिल और सुरेखा ने बिना उसकी रजामंदी के शादी कर ली, और अखिल के जाने के बाद उसने सुरेखा को ही अखिल की मौत का जिम्मेदार ठहरा दिया, बोली बेचारे ने जंग में कोई प्रतिरोध ही नहीं किया दुश्मन का। भले ही ये सही नहीं था मगर नंदिनी अपनी तरफ से सुरेखा को कोसने में कोई कमी न रखती। सुरेखा से जब न सहन होती नंदिनी की बातें तो वो कमरे में जाकर रो लेती, मगर अब कहती वो भी अपनी तरफ से कुछ नहीं है। उसको जीवन में कोई उम्मीद नहीं नजर आती है, सोचती उसका जीवन निरर्थक है अब। वो क्या करे अब? सोचा कोई जॉब ही कर ले मगर नंदिनी ने चीख पुकार मचा दी कि भरा पूरा घर था सब खा कर भी अब तक मन नहीं भरा जो अब बाहर नौकरी करके खानदान की नाक कटवानी है। मगर सुरेखा को घर पर रहना अंदर ही अंदर खाए जा रहा था। इसी तरह कुढ़ कुढ़ कर दिन कटे जा रहे थे। एक दिन दरवाजे पर दस्तक हुई और एक लड़की ने आवाज लगाई।

'हेल्लो कोई है घर में ?'

सुरेखा – हाँ बताइए किससे काम है आपको?

'मेरा नाम नैना है, मैं इस एरिया में घर ढूँढ रही हूँ, किराये पर देने को कोई तैयार नहीं जबकि सबके कितने कितने बड़े घर हैं। पास में जो परचून की दुकान है न वहां पूछा तो उसने बताया कि आपके यहाँ कमरे खाली होंगे।'

लड़की ने सारा कुछ एक ही सांस में कह दिया और पहले से फूल रही साँसों के बीच उसने एक बड़ी सी एक्स्ट्रा लार्ज साइज की सांस खींच कर खुद को संयमित किया।

सुरेखा – देखिये मैं उसमें कुछ कर नहीं सकती, आप अंदर आइये और मेरी सास और इस घर की मालकिन से बात कर लीजिये, वो राजी हो तभी कुछ हो सकता है।

नैना – ओह्ह ऐसा क्या?

सुरेखा – जी बिलकुल ऐसा ही, आप आइये।

नैना और सुरेखा नंदिनी के पास पहुँचते हैं और सुरेखा नंदिनी को सारी बात समझाती है जिसके कुछ देर बाद हुई बातों में ये तय हो जाता है कि नैना को ऊपर सुरेखा के पास वाला कमरा दे दिया जाए, क्योंकि नंदिनी किसी को नीचे नहीं रखना चाहती ताकि उसकी नींद आराम और पूजा पाठ में दखल न कर सके कोई।

नैना – तो सुरेखा जी मैं कल ही यहाँ शिफ्ट हो जाती हूँ यहाँ।

सुरेखा – ठीक है, वैसे आप अकेली हैं या और कोई भी है साथ में?

नैना – सुरेखा जी मैंने मांजी से तो नहीं कहा मगर आप तो अपनी ही उम्र की हैं, दरअसल मेरा एक बॉयफ्रेंड है...सागर, वो भी रहेगा मेरे साथ, और यकीन कीजिये हम बिलकुल नार्मल ही रहेंगे, आप किसी तरह की टेंशन न लीजियेगा, बात ऐसी है कि वो अभी स्ट्रगल कर रहा है तो दोनों की ही इतनी इनकम नहीं हो पाती कि अलग अलग रूम लेकर रहा जा सके। वैसे भी वो जॉबलेस है अभी। तो फिलहाल हमें कुछ महीने रहने दीजिये बाद में हम पक्का अलग अलग ही रहेंगे, आप प्लीज थोड़ा को –ऑपरेट कीजिये सुरेखा जी।

सुरेखा – मगर मांजी नहीं मानेंगी।

नैना – मैं उनसे कह दूँगी कि वो मेरा भाई है, आप चिंता बिलकुल ना करें मैं उन्हें बिलकुल शक करने का मौका नहीं दूँगी। और जिस दिन उन्हें शक हुआ मैं वादा करती हूँ कि मैं कमरा छोड़ दूँगी, आप पर कोई दोष नहीं आएगा।

सुरेखा को तो बस घर में चहल पहल चाहिए थी, अगर इस श्मशान में कोई रहने को तैयार है तो उसको कोई दिक्कत नहीं, मगर नंदिनी को जरा सी भी भनक लगी तो बवंडर कट जाएगा ये तो पक्का था।

सुरेखा – ठीक है नैना मगर किसी भी तरह की गलत हरकत यहाँ नहीं चल पाएगी, मसलन ड्रिंकिंग, स्मोकिंग, लेटनाईट पार्टियाँ यहाँ नहीं हो पाएंगी ध्यान रखियेगा।

नैना – अरे सुरेख जी हम खुद इसके एलर्जिक हैं, और सागर तो बहुत ज्यादा बड़ा कीड़ा है अकेले रहने का, एकांतवासी टाइप का। मैं आपको गारंटी दे रही हूं।

सुरेखा – ठीक है फिर।

अगले दिन–

नंदिनी – सुरेखा।

सुरेखा – जी मम्मी।

नंदिनी – देख दरवाजे पर कौन है?

दरवाजा खोलने पर पता चलता है कि नैना और सागर आये हैं सामान के संग।

सुरेखा – मुझे लगा था कि आप लोग शाम तक आएँगे।

सागर – जी हम तो शाम को भी आ जाते पर ये मासूम सी दही जलेबी शाम तक का इंतजार कैसे करती?

सागर ने एक बड़ा सा पैकेट सुरेखा के हाथ में पकड़ाते हुए कहा, सागर एक अच्छा खासा मॉडल टाइप लड़का है, सामान्य से लम्बे बाल और जिम किया शरीर, सिंपल पहनावा और चेहरे पर मुस्कान। किसी को भी एक बार देखने पर मजबूर कर दे।

सुरेखा – आपने बेकार में इतना तकल्लुफ किया।

नैना – फिर आप भी कीजिये तकल्लुफ और हमें चाय पिलाइए, बात बराबर हो जाएगी।

सुरेखा – हाँ क्यों नहीं, ये भी क्या कहने की बात है? आप दोनों कमरे में पहुँचिये, मैंने सब साफ कर दिया है, बैठिएगा मैं अभी आती हूँ चाय लेकर।

तभी नंदिनी ने अपने कमरे में से ही चिल्ला कर कहा

नंदिनी – कौन है? अभी तक दरवाजा बंद नहीं कर पायी होगी तुम। दरवाजे पर खड़ी होकर किससे लगी पड़ी हो? नैन मटक्का करना नहीं गया इसका।

नंदिनी के ये शब्द नैना और सागर के कानों में पड़े और दोनों से नजरें मिलाती हुई सुरेखा की आँखें भर आयीं। वो नजरें झुकाकर भारी आवाज में बोली

सुरेखा – ये मेरी सासू माँ हैं, ऐसी ही हैं, आप लोग बैठिये मैं चाय लेकर आती हूँ।

कहते कहते सुरेखा को लगा कि वो रो देगी तो दौड़कर कमरे की तरफ भागी, सागर ने नैना की तरफ देखा तो जैसे उसने सुरेखा के पीछे जाने का

इशारा किया हो नैना भी सुरेखा के पीछे पीछे गयी। सागर ने सामान लिया और कमरे की तरफ बढ़ चला।

नंदिनी के पास पहुंची सुरेखा और पीछे पीछे नैना भी। जिसको नंदिनी ने नहीं देखा और सुरेखा पर आँखें तरेरते हुए कहा

'कौन आया था?'

नैना ने सुरेखा को कुछ बोलने न देते हुए आगे आकर कहा।

नैना – मैं हूँ मांजी। और मेरा भाई सागर।

नंदिनी – क्या भाई ? भाई वाई की तो बात ही नहीं हुई थी।

नैना – मांजी आप ही बताइए कोई लड़की बिना भाई या घरवालों के कैसे बाहर रह सकती है? मम्मी पापा आने ही नहीं देते।

नंदिनी – तो ठीक करते, वो कमाकर नहीं खिला पाते क्या जो अनजान शहर में नौकरी करने चली आई? भाई साथ रहेगा तो 1500 किराया अलग लगेगा।

नैना – देती हूँ ना मांजी, ये तो मुझे पहले से पता है,

कहते हुए ही नैना ने बैग में हाथ डाल कर एक पूरी गड्डी निकाली और

नैना – मांजी ये 15000 हैं दो महीने का एडवांस और शायद ज्यादा ही।

पैसा देखकर नंदिनी को लगा कुछ ज्यादा नहीं कहना चाहिए, मगर मकान मालकिन वाला भाव रखते हुए बोली

नंदिनी – सुरेखा जाओ, इनको कमरा दिखा दो और जब तक खाने पीने की व्यवस्था ना हो तब तक देख लेना जरा खाना पीना, देखो नैना बिटिया, ये शरीफों का घर है, कायदे होते हैं ऐसे घरों में, समझ रही हो न तुम! लड़की की तरह रहना, सुरेखा इनको समझा देना सब कुछ।

सुरेखा – जी मांजी। आइये नैना, मैं आपको कमरे तक छोड़ देती हूँ ।

नैना – जी मांजी, थैंक यू।

दोनों निकल आई और किचेन की तरफ बढ़ चलीं। एक दूसरे के बारे में हल्की फुलकी बातें करते करते चाय भी बनने लगी।

नैना – सुरेखा आपकी सासू माँ तो सच में सासू माँ ही हैं। आप पर बिलकुल ही हावी रहती हैं ये तो।

सुरेखा – मुझे अब आदत हो गयी है इसकी।

नैना – आपकी लव मैरिज हुई थी क्या?

और अगले ही नैना को पता चल गया कि उसने अपनापन जताने के लिए सुरेखा की सबसे दुखती रग पकड ली थी।

नैना – नहीं रहने देते हैं, मुझे सब कुछ बताने की जरुरत नहीं है आपको, सब यही कहते हैं मैं बहुत बोलती हूँ, सागर भी बहुत टोकता है, कि मेरी जुबान कैंची जैसे बस चलती ही रहती है, पर आप ही बताओ इतनी छोटी सी तो जिंदगी है, चार बातें भी न कर सके तो क्या फायदा ऐसी जिंदगी का।

सुरेखा भी तो ऐसी ही थी शादी के पहले और अखिल के साथ। बातूनी, खुशमिजाज। पर जब बातें करने और सुनने वाला ही चला गया तो किससे करे बातें और किससे बाटें अपनी खुशियाँ।

सुरेखा – लो चाय भी बन गयी।

सुरेखा ने उसकी बात का जवाब न देते हुए बात काट दी।

नैना – मुझे चाय भी बनाना नहीं आता ढंग से। पहले मम्मी पापा ने काम नहीं करने दिया और अब सागर। कहता है अपने मखमली हाथों से चाय मत बनाओ, हाथ मैले हो जाएंगे। हा हा हा हा।

सुरेखा भी हंसती है उसके साध, इस हंसी को गले से बाहर आने में साल भर लग गया। दोनों खुल कर हंसीं, जैसे दोनों को सालों से इस पल का ही इंतजार था।

सुरेखा – लो नैना तुम चाय ले जाओ, मुझे बाजार जाना है।

नैना – कमऑन यार, एक कप चाय तो पहली बार साथ बनती ही है।

सुरेखा उसका चेहरा देखने के बाद मना नहीं कर पाई। दोनों चाय लेकर ऊपर की तरफ बढ़ी, और कमरे में घुसते ही सुरेखा के कानों में 'नहीं नहीं नहीं नहीं, मैं कपड़े बदल रहा हूँ' की आवाज पड़ी और वो बाहर ही रुक गयी झटके से एकदम। चाय की कुछ बूंदों ने फर्श को छू लिया।

नैना – पागल, स्टुपिड!!! कभी दरवाजा बंद करके चेंज नहीं कर सकता तू, ऐसा कौन सा भूत तुझे खाए जा रहा है, हाँ। दिमाग खराब है तेरा फर्जी सलमान खान।

सागर – नॉक कर लेती कुछ बिगड़ जाता तेरा?

सुरेखा ने बाहर से ही आवाज देते हुए कहा–

सुरेखा – मैं बाद में आती हूँ नैना आप चाय पकड़ लो।

सागर – मकान मालकिन जी, देखिये बंदा पूरे कपड़ों में है।

सागर ने दोनों हाथ ऊपर करते हुए कहा।

नैना – हाँ देख लिए तेरे एब्स, जलेबी और टिक्की निकाल फटाक से और दोनों को सर्व कर।

सागर ने देर ना करते हुए दोनों को एक एक प्लेट में सारी चीजें रख देते हुए चाय उठाई अपनी।

शायद सुरेखा पिछले एक साल का सबसे सुकून वाला और आरामदायक पल महसूस कर रही थी। जब उसने किसी के साथ आधा घंटा खुशी खुशी बिताया हो। उसकी हमेशा ताजी रहने वाली याद पर धूल की एक परत पड़ चुकी थी।

रात को–

सुरेखा सबको खाना खिलाकर अपने बिस्तर पर थी, पूरे दिन की थकी और आज काम था भी ज्यादा। उसको गहरी नींद आ रही थी। तभी नैना और उसके कमरे के बीच की दीवार पर जोर से धक्का महसूस हुआ, डर सी गयी सुरेखा, वो चौंक कर उठी, और दरवाजे के पास पहुंची ये देखने के लिए कि कोई दिक्कत तो नहीं है।

'ये क्या था?' सुरेखा ने सोचा। दरअसल दूसरे कमरे से उस जवान जोड़े के प्यार करने की या यूँ कहें कि एक जोड़े के बीच प्यार प्रदर्शित करने की आवाजें जोर से आ रही थी। बीच में खिलखिलाहट और तेज साँसों की आवाजें सुरेखा के वैधव्य को मुंह चिढ़ा रहे थे। वो चाहते हुए भी उस जोड़े के बीच चल रही क्रिया नहीं रोक सकती थी, मगर वो खुद भी तो इन्हीं के अभावों में जी रही, वो कैसे उन्हें रोक सकती है? ये सब कुछ उसको पहले भी याद आया था। जब अखिल की नामौजूदगी में उसके पास करवटें बदलने और रात रात जागने के सिवा कोई चारा नहीं था। अखिल के जाने के बाद भी वो जिंदगी को आगे बढ़ा सकती थी, शारीरिक जरूरतों के अभावों में भी, अपनी जान रिशू के सहारे मगर उसके बाद भगवान से उसका एक मात्र सुख का सहारा भी नहीं देखा गया। अब वो बिलकुल अकेली है और शायद उसको अब इस दुःख में पूरी जिंदगी बितानी है जब तक वो खुद ही आगे बढ़कर जिंदगी जीने की जिद ना करे, और किसी अपने के बिना ये प्रयास शायद उसकी जीवन की कठिन परीक्षा होगी। उसका मन भी करता है कि वो भी किसी की छुअन खुद पर महसूस करे, वो भी खुद को किसी के लिए भूल जाए और कुछ पल सिर्फ उसी की होकर रह जाए। अब ये सिर्फ एक सपना है। एक आदमी की विधवा है वो और इस समाज के दिखावों और रीतियों में ढल कर उसे अपने बारे में और अपने कुछ पल के सुख को ढूँढने का कोई अधिकार नही। 28 की उम्र में वो 65 साल की महिला जैसा जीवन बिता रही। जैसे उसके पति की

मौत के साथ उसकी शारीरिक जरूरतें और इच्छाएं भी सती हो गयीं हों। शोर बंद हो चुका है अब, पर सुरेखा की नींद जा चुकी है। वो रात करवटें बदलते ही बीती।

अगली सुबह –

नैना – सुरेखा आप ये सारा सामान कहाँ लेकर जा रही हैं?

सुरेखा – वो..अ...मैं...मुझे रात को नींद नहीं आती है।

नैना और सागर दोनों ही सुरेखा की बात समझ गये, उन्होंने भी उसके बाद कोई बात कहना जरुरी नहीं समझा।

कुछ देर बाद।

सुरेखा – नैना, सागर चलो तुम दोनों खाना खा लो चल कर।

नैना – मैं तो निकल रही हूँ ऑफिस के लिए, आप सागर को खिला दीजियेगा।

इतना कहकर नैना दौड़ती हुई सी निकल गयी।

सुरेखा उसे पीछे से आवाज ही देती रह गयी,

सुरेखा –अरे नैना, सुनो तो, एक मिनट, ये रोटी बस एक ही खा लो,ओफ्फ, ये लड़की तो निकल ही गयी।

सागर – ये लड़की नहीं तूफान है सुरेखा जी। आप मुझे खिलाइए, मैं हूँ खाने के लिए। क्या बनाया है?

सुरेखा – सब कुछ है। दाल चावल सब्जी रोटी, बैंगन की सब्जी है, अगर आपको न पसंद हो तो मैं दूसरी बना दूं? हाँ थोड़ा टाइम लगेगा।

सागर – मैं सब खा लेता हूँ सुरेखा जी, मेरे कोई भी नखरे नहीं हैं खाने को लेकर। बस एक फरमाइश है। और आपको माननी ही पड़ेगी।

सुरेखा – हाँ बताइए आप।

सागर – नैना कभी नहीं होती है खाने के टाइम पर। मुझे अकेला खाने की आदत नहीं है पर खाना पड़ता है। एकदम जेल वाली फीलिंग आती है तब। आप मेरे साथ खाएंगी तभी मैं भी खाऊंगा। खाएंगी ना आप?

सुरेखा ने सोचा कुछ देर की बात है खाना तो है ही , साथ में ही खा लेती हूँ। उसने किचेन में आकर दो थालियाँ लगायीं और फिर सागर के कमरे में चली गयी।

सागर – ये हुई ना बात। आप भी खाइए और मैं भी सुकून से खाता हूँ।

सुरेखा ने बेड पर ही थालियाँ रखी और फिर धीरे से एक कौर खाते हुए कहा–

सुरेखा – सागर और कौन कौन है आपके घर में?

सागर – कोई भी नहीं, मैं अनाथ हूँ।

सुरेखा आश्चर्य में आ गयी बुरी तरह।

सुरेखा – तो नैना और तुम कब से साथ हो?

सागर – नैना को मैं बचपन से जानता हूँ, वो उसी अनाथालय के मैनेजर की बेटी है न।

सुरेखा – अच्छा तभी। तो तुमने पढाई लिखाई कैसे पूरी की?

सुरेखा ने उत्सुकता दिखाते हुए पूछा।

सागर – पढ़ाई में खास अच्छा नहीं था, पर नैना की फैमिली ने इतना सपोर्ट किया कि अच्छी बोलचाल आ गयी और बाकी तौर तरीके भी सीख लिए, ग्रेजुएशन किया फिर राइटिंग में मन लगा तो भी दोनों ने पूरा सहारा दिया।

सुरेखा – बहुत अच्छी बात है। बहुत कम लोगों को ये चीज मिलती है, आप बहुत भाग्यशाली हैं।

सुरेखा अपने बारे में ही सोच रही थी कि इस अनाथ को नैना का अजनबी परिवार मिल गया और मुझे एक परिवार मिला भी तो बिखर गया, इसको अनजानों से प्यार नसीब हो गया और मैं बदनसीब हूँ जिसने सारा कुछ पाकर भी गंवा दिया। जो कहने को अपनी है वो दिन रात जली कटी सुनाया करती है सब कुछ अच्छा करने के बाद भी।

सागर – अरे सुरेखा जी कहाँ खो गयीं आप?

सुरेखा – तुम भाग्यशाली हो सागर, भगवान ने तुमसे परिवार छिना और नैना दे दी। मुझसे तो उन्होंने अखिल को भी छीन लिया और मेरा बच्चा भी छीना, मेरा परिवार पहले ही मुझे ठुकरा चुका था, और मांजी को आपने खुद ही सुन लिया है। वो कहती हैं मैं मनहूस हूँ, जिसके भी पास जाउंगी उसकी जिंदगी में दुःख और दर्द ही होगा बस। मैं बेसहारा हो गयी बिलकुल। अखिल तुम मुझे छोड़ कर क्यों चले गये?

सुरेखा जैसे किसी नदी के बहते पानी सी बहकर भावनाओं में जाने कितना सब कुछ सागर से कह गयी। सुरेखा रो पड़ी बुरी तरह। सागर खाना एक तरफ खिसकाते हुए बिस्तर पर से ही आगे खिसक कर आया और कहा

सागर – नहीं नहीं सुरेखा, सुनो सुनो सुनो....कुछ नहीं हुआ, श्शश्श... अरे तुम तो बहुत कमजोर हो रही हो, नहीं सुरेखा ये गलत बात है, इस तरह किसे दुःख दोगी? तुम्हें खुद को मजबूत करना पड़ेगा। प्लीज चुप हो जाओ।

सागर ने बेड पर झुकी मुंह छुपाकर फूट फूट कर रोती सुरेखा को कंधे से उठाकर सीधा किया। सुरेखा बेसुध हुई जा रही थी, इतने दिनों बाद कोई उसको सुन रहा था। और वो अपना दुःख बताते हुए सम्भाल नहीं पायी खुद को। उसे अपना कुछ होश नहीं रहा वो रोते रोते सागर के कंधे को खींच कर उसकी शर्ट में अपने आंसू पोंछते हुए ऊपर उठने की कोशिश करने लगी जिसके कारण सागर नीचे झुक गय, और उसने कंधे से सुरेखा को ऊपर उठाना जारी रखा। सुरेखा सागर की शर्ट भिगोने लगी। सागर ने उसको वैसे ही रहने दिया। सागर का एक हाथ उसके कंधे पर और दूसरा हाथ उसकी गर्दन के चारों ओर होता हुआ सर सहला रहा था। सुरेखा उस पर पूरी तरह अपना भार डाले हुए थी। सुरेखा के लिए उस वक्त में एक कंधे की जरूरत थी और वो उसको उसी तरह ले रही थी। सांत्वना देने के सिवा सागर का भी कोई और इरादा नहीं था। दोनों अपनी अपनी जगह पर सही थे। लेकिन........

पर्स लेने लौटी नैना और पौधों में पानी डाल कर नीचे आती नंदिनी उसके कमरे के बाहर खड़ी थीं। दोनों किसी सदमे की तरह इस दृश्य को देख रही थीं। सुरेखा और सागर अब उनकी नजरों में किसी गुनाहगार की तरह खड़े थे। सागर की शर्ट पर गिरते हुए उसके आंसुओं में उसकी बेगुनाही का कतरा किसी को महसूस नहीं हो पा रहा था।

वो करवटें बदल रही,
आसमां की चाहत में
जमीन खोजती रही,

नमक भरी सी ज़िन्दगी में
शहद घोलती रही,

लकीर पीटती रही
चार लोगों के वास्ते,

चहक कर झूठे मन से
मगर कायदे ढोती रही,

मरने के इंतजार में दिन
वो दिन निकालती रही,

रोज रोज टूट कर
खुद को सम्भालती रही,

क्यूँ किसी से टूटी वो
ये ही सोचती रही,
आसमां की चाहत में
जमीं टटोलती रही,

निष्कलंकता का जो
प्रमाण हमसे मांगते,

उनमें से कितने हमारा
सम्मान करना जानते,

बस इन्हीं सवालों से
खुद को कचोटती रही,

दबी हुई कराह में
चुप चुप कर रोती रही।

शीतलहर

'मोती....मोती!! अम्मा हमरा मोती कहाँ गवा?'

'हमका का मालुम? हम पहिलेन कहे रहन यू हरामखोर पिल्ला हियाँ लाय केरे बहुत गलत किये हउ। अपने खावेक ठिकान नाय, ईकी नांद कइसे भरी?'

किरदारों के नाम क्या दूं? बस ये समझ लीजिये कि एक माँ है जो भीख मांगती है और उसका बच्चा है, जो सात साल का है वो भी बस अड्डे पे भीख ही मांगता है। कभी किसी के पैरों में गिरता हैं कभी किसी के पैरों में लिपटता है। कभी किसी के आगे दुआओं के बदले कुछ पैसों के लिए गुहार लगाता है। रात वहीं किसी पेड़ के नीचे या टीनशेड के नीचे बीतती है। वहीं तो सोते है सभी भिखारी। खाना किसी से मिल गया तो ठीक वरना जिसके पास जो होता है उसके हिस्से होते हैं, बच्चों और बूढ़ों में बांटने के बाद कोई लेता है। इनको अमीरों की बीमारियाँ जैसे डायबिटीज, सरकारी नौकरी, या सोसाइटी में स्टेटस और दिखावे वाली बड़ी बीमारियाँ नहीं होती हैं। अब सोचता हूँ नाम दे ही दूं आपको भी सहूलियत होगी। वैसे भी कोई न कोई छवि आपके ज़हन में आ ही गयी होगी। तो माँ का नाम गुनिया और बेटा बग्गी। चलिए आगे चलते हैं।

आज सुबह का मौसम है इतना ज्यादा ठंडा कि पानी खुद ही बर्फ हो जाये खुली हवा में। भयंकर कोहरा, ठंडी हवा और धूप के तीन दिन से दर्शन नहीं हुए। बग्गी सुबह से ही भीख मांगने के अपने रोजगार पर निकल चुका है माँ के संग। गुनिया लोगों के हाथ जोड़ती और बग्गी उनके पैरों में लिपट जाता और गिरने का दिखावा करने लगता। आमतौर पर सभी भिखारी ऐसे ही करते हैं जो गैरत वाले लोग होते हैं वो एक दो रूपये देकर पीछा छुड़ाते हैं, कुछ सकुचाते हैं और लजाते है जैसे कह रहे हों सब इंसान हैं, भीख माँगना अच्छी बात नहीं। पर उपाय की बजाय सिर्फ एक का सिक्का निकलता है उनके पास से।

आज भी यही सब हो रहा था। किसी ने ब्रेड खिला दी, किसी ने कटिंग चाय मंगवा कर पिला दी। रोज का यही था उनका मगर आज सड़क पर शोर हो रहा था। बग्गी अपनी फटी पैंट और चिथड़ा स्वेटर में किसी तीर की तरह भागा उस तरफ, गुनिया जब तक उसे रोक पाती तब तक उसने शायद उसैन बोल्ट का रिकॉर्ड तोड़ दिया था। पास जाने पर दिखा कि साइकिल से जा रहा एक लड़का गिरा पड़ा है। उसके पास एक कुत्ते का पिल्ला भी कूँ कूँ करता

हुआ तिलमिला रहा था, क्योंकि उसके पैर में बहुत जोर से खरोंच आई हुई थी और पैर मुड़ा हुआ था जिसकी वजह से वो चल नहीं पा रहा था। लड़के को आस पास चल रहे लोगों ने उठाया और झाड़ने पोंछने के बाद भीड़ में से लोग पूछने लगे।

'का हो गया बेटा, गिर कैसे गये?'

'अरे चचा ई कुतवा आ गवा रस्ते में, बैलेंस बिगड़ गया और साइकिल यहै पर चढ़ गयी।'

'अरे ई साले कुत्ते बिल्ली बिलौटा की ही वजह से होत हैं एक्सीडेंट। हुइहय तुम उठि जाओ, चलो भाई सब लोग, निकलो अपने अपने काम पर'

भीड़ छंटने लगी, बग्गी भी वापस लौटने को मुड़ा पर उसकी नजर कुत्ते के पंजे पर गयी। वो बुरी तरह रगड़ खा गया था, वो हिल भी नहीं पा रहा था सही से। बग्गी को एकबारगी वो अपना सा लगा, एक अभावग्रस्त बच्चे को अपनी दरियादिली दिखाने के लिए जिन चीजों की जरूरत थी वो उसके पास भरपूर थी, उसे शायद मानवता कहते हैं। अरे नहीं सुना क्या आपने ये शब्द? कोई बात नहीं, ये सामान्य बात है। जिन चीजों की जरूरत नहीं होती वो धीरे धीरे लुप्त हो ही जाती हैं।

बग्गी ने उसे उठाया और पेड़ के नीचे लाकर रखा, वो पिल्ला बस्स कूँ कूँ करता जा रहा था, जिसको सुनकर आस पास के भिखारी बग्गी से पूछने लगे कि क्या हुआ? एक गर्व और जान बचाने के भाव लिए उस 7 साल के बच्चे ने पूरा किस्सा कह सुनाया। सब उसकी बड़ाई कर रहे थे, क्योंकि उन्हें पता था कि उनके पास से जाने को कुछ था नहीं था इसलिए सिर्फ अपनेपन और तारीफ से ही वो देखभाल कर सकते थे। गुनिया ने सर पीट लिया क्योंकि उसके पास कुछ था नहीं खिलाने को और ठंड में लोग भी कम होते हैं बाहर। दो चार रूपये जो मिल जाते हैं वो भी काफी नहीं होते हैं।

'रे बग्गी, ई मर जइहय, काहे ले आया रे इको। पाप ढोवय का उठा कई लावा हय का?'

'हमका नाय पता, यऊ रोवत रहइ। तउ हम उठाये लायेन।'

'ईको छोड़ आ कहीं, यू मरि जाई।'

'नाय अम्मा, हम पालिब ईका।'

गुनिया चुप हो गयी। इतनी निष्ठुर वो भी नहीं थी। उसने सबसे एक दो रुपयों की मांग की और कुल 28 रूपये जोड़कर पास के मेडिकल स्टोर पर पहुंची।

'बाबूजी हमरा कुतुआ चुटाय गवा जाड़े मा, खुनिया गवा एकदम सब, कुछौ लगाई देओ बाबूजी।'

मेडिकल वाला आवाज सुनकर घूमा और घूमकर उसे ऊपर से नीचे देखा। उसे पता लग गया कि पैसे नहीं मिलेंगे और बोहनी भी खराब हो जाएगी। उसने कड़क कर कहा

'बोहनी का टाइम है, बाद में आना।'

लेकिन भिखारी स्वाभिमान दिखाए तो खाए कहाँ से? गुनिया रोने की एक्टिंग पर उतर आई। कुछ डांट फटकार और पीछा छुड़ाने के बहाने के बाद दुकानदार ने मतलब की बात कही।

'अरे यू बहुत ज्यादा चोटिल है, महंगी है दवा ईकी।'

'तउ रूपया लेओ न, ई हैं जितने रखि लेओ सब, दवाई दइ देओ बस।'

अब दुकान वाले के पास कोई उपाय नहीं था, हाँ 28 में उसका भला तो नहीं होता लेकिन भिखारी से रूपये लेकर वो अपने मन में उससे भी नीचे नहीं गिरना चाहता था। फिर उसने कुत्ते का जख्म डेटोल से साफ किया और उसकी मरहम पट्टी की। गुनिया ने उसको जुग जुग जीने की दुआ दी और वहां से चली आई। बग्गी अब बहुत खुश था। अब उसका पूरा ध्यान उसके पिल्ले पर था। बग्गी उसको पिल्लू कहता मगर जल्दी ही उसे समझ आ गया कि पिल्लू में वो बात नहीं जो मोती में है। सपनो तक में मोती न देख सकने वाले बग्गी को अपना मोती मिल गया। सोना, चांदी, शोहरत, दौलत सब मन के मोती हैं। जिनके पास हैं उन्हें कद्र नहीं और जिनके पास नहीं हैं उन्हें फिक्र नहीं है। बग्गी का सारा खजाना अब मोती ही था। शाम को एक कागज पर रख कर गुनिया बग्गी और मोती को खाना दे आई थी। दोनों ने किन्हीं भाइयों के जैसे खाना बाँट कर खाया। रात को बिस्तर बिछने लगे जिसके पास जो कुछ था सब ओढ़ कर ढक कर खुद को समेटने लगे। गुनिया के पास एक कम्बल था पुराना सा। गुनिया और बग्गी दोनों उसमें ही सोने की कोशिश करने लगे।

'अरे मोतिया, हियाँ लेटउ आयेक, अम्मा मोतिउ कईहाँ हियाँ लिटाइब।'

'पगलावऊ कम समझयेउ! वौ ठीक हय अब, ऊका टीन तरे कुर्सिम बांधि आवउ।'

मन मसोसकर मोती को बग्गी टीनशेड नीचे बैठा आया। कान में कह कर आया कि कहीं जाना नहीं वरना अब अम्मा नहीं रखेंगी दोबारा। मोती ने उसको निरीह भाव से देखा और कूँ कूँ करके चिल्लाने लगा ताकि बग्गी उसको

अकेला न छोड़ दे। बग्गी ने उसका अनकहा निवेदन स्वीकार कर लिया। गुनिया दिन भर की थकी बिना ज्यादा ध्यान दिए सो गयी।

रात को हवा में ठंड बढ़ गयी, मोती और बग्गी दोनों के लिए रात गुजारना मुश्किल हो गया था। दोनों भयंकर रूप से ठंडक से परेशान होने लगे। जिसमें भी बग्गी की हालत ज्यादा खराब हो रही थी। उसके फटे हाफ स्वेटर और सर पर बंधे रुमाल की इतनी हैसियत नहीं थी कि इस ठंड के दावानल को रोक सके। माँ के पास वापस भाग जाने के सिवा उसके पास कोई चारा नहीं था। मगर जैसे ही वो जाने को उठा, मोती उसके पैरों में लिपट गया, बग्गी ने उसको भी साथ ले लिया। जाकर अपनी माँ के कम्बल में घुस गया। मोती को बाहर रखा मगर बाद में उसको दया आ गयी तो उसको अपने और माँ के बीच में लिटाकर अपनी शरणागतवत्सलता का अनोखा उदाहरण दिया। एक लोग के लिए पर्याप्त वो कम्बल अब इतना खुद को उदार नहीं कर सकता था कि उसमें तीन गरीब प्राणी अपनी रात बिता सके।

मगर वो रात ही कुछ अलग थी। पहले ठंड ने उस 7 साल के बच्चे की पसलियों को कब्जे में लिया, फिर पैरों ने अपने कम्पन दोहराए, फिर पेट ने ऐंठन करके ठंड को पूरा करने दिया अपना काम। हाथ पैरों की ठिठुरन ने हिलने डुलने लायक नहीं छोड़ा। बग्गी के फेफड़ों ने और ज्यादा ठंडी हवा अंदर खींचने से इनकार कर दिया। कुछ देर में साँसे उखड़ गयीं। दूर बजते डीजे और बेपरवाह युवाओं के शोर ने नए साल का आगाज किया और शराब और शबाब के साथ धुत्त होकर झूमे। जबकि उस रात को '19 और जानें लीं शीतलहर ने'। ये लाइन अगले दिन की हैडलाइन थी इसलिए याद रह गयी।

वो हाथों में लकीरें और ज़ेबों में,
रोटी छुपा कर रखते हैं,
जनाब वो माथे पर किस्मत,
सोती छुपा कर रखते हैं।

वो चहकते हैं जब कभी,
खाना भरपेट खाते हैं,
वो हर रोज इसी धुन में,
मुकद्दर आजमाते हैं।

न सर्दी की गलन न,
गर्मी की तपिश से तिलमिलाते हैं,
ये गरीब हैं हुजूर मगर
जाने क्यूँ मुस्कुराते हैं।

न रहने को मकान,
कपड़ा पहनने को न पाते हैं,
ये बस लाइन में राशन की
ही आगे नजर आते हैं।

कुछ लोग जो जाहिल,
इन्हें कहकर बुलाते हैं,
जो वक्त आने पर तलवे तक,
इनके चाट जाते हैं।

ये भी सुनते हैं सब,
चालें ये भी समझ जाते हैं,
पर भूख के आगे नहीं
कुछ बोल पाते हैं।

देखो ये मॉल की रौशनी,
में जाने से घबराते हैं,
फटे चिथड़ों में कैसे मन,
मसोस कर रह जाते हैं।

शिकवा तब भी नहीं,
शिकन माथे पर न लाते हैं,
मुस्कुराने की आदत है

वो ये नहीं बदल पाते हैं।

इनसे कुछ सीखना है,
तो गम छुपाना सीखो।
भले रोना हो लिखा,
फिर भी मुस्कुराना सीखो।

जो सीखा ये हुनर तो,
दर्द इनका जान जाओगे,
गरीबी की असलियत बिन,
कुछ बताये मान जाओगे।

ये कुछ कहते नहीं बस,
वक्त अपना आजमाते हैं,
ये सपना देख रोटी का,
यूँ ही खुश हो जाते हैं।

कुछ लोग जो परेशानियों,
में एकदम टूट जाते हैं,
सीखो इनसे बिन बिस्तरों,
कैसे नींद लाते हैं।

कुछ हर बात पर,
ही नए कपड़े सिलाते हैं,
ये एक जोड़ी में ही,
सालों नजर आते हैं।

कुछ दो चार जोड़ी जूते,
बदल कर भी लजाते हैं,

मगर ये नंगे पांव मीलों
तक रिक्शा चलाते हैं।

कुछ दावत में खाना ज्यादा,
भर फिर फेंक आते हैं।
ये उन्हीं कूड़ेदानों के,
रात भर चक्कर लगाते हैं।

गरीब पैदाइशी ही,
धर्मनिरपेक्ष होकर आते हैं,
ये बस भूख का ही,
लोगों से रिश्ता बताते हैं।

ये हर मंदिर मजारों पर,
हमेशा नजर आते हैं,
इन्हें रोटी में ही,
भगवान सारे नजर आते हैं।

लोगों को नफरत भरी,
बातों से ही फुर्सत कहां,
इनसे भी पूछो कभी
कि कौन है इनका खुदा।

गर हकीकत है कहीं तो,
उन मलिन बस्ती में हैं,
रहते नर्क के रूबरू पर,
दिखते ये मस्ती में हैं।

निवाले उतरेंगे नहीं,

जाकर तो देखो घरों में,
जी रहे पर लोग,
उनमें भले हो खंडहरों में।

देश की दुर्दशा का न,
कोई पुरसा हाल है,
गरीब हो अंधेरों में तो,
कैसे देश फिर खुशहाल है?

नेताओं को इनकी बस,
चुनावों में अहमियत है,
वोट में रहती बसी,
सदा उनकी बदनीयत है।

जो रुमाल रख कर,
मुंह पर वोट मांगने जाते हैं,
वो चुनावों बाद उस,
जगह को भूल जाते हैं,

चल रहा था और चलेगा,
ये मेरा हिन्दुस्तान है,
परम्परा निभाना ही यहाँ,
बस दस्तूर और गुमान है,

है गरीबी खून में फिर,
कौन रोकेगा इन्हें,
हैं ये फैले हर तरफ,
फिर कौन टोकेगा इन्हें,

इन्हें जीने देंगे यूँ,
बदतर इन्हीं हालातों में,
हम न बाँटेंगे खुशियाँ,
न पैसों से न बातों से,

वो गरीब है उन्हें हमारा,
ये अपमान न अखरेगा,
लूट रहे हम देश का पैसा,
पर ये भारत न बिखरेगा,

इनको गाली ही जंचती है,
इन्हें न कुछ भी बुरा लगे,
ये खूनी है ये कातिल हैं,
भगवान ही इनका भला करे,

ये सोच रखने वाले,
अमीरों कुछ तो शर्म करो,
भूख से रोते बच्चों को तो,
बख्शो उनपर रहम करो,

लाचारी में ही उनसे जब,
गलत कदम उठ जाते हैं,
करते फिर वो अपने मन का,
चाहे अपराधी कहलाते हैं,

इतना दबा कर रखोगे तो,
इक दिन ऐसा लाओगे,
हर घर में खूनी होंगे,
हर गली में जेल लगवाओगे,

थोड़ा झुक जाओ तुम भाई,
इसमें कोई शर्म नहीं,
हम हिन्दुस्तानी हैं यार,
झुकने से होंगे खत्म नहीं,

रामराज भी उस दिन,
शायद चरितार्थ हो जाएगा,
जब गरीब भीख नहीं,
अपने हक की रोटी खाएगा।

फिक्र

निरुपमा – 'प्राची! प्राची! सुन रही है? इस लड़की के कान में एक बार में कोई बात जाती ही नहीं।'

खाना खाने को बुला रही प्राची की माँ निरुपमा उसे कई आवाजें दे चुकी हैं। मगर जब कोई जवाब नही मिला तो माँ को ऊपर जाना ही पड़ा, कमरे में प्राची कान में इअरफोन घुसाए बैठी अपने नोट्स बनाने में लगी हुई है। पढ़ाई में लगी बेटी देखकर किसी भी माँ का गुस्सा छूमंतर हो जाता है। निरुपमा का भी हो गया, प्यार से बेटी के सर पर हाथ फेरा तो प्राची ने चौंक कर इयरफोन निकाला।

प्राची – 'माँ प्लीज ये मत कहना कि आपने मुझे सत्तर आवाजें दी होंगी और मैंने नहीं सुनी। क्योंकि ये इयरफोन मैंने तीन मिनट पहले ही लगाई थी'

निरुपमा मुस्कुरा दी और हलकी चपत सर पर लगाते हुए कहा।

निरुपमा – 'तुझे खाना खाने के लिए बुलाने आई हूँ, कितनी बार कहा है कि तू अब बड़ी हो गयी है, इतना काम कराती है मेरा अपना काम करती है पर खुद के खाने की फिक्र नहीं है जरा सी तुझे, मैं ऊपर चढ़ नहीं पाती हूँ कमर दर्द के चलते और तू है बस कि खाने के टाइम पर ऊपर चढ़ कर बैठ जाती है।'

प्राची – 'नहीं जाउंगी माँ बिलकुल नहीं जाउंगी, न इधर न उधर न ऊपर न नीचे। चलो पहले खाना खाते हैं फिर आपकी कमजोर कमर को माधुरी दीक्षित जितनी लचकदार बनाते हैं बाबा रामदेव के स्पेशल तेल से।'

माँ ने शर्माते हुए नजाकत से 'धत्त पागल' कहकर शरमाकर रह गयीं और प्राची को ये देखकर बहुत मजा आया फिर दोनों हंसते हुए नीचे आ गयी खाना खाने।

लेकिन खाना निकालकर देखते ही प्राची का मुंह बन गया।

प्राची – 'भिन्डी!!! माँ क्या यार आप हर दूसरे दिन यही भिन्डी बना देती हो?? पसंद आपको भी नहीं है मगर बना जरूर देंगी।

निरुपमा – 'पापा को तो पसंद है ना!!'

प्राची – 'पापा को तो जूही चावला भी पसंद है उसकी तारीफ तो आपने कभी नहीं की?'

निरुपमा – 'तू न अभी बच्ची है, ये अंदर की बात है! तेरी शादी हो जाएगी तो सब समझ आएगा तुझे।'

प्राची – 'अभी कह रही थी कि मैं बड़ी हो गयी हूँ और अब जब एक सवाल किया तो वापस बच्ची हो गयी?'

निरुपमा – 'तू बड़ी है पर है तो मेरी नन्ही सी प्यारी सी गुड़िया ही न!!'

प्राची – 'इतनी प्यारी भी नहीं हूँ कल शिवांक को तुमने मुझसे ज्यादा पेस्ट्री दी थी! बोला भी था कि छोटा भाई है न ले लेने दो और आज भिन्डी खिलाने के लिए मुझे मक्खन लगा रही हो माँ ये तो गलत बात है! ये नहीं चलने वाला, शाम को खाना मेरी पसंद का बनेगा बस वरना मैं भिन्डी नहीं खाऊँगी!'

निरुपमा – 'और तेरी पसंद है क्या? वही सूखा सा पिज्जा बर्गर पास्ता? तू खा लेगी पर बाकी लोग क्या खाएंगे?'

प्राची – 'वाह री दुनिया भर की बेचारी महिलाएं!! मेरा बस चले तो दुनिया के सारे आदमियों को गायब ही कर दूँ! सारा काम मम्मियां करें और पसंद नापसंद तय करेंगे घर के मर्द?'

प्राची ने दुनिया की एक बड़ी समस्या को मजाक में कह दिया और माँ ने भी हंस कर इस बात को जस का तस स्वीकार कर लिया। दोनों ने आगे खाना खत्म किया।

शाम को –

निरुपमा ने कराहते हुए प्राची को आवाजें दी हैं।

प्राची ने आवाज सुनी तो भागकर उनके कमरे में पहुंची तो देखा कि निरुपमा जमीन पर गिरी पड़ी हैं। वो जोर से चीखी और भागती हुई पहुंची उनके पास और माँ को उठाने लगी। वो प्राची के हिसाब से काफी वजनी थी मगर हिम्मत उस वक्त ज्यादा भारी थी। वो दौड़कर उनकी तरफ गयी और माँ को उठाकर बेड पर लिटाया।

'माँ क्या हो गया आपको, गिर कैसे गयी आप?'

निरुपमा बस दर्द से कराह रही थी। भाई स्कूल में, पापा ऑफिस में, कैसे उठाये उनको और अस्पताल ले जाए? मगर लड़कियां स्वभाव से ही विकटतम परिस्थितियों के लिए तैयार होती हैं। सबसे पहले प्राची ने उन्हें पेन किलर दी और फिर दौड़कर बेड से सटाकर एक कुर्सी रखी और उसपर बिठाकर माँ को, घसीटते हुए गेट पर लायी, जहाँ पर ऑटो निकलते ही रहते

थे। एक ऑटो में माँ को बैठाया, खुद बैठी, रास्ते भर पैर दबाती, रगड़ती चली आई। जैसे ही ऑटो अस्पताल के सामने रुका अस्पताल के गेट के पास से भाग कर प्राची ने व्हील चेयर उठायी और अपनी सामर्थ्य से ज्यादा करते हुए उसको धकेलने लगी। ये देखकर अस्पताल के एक कर्मचारी ने उसकी व्हील चेयर खींचने में मदद की। दोनों डॉक्टर के कमरे की तरफ बढ़ने लगे, ये देखकर उस आदमी ने प्राची को रोका और बोला,

'आप पहले जाकर परचा बनवाइए जल्दी से, मैं माताजी को बैठाता हूँ वहां पर।'

प्राची ने पर्चा बनवाकर जैसे ही डॉक्टर के पास पहुंची उसकी माँ का ही नंबर था जैसे, प्राची ने और कुछ पूछा ही नहीं सीधे बोलना शुरू कर दिया हड़बड़ाकर –

प्राची – 'सर मेरी माँ हैं, दोपहर में खाना खाकर सो रही थी, पता नहीं क्या हुआ, पैर बहुत तेज दर्द होने लगे. उठ भी नहीं पा रही हैं, पैर जोर ही नहीं ले रहे।'

डॉक्टर ने अपने असिस्टेंट को बुलाया और निरुपमा को उसके साथ भेजा उनकी जांचे करवाने के लिए।

प्राची – 'सर क्या हुआ है?'

डॉक्टर – 'देखने में लगता है कमर के पास से खून का दौरान डिस्टर्ब हो रहा। रिपोर्ट्स आने दीजिये, देखते हैं उसके बाद।

प्राची हाथ जोड़कर पास पड़ी बेंच पर बैठ गयी। उसके मन में भगवान का नाम लगातार चल रहा था, जब अपने आपके अकेले होने का ध्यान आया तो उसने पापा को फोन किया।

उधर से आवाज आई 'हाँ हेल्लो प्राची बेटा, अभी मीटिंग में हूँ निकलते ही फोन करूँगा।'

प्राची – 'हेल्लो पापा सुनिए....मम्मी की तबियत खराब हो गयी है उन्हें हॉस्पिटल...हेल्लो...हेल्लो..पापा सुन तो रहे हैं आप?'

फोन कट चुका था और ये बात जान कर प्राची के गुस्से का पारावार नहीं रहा, उसने मुट्ठियाँ भींचकर खुद को रोकने की कोशिश की जरूर मगर फिर भी उस गुस्से और दुःख के मिश्रण से बने दो बूँद गर्म आंसू उसकी गोद में जा समर्पित हुए। पास ही बैठी हुई एक बुजुर्ग महिला ने उसके कंधे पर हाथ रखकर पूछा

'बिटिया का हुई गवा?'

प्राची – 'कुछ नहीं आंटी...मेरी मम्मी की तबियत खराब हो गयी है अचानक से!'

प्राची ने मजबूती दिखाते हुए आँखें पोंछ डाली जो लाल हो चुकी थी और उनकी बात का जवाब दिया।

'हिम्मत ना हारउ बिटिया, भगवान सब ठीके करी।'

प्राची ने हां में सर हिलाया और चुप हो गयी। लगभग दो घंटे बाद असिस्टेंट फिर वापस आया और प्राची दोबारा डॉक्टर के पास पहुँच गयी। कुछ देर रिपोर्ट्स देखने के बाद डॉक्टर बोले उसकी माँ से

'निरुपमा जी घबराने वाली बात नहीं है, जैसा मैंने कहा था कि खून के दौरान में दिक्कत आ गयी थी। वही रिपोर्ट भी कहती है। मैं कुछ दिन की दवा दे रहा हूँ और ये दो इंजेक्शन दिन में लगवाने हैं तीन घंटे के अंतर पर।'

प्राची – 'माँ कब तक ठीक हो जाएंगी?'

डॉक्टर – 'देखिये दवा खिला कर देखते हैं कुछ दिन शायद इसी से चीजें बेहतर हो जाएं, वरना एडमिट करवाना पड़ेगा और उसमें टीम लगाकर हम इसे कवर कर लेंगे। हाँ बहुत ध्यान से रखियेगा अब इनको, जो लापरवाही हो गयी सो हो गयी, मगर अब मत कीजियेगा, काम नहीं करने देना है, लगातार खड़ा नहीं होना है। अगर दिक्कत बढ़ने लगे तो आकर इमरजेंसी में दिखाइएगा। और वैसे भी हर हफ्ते इन्हें दिखा जरूर लीजियेगा।

प्राची – 'जी डॉक्टर...'

उसके बाद प्राची दवा लेकर ऑटो करके माँ को बिठा कर वापस घर को आई। घर पर पापा और शिवांक बाहर बैठे गुस्से में इंतजार कर रहे थे।

'ये क्या हो रहा है? घर खुला छोड़कर कहाँ टहल रही हो तुम दोनों, कुछ हो जाती चोरी....'

पापा को कहते कहते रुक जाना पड़ा, जब उनकी नजर सहारा लेकर कुर्सी पर बैठती निरुपमा पर पड़ी।

'क्या हुआ तुम्हें नीरू, प्राची बोलो कुछ, हुआ क्या?'

शिवांक और पापा सहारा देकर निरुपमा को अंदर ले जाते हैं!

'कोई कुछ बोलेगा भी कि नहीं?'

प्राची ने उनकी तरफ गुस्से से देखा, और अपने कमरे में चली गयी।

'निरूपमा तुम प्लीज बोलो कुछ क्या हुआ?'

अब निरुपमा ने हरीश को पूरी बात बताई तो....

हरीश – 'हाँ दोपहर में उसका फोन आया था, मगर मैं मीटिंग में था तो सुन नहीं सका, न दोबारा उसने फोन किया।'

निरुपमा – 'वो बच्ची है, आप परेशान मत हो, थोड़ी देर में खुद ही अपने पापा से बात करेगी, वो खुद ही बहुत परेशान हुई है।'

हरीश – 'हाँ तुम आराम करो, मैं उससे बात करता हूँ।'

कुछ देर बाद प्राची के कमरे का दरवाजा खुला, वो निरुपमा के पास आकर बैठ गयी, हरीश की तरफ देखा तक नहीं। अपने से एक साल छोटे भाई के साथ रोज जिस तरह लड़ाइयाँ करती थी, आज वो भी नहीं हुई।

प्राची – 'माँ आप क्या खाओगी?'

निरुपमा – 'बेटा आज तो मेरा पिज्जा खाने का मन है।'

प्राची – 'नहीं वो नुक्सान करेगा आपको, मैं कुछ सब्जी रोटी बना देती हूँ।'

निरुपमा – 'तू कहाँ झंझट करेगी? बस इस टाइम कुछ खा लिया जाए, बस्स फिर कल तक तो मैं ठीक ही हो जाउंगी।'

प्राची – 'आप चुपचाप लेटो, और अब मैं जितना कहूं आप उतना ही करोगी।'

इस हक से प्राची ने कभी माँ को कुछ नहीं कहा था, ये माँओं वाली भावना 16 साल की लड़की में उभर कर सामने आई जिसके आगे निरुपमा भी स्तब्ध रह गयी और उनके मुंह से एक भी शब्द नहीं निकल सका। हम सब लड़कियों का मजाक उड़ा सकते हैं, मगर ममता उनकी शख्सियत का सबसे कोमल और खास पहलू होता है। आप संवेदनशील हो सकते हैं, पर माँ जितनी देखभाल कर पाना सिर्फ और सिर्फ एक लड़की ही कर सकती है। कुछ आदमी भी होते हैं जिनके दिल बड़े कोमल और ममता से भरे होते हैं मगर आप उनसे भी पूछेंगे तो वो आपको यही कहेंगे कि उनके इस स्वभाव का सबसे बड़ा कारण उनकी माँ ही रही होंगी।

कुछ देर बाद प्राची ने सबके लिए खाना बनाया, खिलाया और माँ को दवा खिलाकर उनके पैरों और कमर की मालिश की। पापा से उसने तब भी बात नहीं की। ये लगभग रोज का नियम हो गया था अब। अब वो अपने पापा और भाई से एकदम नहीं बोलती अगर उसको कुछ कहना भी होता तो माँ को तेज से कहती ताकि उसके पापा के कानों में उसकी आवाज पड़ सके। वो सिर्फ अब माँ से बात करती और उनकी ही सुनती।

छह दिन बीत चुके थे, निरुपमा अब उठने की कोशिश करने लगीं थीं। उनको देखकर प्राची की मुस्कान फिर से लौटने लगी थी। और एक दिन–

हरीश – 'प्राची बेटा यहाँ आओ!'

प्राची अपने कमरे से उतर कर आई और उनके सामने चुपचाप खड़ी हो गयी।

पापा ने उसको हाथ से खींच कर अपने पास सोफे पर बिठा लिया।

हरीश – 'मेरी गुड़िया नाराज है पापा से?'

प्राची – 'मैं क्यों नाराज होउंगी? ऐसा क्यों लगता है आपको?'

हरीश – 'मैं फोन काट दिया तुम्हारा, पूरी बात सुने बिना, बेटा मैं बहुत दुखी हूँ उस बात के लिए, मगर मीटिंग में था, मैंने बताया तो था तुम्हें कि मैं अभी बात नहीं कर सकता, सच में बेटा मैं नहीं कर सकता था तब बात?'

प्राची – 'और अगर मम्मी का एक्सीडेंट हो जाता तो? वो रास्ते पर पड़ी होती घायल! तब क्या यही कहते? इतनी जिम्मेदारी है बस आपकी?'

प्राची की तेज आवाज सुनकर निरुपमा निकल कर धीरे धीरे बाहर आयीं। और आवाज वो सुन ही चुकी थीं इसलिए आते उन्होंने प्राची को कसकर डांट लगाई।

निरुपमा – 'ये क्या बकवास कर रही हो प्राची? अपने पापा से ऐसे बात करोगी? चलो तुरंत माफी मांगो, दिमाग ही खराब हो गये हैं एकदम।'

प्राची – 'यही तो बात है माँ कि ये पापा हैं। इन्हें भी माँ होना पड़ेगा पापा शब्द को समझने के लिए। जाने क्यों ये खुद को अब भी 25 साल जैसा जवान समझते हैं जो नौकरी करता है और शादी कर लेता है, ये आपको कभी समझ नहीं पाएंगे क्योंकि ये आदमी होते ही ऐसे हैं। बीवी की जिम्मेदारी में दो वक्त का खाना और साल के तीन जोड़ी कपड़े ही देकर अपने कर्तव्य पूरा समझ लेते हैं। इनको जुकाम भी हो जाए तो आप परेशान हो जाती हैं, गर्म पानी, काढ़ा, विक्स और न जाने क्या क्या!! तेज बुखार हुआ हो आपको माँ तो उसमें भी हम सबके लिए कपड़े धोएं, खाना बनाएं, और साफ सफाई तक कर लेंगी। आपको नहीं आराम की जरुरत? आप मशीन हैं? इनको रविवार मिलता है थकान उतारने के लिए! जबकि आपका काम और बढ़ जाता है, उस दिन। लाओ आज छुट्टी है पर्दे उतार दो, बेडशीट धो लूं, किचन साफ कर लूं। आपको कब मिला है आराम जरा याद करके बताइए माँ?'

पापा सोफे पर बैठकर अपनी ही बेटी के मुंह से अपनी की गयी गलतियों और लापरवाहियों की पड़ताल सुन रहे हैं। निरुपमा सर पर हाथ रख

कर बैठी हैं। छोटा भाई माँ के पास खड़ा होकर सब चुपचाप सुन रहा है। प्राची अपनी बात दुबारा से शुरु करती है।

प्राची – 'ये मेरा एक साल छोटा भाई, अपने आप एक गिलास पानी उठाना पाप समझता है। अभी हाइट में कम है नहीं तो कल को मुझे बाहर जाने से रोकेगा। माँ को हर बात पर बुरा भला कह लेगा। और याद रखना कल को ये आप दोनों को भी नहीं बख्शेगा क्योंकि तब आप दोनों ही इसके किसी काम के नहीं रहोगे। माँ अब तक परिवार जोड़े रखती आयीं हैं। उनके अपने कोई सपने नहीं क्या? बस एक ही सोच में दुबली हो जाती हैं कि पतिदेव कैसे हैं और बच्चा कैसा है!! अब जब वो भी बीमार पड़ी हैं ये पूरी जिम्मेदारी घर की लड़की पर आ गयी । ये नियम किसने और क्यों बनाया है कि माँ न हो या बीमार हो तो लड़कियां ही किचन सम्भालेंगी!! आदमियों को सिर्फ लेना आता है। सिर्फ इसी बात के घमंड में हैं कि आप कमाते हैं। तो पापा भूलिए मत माँ ने आपके लिए और हम सबके लिए नौकरी छोड़ दी थी। आपके परिवार के लिए ही नौकरी छोड़ी थी ना पापा याद है आपको? वो कल भी पूर्ण थीं आज भी हैं। आपके सहारे की जरूरत इस सुपर हीरो को नहीं है। शुक्रिया आपकी मदद और आपकी सुहानुभूति का, मेरे दिल में आपके लिए कुछ नहीं है। बस मुझे माफ कीजियेगा कि मैंने इतना सब कुछ कहा आपको लेकिन मैं यही कहूंगी कि मैं अपनी माँ की ही बच्ची हूँ।'

पाप की आँखों से आंसू नहीं रुक रहे थे। उन्हें अपना 19 साल का वैवाहिक जीवन आज एकतरफा लगने लगा जब उनकी बेटी ने उन्हें आइना दिखा दिया। कुछ देर बाद जब कुछ सम्भल सके तो पास बैठी निरुपमा के हाथ जोड़े और बोले

हरीश – 'नीरू मुझे माफ कर दो। मैं खुद को तुमसे ऊपर मान कर चला हूँ जीवन भर और हमेशा तुमने मेरे अहंकार को अपनी सौम्यता का आधार दिया है। तुमने अपने सहारे की एक बहुत मजबूत बुनियाद देकर मेरे घमंड और मर्दानगी के दिखावे के लिए जमीन तैयार कर दी। मुझे कभी एहसास ही नहीं हुआ कि घर पर रहती हुई मुझसे चार गुना ज्यादा काम करके, पहले उठकर बाद में सोती तुमने मुझसे किसी भी तरह की उम्मीद छोड़ ही दी है। लेकिन मैं इस सब को सुधारूँगा नीरू। ताकि अपने बच्चों की नजर में उठ सकूं।'

निरुपमा और हरीश एक दूसरे के हाथों में हाथ पकड़े हुए रोते चले जा रहे हैं, प्राची अलग खड़ी रो रही है, और शिवांक चुप चाप सब कुछ देख रहा है। निरुपमा ने हरीश के आंसू पोंछते हुए कहा

निरुपमा – 'आप ऐसा मत कहिये, मुझे आपसे कोई भी शिकायत नहीं, मैंने अपने प्यार के बदले में कभी कुछ उम्मीद लगाई ही नहीं न एवज में कुछ चाह ही रखी। ये मेरा प्यार है जो मैं करती हूँ और करती रहूंगी हमेशा

आपके लिए। अगर कोई शर्त रखती तो इतना प्यार कैसे कर पाती? प्राची अभी बच्ची है, उसे जो लगा उसने कह दिया, मगर आप बच्चों जैसे मत रोइए, आप बहुत अच्छे हैं, मुझे कोई शिकायत नहीं आपसे।'

हरीश – 'नहीं नीरू। तुमने मुझे बनाने के लिए सहारा दिया और मैं इतना बेवकूफ था कि सोच रहा था कि मैं तुम सबका सहारा बना हुआ हूँ।'

सब के सब सुबक रहे थे, पापा अपने सोफे से उठकर प्राची के पास गये और उसको गले से लगा लिया और भरे गले से बोले

हरीश – 'मुझे माफ कर दो बेटा, आज तुमने अपने पापा को फिर से उनकी खूबसूरत बीवी वापस कर दी जिसे मैं कई सालों से सिर्फ प्राची और शिवांक की माँ समझने लगा था। मुझे यकीन हो गया है कि नीरू ने मुझे बहुत ही होशियार और गुडिया जैसी बच्ची दी और मुझे खुशी है कि उसमें मुझे नीरू की ही छाप दिखती है। अपने पापा को माफ कर दो बेटा, आज से मैं कोई गलती नहीं करूँगा, ये मेरा अपने परिवार से वादा है।'

प्राची उनके गले से लगे लगे ही फफक कर रो पड़ी और

प्राची – 'मुझे भी माफ कर दीजिये पापा। मैंने आपको बहुत दुःख पहुँचाया है।'

हरीश – 'नहीं बेटा मैं कह रहा हूँ न तुम मेरी प्यारी गुड़िया हो न मैं तुम्हीं रोते थोड़े देख सकता हूँ। अगली बार से पापा आपका फोन कभी नहीं काटेंगे। अब खुश हो जाओ मेरा बच्चा।'

और ये कह कर पापा ने शिवांक निरुपमा और प्राची को गले से लगा लिया। मन का मैल साफ हो गया था, और रिश्तों में नयी चमक फिर से दिखने लगी थी।

आज तक तुम्हारे संग
इतने सावन बांटे हैं,
जरूरी है की अब हमें
अकेलापन बांटना चाहिए।

रातें कई सुहानी दिन बहुत हसी,
बिताये हैं तुम्हारे संग।
मेरे ख्याल से हमें अब,
एक दूसरे का पागलपन बांटना चाहिए।

खुशियाँ आयीं और चली गयीं,
कष्ट पड़े और निकल गये,
थे संग तब हम,
अब जो एक ही है हमारा,
हमें बस वो गम बांटना चाहिए।

होते करते उम्र निकल गयी,
विश्वास आधा पूरा करते ही रहे।
मुड़कर देखा तो एकांत है अब,
साथ एक दूजे का अब
यकीनन बाँटना चाहिए।

पैसे कमाए और खर्चे,
जमीनें हैं भी और नहीं भी,
साथ निभाने को न हो कोई तब
प्यार बिन शर्त बिना थके,
हरदम बाँटना चाहिए।
जरूरी है की अब हमें
अकेलापन बांटना चाहिए।

उम्र के आगे

जिंदगी किसी की पूरी तरह मुकम्मल हो ऐसा बहुत ही विरले लोगों के साथ ही देखने को मिलता है। हर किसी को किसी न किसी चीज की कमी रहती है और कई बार ये कमियां समय बीतने के साथ ही अफसोस का रूप ले लेती हैं।

ये कहानी है एक बहुत ही बेहतरीन नाई की, ये कहानी है बिन्दू की, वही बिन्दू जिसके हाथ से बाल कटवाने को लोग नंबर पर नंबर लगवाते चले जाते थे। ऐसा कहा जाता है कि वो जिसके बाल एक बार भी काट देता, फिर ना वो कहीं जाता न बिन्दू ही अपने ग्राहक का चेहरा भूलता।। लोग तो यहाँ तक बताते हैं कि एक गाँव से निकले और सत्ता के शीर्ष तक पहुंचे एक प्रधानमंत्री भी बिन्दू से ही बाल कटवाते थे। मगर बिन्दू से इस बारे में कोई नहीं जान पाया आज तक न जाने क्यों उसने कभी इस बारे में नहीं बताया किसी को। अब अफवाह भी हो कोई तो क्या करना भाई, बाल तो बिन्दू जानदार काटता ही है। दिन भर चलती रहती उसकी कैंची और भरी रहती थी उसकी दुकान। पूरे 12 घंटे तक उसकी कैंची चलती और वो खड़ा रह जाता कभी कभी पूरा दिन और कभी कभी उसके मुंह में खाने एक निवाला जाना भी मुश्किल हो जाता था।

बिन्दू ने शादी नहीं की, मगर उसके घर के पास नाली में पड़ा एक छोटा सा 3–4 महीने का बच्चा मिला था जिसे बिन्दू ने अपना कलेजे का टुकड़ा बना कर रखा है। साफ सफाई के समय पता चला कि वो एक मुस्लिम का बच्चा है। आस पड़ोस सब ब्राह्मण और सवर्ण बाहुल्य मोहल्ले में एक अनजान बच्चे को पाल सकने की हिम्मत करने वाला बिन्दू ही था जिसने सबके ताने सुने, जिसपर लोग हँसे, जिसके चरित्र पर लोगों ने उंगली उठाई, घर बुलाना छोड़ दिया गालियाँ तक दी लेकिन जो लोग इंसान को इंसान मानते हों उनके लिए इंसानियत ही सबसे बड़ा कर्म भी होता है और धर्म भी। लोगों ने अपना पड़ोसी धर्म निभाया और बिन्दू ने इंसानियत का और बिन्दू ने उसे पाल लिया और खुशी खुशी जितनी वो कर सका उसकी जिंदगी बदलने की कोशिश की, मगर जिंदगी किसी फिल्म के जैसी नहीं हो ती जिसमें अनाथ बच्चा बड़ा होकर पुलिस अफसर या बिजनेसमैन बन ही जाए। वो बच्चा भी कोई चांदी का चम्मच मुंह में लेकर नहीं आया था।

कोई कुछ भी कहे मगर नाता मानवता और स्नेह का ही होता है वरना मौका पड़ने पर किसी के अपने भी गले पर छुरी फेरने से पीछे नहीं हटते! बिन्दू ने उसका नाम 'नासिर' रखा। उसके आने के पहले बिन्दू ने नाम भी कमाया था और पैसा भी ठीक ठाक कमाया था। खूब मेहनत की थी, मगर नासिर के आने के कुछ सालों तक उसका समय दुकान पर कम और नासिर को पालने में ज्यादा जाने लगा और लगभग 10 साल तक उसकी दुकान में ग्राहक जो बंधे भी थे वो टूटने लगे। हाँ बस इतना था कि दुकान पर बिन्दू का ही नाम था और दिन में चार पांच ग्राहक आ ही जाते थे। जिससे भुखमरी की नौबत नहीं आई। नासिर के पढ़ाई लिखाई के लक्षण शुरुआत से ही नहीं थे इसलिए धीरे धीरे बिन्दू ने नासिर को भी दुकान पर काम करने के लिए बुलाना शुरू कर दिया ताकि टूटी ग्राहकी जुड़ सके और नासिर भी काम जल्दी से सीख कर उसके काम में हाथ बंटा सके।

बिन्दू की आदत थी कि वह अपने ग्राहकों से खूब बातें करता था जिससे ग्राहक से उसका घर जैसा रिश्ता हो जाता था, ये किसी भी दुकानदार या काम करने वाले का सबसे असरदार औजार होता है अपने को जोड़ने का अपने ग्राहक से। मगर बिन्दू की आदत में ही था सबसे खुशी खुशी बातें करना, किसी लालच या छल कपट के चलते वो ऐसा नहीं करता था।

समय बीतता गया और धीरे धीरे स्वर्णिम युग बीतने लगा, शहर तेजी से बदलने लगा, साइकिल से चलने वाले बच्चों के पास अब स्कूटी या बाइक हो गयी हैं। तोता उड़ मैना उड़ जैसे खेल खेलते बच्चे अब एंग्री बर्ड और एंड्राइड फोन की तिलस्मी दुनिया में फंस चुके हैं। इसी तरह बिन्दू की टक्कर में भी मशीनों से काम करने वाले लोग आ गये हैं जिन्हें लोग नाई नहीं हेयर स्टाइलिस्ट बुलाते थे। जिनके खुद के बालों की स्टाइल समझ नहीं आती है। ऐसे में कैसे भी करके बिन्दू पुराने लोगों के व्यवहार के बदले किसी तरह अपनी रोजी रोटी कमा रहा था। मगर पुराने खोखे में बनी उसकी दुकान में बहुत कम लोग ही अब जाना पसंद करते हैं। जबकि उसकी दुकान के आस पास दो दुकानें एकदम मॉडर्न थी और वहा जमकर भीड़ लगी रहती। समय के साथ बदलने का हुनर रखने वाले ही समय को मात देकर आगे बढ़ पाते हैं वरना समय की क्रूरता के शिकार हर पल कई होते हैं। नासिर ने कई बार कहा भी था उससे कि कुछ करके एक नयी दुकान और कुछ नयी मशीन जुटा लें वरना दुकान बंद होने में अब ज्यादा समय नहीं है। मगर इतना पैसा आये कहाँ से?

नासिर कह कह के हार गया था मगर दिन रात करके भी दोनों के हाथ में उतना नहीं बच पा रहा था कि कुछ मरम्मत करवा सकें। वैसे भी बिन्दू के

मन में था कि बुढापा नजदीक है। जो भी 15–20 हजार बच पाएं हैं वो अपने पास रहे तो कल को यही नासिर खाना पीना देगा जब बिन्दू खटिया लगा होगा मगर वो भी नहीं हुए तो क्या पता बुढापे में कौन कैसी किस्मत लेकर आया हो। बस यही सोचकर वो जमापूंजी बिन्दू खर्च नहीं करना चाहता है। मगर इन सब बातों के चलते नासिर उससे बहुत खफा रहने लगा। मगर कह नहीं पाता कुछ क्योंकि कुछ भी हो कैसा भी हो बिन्दू ने उसको पाल पोस कर बड़ा किया था। मगर नासिर दिन पर दिन बढती गरीबी और कम खर्च में गुजर बसर करने के कारण बहुत निराश रहने लगा बिन्दू से। बिन्दू सब समझता मगर कुछ नहीं कहता।

पिछले दिनों–

एक पुराना ग्राहक आया हुआ था दुकान पर।

'का हाल बिन्दू भाई?'

'सब आशीर्वाद है साहब लोगन का, का सेवा की जाए साहब? दाढ़ी या बाल?'

'अरे सब करवायेंगे भाई, साले की शादी है आज, तो जीजा का चमकना जरूरी बता कर भाभी ने जबरदस्ती भेजा है तुम्हारी, वरना तुम्हीं कहो इतनी सी दाढ़ी भी कहीं बनवाई जाती है?'

'अरे साहब मौका खास है, इतना तो साले साहब का भी हक बनता ही है अपने जीजाजी पर।'

'हा हा हा, बड़े छुपे रुस्तम हो, अपनी बात भी कह रहे और बन्दूक किसी और के कंधे पर।'

'अरे नहीं साहब, शादी ब्याह में इतना तो होना ही चाहिए, ससुराल वालों को भी तो याद रहे कि लड़के के जीजाजी भी अमिताभ से कम नहीं लग रहे थे।'

'अरे मारोगे क्या हंसा हंसा कर, हा हा हा हा, तुम बाल काटो यार ऐसी लच्छेदार बातें करते हो कि उठने का मन ही न करे फिर।'

'जी हुजूर।'

बिन्दू ने उनको बिठाया, एक चाय मंगवाई और साहब के सामने ही रख दी, कैंची उठाई और अपना काम शुरू कर दिया। नासिर पास में खड़ा होकर किसी छोटे बच्चे के बाल काट रहा था। बातें वो भी सुन रहा था मगर अपने काम में मशगूल था। बिन्दू ने बड़े सलीके से साहब के गालों को पानी से रगड़ कर दाढ़ी को मुलायम किया फिर चेहरे पर क्रीम लेकर ब्रश से झाग बनाने लगा

और बीच बीच में एक पुरानी रखी हुई चाय को पीने की आधी अधूरी कोशिश की। लेकिन आज न जाने क्यों बिन्दू का सामान्य दिन नहीं था। बिन्दू ने जैसे ही दाढ़ी साफ करने के लिए उस्तरा साहब के चेहरे की तरफ बढ़ाया, एक जबरदस्त कम्पन से उसके हाथ काँपे और गालों पर उनके बिन्दू का उस्तरा जाकर सीधा सीधा पैबस्त हो गया लगभग एक इंच तक बहुत गहरा सा चीरा हो गया देखते देखते। साहब की चीखों से सबका ध्यान उनकी तरफ गया और एक ही सेकंड में साहब अपने ही खून में नहा गये। स्तब्ध बिन्दू देखकर जड़वत ही खड़ा रह गया और नासिर ने लपक कर बिन्दू को किनारे करके साहब के गाल पर साफ तौलिया रखा। आस पास के लोग शोर सुन कर वहां इकट्ठे होने लगे, कुछ ने मामले को जानने समझने की कोशिश की और कुछ सिर्फ मजे लेने के लिए भीड़ में घुस गये।

साहब दर्द पर तो हल्का सा काबू पा गये मगर गुस्से का उनके पारावार नहीं रहा। लगभग दो मिनट के अंदर ही उन्होंने बिन्दू को अपने जीवन में सीखी हर गाली और बद्दुआ से नवाज दिया। और बिन्दू के झीने से कुरते को पकड़ते हुए उसके गाल पर एक झन्नाटेदार थप्पड़ रसीद कर दिया जिसको देखकर नासिर ने उनको पकड़ा और पीछे किया। बिन्दू को समझ ही नहीं आया कि हुआ क्या, उसके हाथ कांपते जा रहे थे और वो आँखों में आंसू लिए खड़ा था। उसकी जिंदगी भर की कमाई इज्जत और और भलमनसाहत की तारीफें साहब के गाल पर बहते खून से रंग गयी। एक मिनट पहले तक साहब जो उसकी बातों में मदहोश हुए जा रहे थे अब उसको गालियों से मार रहे थे। साहब की तीमारदारी में लगे नासिर ने दराज से एक क्रीम निकाल कर साहब के जख्म पर लगाई और फिर वो उनके साथ अस्पताल को चला गया। बाकी ग्राहक भी इस घटना को देखकर चुपचाप वहां से निकल गये। वहां रह गया सिर्फ बिन्दू और उसकी पूरी जिंदगी साथ निभाती आई कुर्सी जिसपर वो खुद कभी नहीं बैठा बल्कि दूसरों के खास मौकों, खुशियों, और दुःख में साथ देता आया। वो बहुत देर तक बैठा वहां रोता रहा। आस पास वाले भी सांत्वना देकर चले गये।

कुछ देर बाद उन साहब को अस्पताल में मरहम पट्टी करवा कर नासिर आया वापस। उसको देखते ही शांत पड़े बिन्दू में जैसे जान आ गयी वो फुर्ती से खड़ा हुआ और नासिर के कंधे से झकझोर कर उससे पूछा

'बेटा, साहब ठीक तो हैं न?'

नासिर ने तमतमाते हुए बोला।

'गले पर मार देते उस्तरा, गाल काट कर जान क्यों बख्श दी उनकी?'

'ये क्या कह रहे हो मैंने क्या जान बूझ कर किया क्या?'

नासिर को छोड़ते हुए स्तब्ध होकर बिन्दू ने बोला।

'मुझे क्या पता? कितनी बार बोला है कि इस हाथ कांपने वाली बीमारी का इलाज करवाओ या घर बैठो। कल को किसी जान ले लोगे तो मेरे पास इतना पैसा नहीं है कि कोर्ट कचहरी करता घूमूं।'

बिन्दू एकदम टूट सा गया उस वक्त...ये वही नासिर है जिसके लिए दुनिया से लड़ गया था बिन्दू। जिसके लिए उसने अपना घर नहीं बसाया था। और जीवन में खुद भूखा सोया मगर नासिर की जिद पूरी की ताकि जीवन में कभी ये न कह सके कि पूरी नहीं कर सकते एक इच्छा तो पाला क्यों था? ये सोचते सोचते उसको लगा कि शरीर में जान ही नहीं हो। धड़कन रूकती सी महसूस हुई और सर घूमता हुआ लगा। हाथ पैर जब बुरी तरह कांपने लगे और खुद के दम पर खड़े रहना मुश्किल हो गया तो दूसरी तरफ मुंह करके खड़े नासिर के कंधे पर जोड़ देकर हाथ रखा ही था कि नासिर ने जैसे गुस्से में पलटते हुए उसका हाथ झटका और बिन्दू सीधा सीधा गिर पड़ा। ये देखकर नासिर का गुस्सा काफूर हो गया और वो लपक कर बिन्दू के पास पहुंचा और उसको गोद में लेते हुए उसका मुंह को थपकी देते हुए बोला

'बापू ये क्या हो गया? चलिए हम लोग अस्पताल चलते हैं।'

और आसपास वालों को मदद के लिए बुलाकर कैसे भी करके नासिर बिन्दू को अस्पताल ले गया और डॉक्टरों ने उसका हाल देखकर बताया कि दिल का गम्भीर दौरा पड़ा है इनको, और सरकारी अस्पताल में इसका इलाज संभव नहीं है। अब नासिर के सामने बहुत बड़ी समस्या पैसे कहाँ से आये? डॉक्टरों ने बिन्दू को प्राथमिक उपचार के बाद ले जाने को कह दिया तो नासिर ने उनसे विनती की कि वो कुछ देर बिन्दू को सम्भाल ले ताकि वो घर जाकर कुछ पैसों का बंदोबस्त कर सके। काफी कहने सुनने के बाद वो तैयार हो गये। अब नासिर के सामने फिर भी एक बड़ी समस्या थी कि पैसे कहाँ से लाए जाएं क्योंकि बिन्दू के जोड़े हुए वो रूपये तो बिन्दू के खाते में थे और और बिन्दू की हालत ऐसी नहीं थी कि वो खुद उसके साथ जा कर रूपये निकाल सके। तो नासिर अपने पड़ोसियों के पास गया जिनके घरों में शायद ही कभी नासिर के आने के बाद से बिन्दू के घर से बोलचाल रही होगी। मगर मुसीबत में उम्मीद दुश्मनों से भी हो ही जाती है। बहुत देर विनती और मिन्नतें करने पर और जल्दी पैसे वापस करने का वादा करने पर भी नासिर को लगभग 8 हजार रूपये ही मिल सके। मगर डूबते को तिनके का सहारा। वो भागते हुए अस्पताल पहुंचा तो उसको बिन्दू अपनी जगह पर नहीं मिला।

परेशान नासिर ने एक कर्मचारी को रोक कर पूछा।

'भाई यहाँ एक बुजुर्ग लेटे थे, जिनका इलाज चल रहा था अटैक का।'

'वो कौन हैं तुम्हारे?'

'पिताजी हैं।'

'अरे भैया तुम कहाँ थे? उनको तो डीएम साहब लेकर चले गये, क्या मामला था ये तो नहीं पता मगर उनको एक एम्बुलेंस में लिटाकर खुद उनके साथ बैठकर यहीं टंडन हॉस्पिटल के लिए रेफर करा कर ले गये।'

नासिर अवाक रह गया, ये कैसे? उसको कुछ समझ नहीं आया और वो तुरंत एक ऑटो पकड़ कर भागता हुआ उस 'टंडन हॉस्पिटल' पहुंचा।

जहाँ दो नीली बत्ती गाड़ियाँ और कई सारे पुलिस वाले खड़े थे। डीएम और एसपी दोनों वहां मौजूद थे। नासिर ने भागते हुए अंदर जाने की कोशिश की तो पुलिस वालों ने उसे रोक दिया। नासिर ने नाम बताते हुए बोला वो बिन्दू का लड़का है मगर उन्होंने सोचा हिन्दू आदमी का मुस्लिम नाम का लड़का कैसे हो सकता है, इसलिए उन्होंने उसे जाने नहीं दिया। नासिर चीखता रहा तो एसपी बाहर निकले और पूरी बात जान कर नासिर को अपने साथ अंदर ले गये।

'ये तुम्हारे पिताजी हैं?'

'हां साहब, हमको पाल पोस कर बड़ा करने वाले देवता हैं ये। साहब ये सब क्या हो रहा है? पिताजी के लिए इतना दौड़ भाग क्यों कर रहे हैं आप सब?'

'इनको भर्ती करवाने के लिए हमारे लोगों के पास खास आर्डर आया था।'

'खास मतलब?'

'पूर्व प्रधान मंत्री जी ने खुद फोन करके इनके अच्छे इलाज की व्यवस्था करने को कहा था और गुजारिश की थी कि खास ध्यान रखा जाए, इसीलिए डीएम साहब खुद मौजूद हैं यहाँ।'

नासिर को बिलकुल यकीन नहीं हुआ। ये कैसे हो सकता है? बिन्दू ने उसको कभी नहीं बताया इस बारे में। कुछ देर बाद जब बिन्दू के पास जाने की अनुमति मिली तो नासिर सबसे पहले पहुंचा और बिन्दू से लिपट कर रोने लगा।

बिन्दू ने उसे चुप कराया और शांत रहने को बोला। बिन्दू की हालत को देखकर नासिर ने खुद को काबू किया और फिर बिन्दू से पूछा।

'ये सब कैसे हुआ बापू?'

'बेटा तुझे कभी बताया नहीं मगर मैंने बहुत साल तक प्रधानमंत्री जी के यहाँ उनकी सेवा की थी। उन्होंने मुझे अपने छोटे भाई जैसा प्यार दिया था। मगर ऊब कर जब मैंने जाने की सोची तो उन्होंने मुझे मजबूर किया कि मैं उनके दिए कुछ जरुरत के और कुछ कीमती सामान रख कर अपनी नयी जिंदगी शुरू करूँ। मगर मेरे मना करने और मेरी जिद के आगे मजबूर होकर उन्होंने मुझे अपना नंबर दिया और कहा था कि जब भी जरुरत लगे बस एक बार फोन कर देना। इसलिए जब मैं होश में आया तो सबने बताया कि तू पैसों का इंतजाम करने गया है और मैं जानता था कि तू अभी बच्चा है परेशान होकर रह जाएगा। इसलिए मुझे मजबूरी में उन्हें फोन करके मदद की गुहार लगानी ही पड़ी'

नासिर आज एक बात समझ गया था कि अच्छा व्यवहार और इज्जत कमाना सबसे कठिन काम हैं मगर जरुरत पर काम यही आते हैं। इसके बाद नासिर ने बिन्दू की पूरे मन से सेवा की। और फिर से दुकान पर जाना शुरू किया। अब वो भी बिन्दू की ही तरह अपने ग्राहकों से बातें करता और उनके हाल चाल जान कर खुद भी खुश होता। आमदनी उतनी ही थी मगर संतोष पहले से कई गुना हो गया था।

साए भी जब हो संग नहीं
अकेले हो जब हर घड़ी
पुकारना मुझे तब तुम
दिखेगी तब इक रौशनी
मैं वक्त से बंधा नहीं
मैं शांत हूँ अंधियारों सा
वक्त को भी लांघ कर
आऊंगा तेरे पास मैं
ये वादा किताबी नहीं
मुझ पर विश्वास रख
खैरात मैं दूंगा नहीं
जो तेरे हिस्से का है
तुझसे छिनूंगा नहीं
यूं निराश हो कर बैठा
चल न फिर इक काम कर

काम जो था तूने लिया
एक और बार वो काम कर
मुस्कान बरकरार रख
मुझ पर ऐतबार रख
मैं भी अपनी बात से
हटने वाला नहीं।

जानवर

शहरों में तीन लोगों के लिए बहुत बड़ा घर कोई जरुरी नहीं लगता, यही सोचकर जान्हवी और मानवी की माँ नमिता ने सुल्तानपुर के अपने पैतृक मकान को छोड़कर लखनऊ आना सही समझा। गाँव की जमीन बेची और जो पैसे उस तीन मंजिल के आलीशान घर को बेचने पर मिले वो उन्होंने बच्चियों की पढाई और भविष्य की जरूरतों के लिए लगा दिए। पति की असमय मृत्यु ने उनको बुरी तरह तोड़ कर रखा था। मगर जब बात बच्चियों के भविष्य की आती है तो किसी भी माँ के अंदर की ममता उसको खुद का दुःख भूलने को बाध्य कर देती है। ऊपर से परिवार वालों के लिए प्रॉपर्टी हथियाने का सुनहरा मौका था ऐसे में उन्होंने परिवार को तिलांजलि दे दी। ऐसे परिवार का फायदा ही क्या जो मुसीबत में भी संपत्ति के लालच में मानवीय संवेदनाओं को छोड़ दे। नमिता दोनों बच्चियों के साथ यहीं आकर बस गयीं इस दो मंजिल के 4 कमरों के घर में। अब उन तीनों का संबल वो तीनों खुद ही थीं और था उनका प्यारा कुत्ता शेरु। मानवी शेरू को बहुत प्यार करती थी और नमिता ने उसको पाला भी मानवी के बचपने की वजह से था। मानवी उसको किसी बच्चे से भी ज्यादा प्यार से रखती थी। हालांकि जान्हवी को उसमें कोई दिलचस्पी नहीं थी मगर मानवी के रोने धोने की वजह से उसको मानना पड़ा। बहुत दिन तक वो डरती भी थी मगर धीरे धीरे वो उसकी अभ्यस्त हो गयी। नमिता ने भी सुरक्षा की दृष्टि से इसको बुरा नहीं माना।

जान्हवी और मानवी दोनों की उम्र में एक ही साल का फर्क था। दोनों की क्लास भी हमेशा एक ही रही। फिलहाल दोनों अब एक अच्छे प्राइवेट कॉलेज में ग्रेजुएशन की पढाई पूरी कर रही हैं। जान्हवी को सिविल की तैयारी करनी है और मानवी को बस पढाई पूरी करने की जल्दी है। एक नंबर की आलसी है। छोटी होने का पूरा फायदा उठाती है। मगर नमिता ने उसको कभी किसी भी बात के लिए डांटा नहीं, पिता थे नहीं तो उनके हिस्से का प्यार भी नमिता अपनी बच्चियों को देना चाहती है। और ये किसी भी माँ की ख्वाहिश होती है कि उसके बच्चे पढ़ लिख कर जीवन में कुछ बड़ा करें और जान्हवी मानवी से उम्मीदें थीं भी नमिता को उनकी लगन और मेहनत को देखकर।

आज का दिन –

मानवी (कॉलेज से लौट कर बिस्तर पर गिरते हुए) – जानू तुझे पता है आज केमिस्ट्री में इतना ज्यादा पका दिया गीगू मैम ने कि पूछ मत, कैसे भी बस क्लास खत्म हुई।

जान्हवी (थोड़ी जगह बना कर पीछे खिसकती है) – पता नहीं क्या क्या पढ़ा जाती हैं.. अच्छा ही हुआ न कि मैं आज नहीं गयी।

मानवी – यार क्या बना है? तुझे पता मैंने आज आशीष के साथ कैंटीन में बर्गर खाया था फिर भी देख भूख लग रही है इतनी जल्दी जल्दी। मैं मोटी न हो जाऊं!

जान्हवी – तू दुबली कब थी? एक नंबर की भुक्कड़ है...आशीष को क्या पता कि तू पूरा फुल साइज पिज्जा अकेले हजम कर जाए बिना डकार लिए! वैसे वो आज तेरे साथ कैसे? उसकी सेटिंग नहीं आई थी क्या? वो उससे ही चिपका चिपका घूमता है, बेबी बेबी करते! मूड कैसे बदल गया तुझे बर्गर कैसे खिलाने लग गया? मेरे पीछे कोई सीन तो नहीं चल रहा तुम लोगों का कि मुझे पता ही न हो।

मानवी – वो उसकी परी आई नहीं थी न....तुझे बस मुझ पर ही शक रहता है हमेशा...और कोई खाने को पूछ रहा है प्यार से तो क्या कह दूं जा अपनी बंदी को खिला जाकर।

जान्हवी – मुझे तो कोई नहीं पूछता वहां ऐसे...तू बड़ी मल्लिका शेरावत हुई पड़ी है? मैं पूछती हूँ तू ही क्यों? और हजार लड़कियाँ हैं कॉलेज में, उनका भी भाई नहीं लगता वो...मगर तू ही क्यों?

मानवी – अले मेली जानू... I am too hot you know!! लोगों को पता है हुस्न की कद्र करनी चाहिए,

मानवी के ऊपर एकदम से लदते हुए गुदगुदी करते हुए बोला तो जान्हवी को हंसी आ गयी। मुंह बनाते हुए बोला उसने

जान्हवी – हा हा हा...ये आयीं बड़ी रूप की रानी!! काम कर बे अपना, क्यों हंसा हंसा कर मार डालना चाहती है पागल!! (अपने उपर से हटाते हुए) वैसे तू न उठ ले अब... तेरा टाइम ओवर हो गया...पोछा मार जाकर किचन में, वरना आज मम्मी से आज तुझे पिटवाए बिना नहीं मानूंगी मैं।

मानवी (आवाज में चापलूसी की मिठास लाते हुए)– I Love you jaanu!! प्लीज आज कर दे यार, मैं कितना थक गयी हूँ कि बस दो मिनट में ही सो जाउंगी, कर देना आज मेरी प्यारी बहन।

जान्हवी (झूठा गुस्सा दिखाते हुए) – जा सो जाकर...पर सिर्फ आज के लिए, कल से मम्मी को डांट सुनने को तैयार रहना। तेरा तो पता नहीं मगर मुझे पढ़ना भी होता है।

मानवी (जबरदस्ती गाल को चूमते हुए) – अले हाँ मेली कलेक्टर बहन!! मैं तो चली सोने, सुन पोछा मार दिओ किचन में। (अचानक से सुर बदलकर बोलते हुए वो भाग कर दूसरे कमरे में चली गयी)

जान्हवी हंसने के सिवा कुछ कर नहीं पायी।

रात को 2 बजे –

मानवी – जानू क्या कर रही है यार। बस कर न अब, बंद कर लाइट, रात दिन कुछ तो देखकर पढ़ा कर तू...

जान्हवी – चादर डाल सर पर...तेरे कहने से मैं अपना काम नहीं छोड़ सकती। मुझे बहुत सारे टॉपिक्स क्लियर करने हैं।

मानवी – मुझे सोना है...मुझे लाइट बंद चाहिए।

जान्हवी – उसके लिए नींद जरूरी है, आँखें बंद कर अँधेरा हो जाएगा। बहाने मत मार।

जान्हवी ने एक बार भी अपनी नजर किताब से नहीं हटाई और मानवी उसको लगातार घूरे जा रही थी। मगर कुछ देर में मानवी की नींद भी गायब हो गयी और वो जान्हवी की स्टडी टेबल के पास कुर्सी भिड़ाकर बैठ गयी और मुंह फैलाकर जम्भाई लेनी लगी।

जान्हवी (गुस्से से उसकी तरफ घूमकर) – ये क्या रावणछाप मुंह फैला रही है? मुझे भी नींद आने लगेगी तेरी शक्ल देखकर।

मानवी (अपने बालों में उँगलियाँ चलाते हुए) – एक बात पूछूं सेक्सी...

जान्हवी – बोल ....

मानवी – वो तेरा जो दोस्त है मयंक...सच में सीधा है या दिखने के लिए मुंह बनाये बैठा रहता है ताकि लड़कियां फिदा हो जाएं उसके टफ लुक्स पर।

जान्हवी मयंक का नाम सुन कर मानवी की तरफ घूमी और किताबें और नोट्स बंद कर दिए।

जान्हवी – क्यों तुझे क्या लगता है मैं किसी दिखावटी लड़के से दोस्ती कर लूंगी?

मानवी – नहीं मेरा मतलब हमेशा कोई इतना शांत कैसे रह सकता है? कहीं न घूमना न किसी से बात करना.अंदर से वैसा बिल्कुल नहीं होगा मैं शर्त लगा सकती हूँ। तुझसे ही देखा है बस बात करते, ऐसा क्या है दोनों के बीच?

जान्हवी – तुझे सब आजकल ऐसे ही दिखता है...वो सच में सीरियस बन्दा है। काफी टाइम से अच्छी दोस्ती है मेरी। तुझे कभी अपने लफंगे दोस्तों से मिले फुर्सत तो मिलना.. मेरी अच्छी बातों की तो कोई कद्र है नहीं. ..शायद उससे ही बात करके तू कुछ सीरियस हो जाए लाइफ में।

मानवी – तेरा चक्कर तो नहीं चल रहा जानू? इतनी तरफदारी!! सच बता वरना मैं बोलूं मम्मी से?

जान्हवी – जा बता दे जाकर। बड़ी आई चक्कर समझने वाली। Periodic Table याद है तुझे पूरी? इतना तो कर नहीं पाती तू।

मानवी (आँखें मलते हुए) – अले मेली जानू... गुच्चा हो गयी? अब तूने बंद कर दी पढ़ाई, चल मैं सोने जा रही।

जान्हवी उसको गुस्से में देख रही है। बिस्तर पर पूरी तरह पसरते हुए चादर सर पर डालने के बाद अचानक से मानवी बोली –

मानवी – दीदु....बहुत अच्छा लड़का है वो। बिलकुल आपके टाइप का। ख्याल रखना वरना मेरा दिल आ जाएगा उसपर। (आँख मारते हुए)

जान्हवी – धत्त बदतमीज।

जान्हवी ने बड़ी शर्म के बाद ये दो शब्द निकाले मुंह से और वो भी इससे आगे कुछ नहीं कह सकी।

मानवी – उफ इस बेदर्द दुनिया में किसी को सही सलाह देने वाली है ही नहीं। चलो अस्सी की करणा? गुड नाईट स्वीटू।

मानवी के सोने के बाद जान्हवी का ख्याल भी इस तरह गया मगर उसने सर को झटक कर बिना देरी किये ये ख्याल निकाला अपने मन से और खुद भी सोने चली गयी।

अगली सुबह –

नमिता – मानू उठ जा...(मानवी की चादर खींचते हुए) – सन्डे नही है जो पैर पसारकर सो रही है। उठ जा मेरा बच्चा लेट हो जाएगी।

मानवी – माँ आप कभी मुझे सोने नहीं देती। पहले दी को उठाओ न, उनको कभी कुछ नहीं कहती और हमेशा मुझे ही जगा देती हैं।

नमिता (कमरे का सामान ठीक करते हुए) – जानू कब की निकल गयी कॉलेज, बोली प्रैक्टिकल करने है कुछ रह गये थे पहले के।

मानवी – मम्मी आप उसको इतनी छूट न दिया करो, क्या पता झूठ बोल रही हो वो। लड़कियों को इतना सर नहीं चढाना चाहिये। आप बहुत भोली हैं, आजकल के बच्चों का आपको नहीं पता (मानवी ने नमिता के गले में बाहें डाल बोला)

नमिता – हाँ मेरी अम्मा। एक उसे सर चढाया है और एक तू है। टाइम न पास कर मानु, मेरे पास और भी काम हैं, ऑफिस निकलना है। चल फटाफट तैयार हो जा बेटा।

कॉलेज में –

मानवी – जानू ये क्या है? माँ को झूठ बोलकर यहाँ प्रैक्टिकल करने आ रही है? मुझसे भी नहीं बताया?

जान्हवी – मानु मयंक की तबियत बहुत खराब है! रात से और उसका रूममेट भी नहीं था। तो मुझे उसे डॉक्टर के पास ले जाना था।

मानवी – अब ठीक है कुछ कि नहीं?

जान्हवी – हाँ पर मुझे रुकना पड़ेगा यहीं।

मानवी – सुन तेरी क्लास कल नहीं हो पायी थी। ऐसा कर तू क्लास करके आ मैं रुक जाती हूँ तब तक के लिए मयंक के पास।

जान्हवी – हाँ ये भी ठीक है। ये ले पास, तीन घंटे के लिए वैलिड है, जल्दी से आती हूँ तो दूसरा पास लेकर आउंगी, तुझे दिखाना पड़ेगा।

जान्हवी के जाने के बाद मानवी हॉस्टल के वार्डेन के जूनियर को पास दिखाकर परमीशन लेकर मयंक के रूम में पहुंची। मयंक पूरी तरह से तकलीफ से गुजर रहा था। काफी तेज बुखार था बस मानवी को देखकर हिल ही सका उठने की उसकी हिम्मत नहीं हुई। कोशिश की भी पर मानवी ने उसको लेटे रहने को ही बोला।

मानवी – क्या रे माटी के शेर... नाजुक कली, छुई मुई हो तुम तो यार एकदम। मौसम बदलते ही लपेटे में आ गये?

मयंक – नाजुक क्या यार!! कल से बुखार हुआ। मैं क्या करूँ?(मयंक ने तकिये की टेक लेकर बैठते हुए कहा)

मानवी – अच्छा फिर अब? घर जाएगा या यहीं मेरी बहन की क्लास बंक करवाएगा?

मयंक – अरे तू तो पूरा प्लान ही समझ गयी। यही तो चाहता था कुछ बीमार हो जाऊं और फिर तेरी बहन से इश्क लड़ाऊँ।

मयंक ने मानवी से फ्रैंकली पहली बार बातें की थी। क्यूंकि मयंक किसी से भी नहीं बोलता था सिवाय जान्हवी के। मानवी समझ गयी कि मयंक उसको छेड़ रहा है मस्ती में।

मानवी – वैसे मेरी बहन किसी की इतनी फिक्र करती नहीं है, ऐसा क्या जादू मंतर कर दिया है?

मयंक (सर पर हाथ रखकर) – मैं क्या उस पर जादू करूँगा, वो खुद में ही एक जादू है।

मानवी – तो बात आगे बढ़ी कुछ?

मयंक – तू सब मुझसे ही जान लेगी क्या? थोड़ी मेहनत तू भी कर उस भूतनी से पूछने में।

मानवी (आंखें बड़ी करते हुए) – तूने उसे भूतनी कहा?

मयंक – तो तू मेरी साइड नहीं है?

मानवी (उँगलियों से दूसरी उंगलिया पकड़कर) – हम्म, कह सकते हो। वो मेरा किचन का काम करती है, असाइनमेंट कर देती है मेरे। और एक बड़ा रीजन है कि बड़ी बहन है, साइड तो लेनी ही पड़ती है।

मयंक – उसमें क्या असाइनमेंट मैं कर दिया करूँगा, तू मेरी साइड ले न! वैसे भी पापा का दो एकड़ का फार्म हाउस है पंजाब में, बोल जूते चुराई में गिफ्ट दे दूं तुझे?

मानवी (हंसते हुए) – ओये मुझे पता नहीं क्यों तू कोई साइको टाइप मजनू लगता है। चलो फिर भी दी ने कुछ सोच समझकर ही तुझे दोस्त बनाया होगा। (उसके कान के पास मुंह लेजाकर) वैसे इसके बारे में उससे सीधे बात करोगे न तो उसे अच्छा लगेगा।

मयंक (अपनी दावा उठाते हुए) – मैं क्या कहता हूँ! मुझे उससे लगता है डर। तू ही कह दे न! वो हरदम पढ़ाई पढ़ाई किया करती है, पता ही नहीं चलता कब खुश है कब नहीं।

मानवी (मुंह बनाते हुए) खुद कहना मैं नहीं कह रही। हाँ कहने के बाद जरूर हामी भर दूँगी। आखिर दो एकड़ बड़ी प्रोपर्टी है भाई।

कुछ देर इसी तरह चुहल करने के बाद मानवी निकल गयी वहां से।

इधर हॉस्टल के गेट पर कुछ लड़के सुबह से गेट पर नजर जमाए बैठे थे। और कारण था मयंक जैसे एकांतवासी के कमरे पर एक ही दिन में दोनों बहनों का आना जाना, क्योंकि ये सभी वहां जानते थे कि मयंक किसी से ज्यादा बातचीत नहीं करता। फिर भी दोनों बहनों का आना वहां के लिए बहुत बड़ी बात हो गयी थी। यही सोचने वाला था नीतेश।

नीतेश (अपने दोस्त से) – अरे चिंटू, जरा भाभीजी से पूछो तो माजरा क्या है? ऐसा क्या है उस लौंडे में जो हम में नहीं? महंगे गिफ्ट, पार्टी, पैसे क्या नहीं दे सकते हैं हम लोग बेहतरीन चीजों के लिए।

मानवी ऊपर से बहुत चुलबुली बच्ची सी थी। घर में भी सबसे छोटी और यहाँ भी सबकी प्यारी। मगर अंदर से उसका मन किसी 12 साल की बच्ची जैसे कमजोर था। उसकी आँखें भर आयीं। उसने रोते हुए जोर से चिल्लाकर कर सबको चुप हो जाने को बोला। मगर नीतेश और उसके 4 और दोस्त उसके आगे से नहीं हटे। वो उससे बुरी तरह चिपकने लगे और बदतमीजी पर उतर आये। मानवी लगातार चिल्ला रही थी। मयंक शोर सुन कर बाहर आ गया और मानवी को रोते और गेट पर खड़े लफंगों को देख कर उस बीमार हालत में भी जोश आ ही गया। तीसरी मंजिल से गेट तक आने में लगभग 20 सेकंड ही लगे होंगे उसको। उन लड़कों ने चिल्लाकर चिल्लाकर पूरा हॉस्टल इकठ्ठा कर दिया। मानवी डर गयी थी अपने साथ हुई छेड़छाड़ से। मयंक को पास देखकर उसको थोड़ी राहत मिली। वो दौड़कर मयंक के पीछे छुप गयी।

मयंक को कुछ भी नहीं सूझ रहा था। उसे न खुद कभी इस तरह की हरकत नहीं की थी न ही उसे बिलकुल भी सहन करने की क्षमता थी इस हरकत को। इसलिए उसका गुस्सा बहुत तेज था। वो पास पड़ी रॉड उठाकर तिलमिलाकर उन सब पर टूट पड़ा लेकिन उस बीमार अवस्था में जल्दी ही उसकी सांस फूलने लगी थी। इसका फायदा उठाकर मानवी भाग कर वार्डन लालजी सर के पास गयी।

मानवी (रोई और घबराई हुई) – सर सर!!! गेट पर होस्टल के लड़के लड़ाई कर रहे हैं।

'ठीक है, तुम चलो मैं आता हूँ एक फोन करके।'

मानवी देखा मयंक पूरी तरह से थक चुका था और अब लोग उस पर हावी हो रहे थे। वार्डन ने सबको अलग करके नीतेश को अपने कमरे में जाने को बोला और मयंक को मानवी और अपने असिस्टेंट के साथ अस्पताल

भिजवाया। मानवी सबसे पहले अपनी बहन के पास जाना चाहती थी मगर मयंक की हालत देखकर वो पहले उसके साथ हॉस्पिटल निकल गयी।

हॉस्टल वाले लड़के भांप गये। कि कुछ बड़ा होने वाला है।क्योंकि मामला तूल पकड़ रहा था। क्योंकि इतनी मारपीट के बाद ये मामला पुलिस तक जरूर जाएगा। इसलिए पाँचों लड़के नीतेश के साथ उसके कमरे में इकठ्ठा हुए।

नीतेश – मैंने कुछ नहीं किया, सुबह से दोनों लड़कियां मयंक के कमरे में जा चुकी थीं तो साफ पता चल रहा कि आखिर में हो क्या रहा था। मैंने तो जरा सा कमेन्ट ही किया था भड़क गयी और गालियाँ बकने लगी, वो कर रही तो सब सही मैंने जरा सा कमेन्ट कर दिया तो आफत ही आ गयी?

मयंक की सफाई पर पीछे से किसी की आवाज आई कि

'अब हम क्या करेंगे? मयंक की बुरी तरह पिटाई हुई है, इसके बाद वो खुद नहीं छोड़ेगा तुम लोगों को और वो लड़की तो घसीटेगी ही थाने में। ऐसे में पुलिस हम लोगों से गवाही मांगेंगी तो भले तुम लोग निर्दोष भी हो मगर हम तो वही कहेंगे जो देखा क्योंकि पुलिस सिर्फ हमसे ही नहीं लड़की और मयंक से भी पूछेगी।

नीतेश – तो कहना न कि बंद कमरे में प्यास बुझाई जा रही थी।

'तुम्हारे पास सुबूत है?'

नीतेश – नहीं मगर कोई क्यों मांगेगा सुबूत मैं कह रहा न यही हो रहा होगा पक्का।

'तू सचमुच पागल है। जब किसी ने देखा नहीं तो कैसे मान ले कि यही हो रहा था वहां? तेरी ठरक में क्या अपनी तुड़वा दें? गलती मान ले अपनी और चुपचाप माफी मांग ले।'

नीतेश – तुम सालों से कोई उम्मीद करनी ही बेकार है, नामर्दी के कोर्स में पढने आये हो न यहाँ। माफी और मैं? तुम लोग मुंह ना खोलो तो उस लड़की की इतनी औकात नहीं कि मेरे खिलाफ मुंह खोले। आगे की सोच लेगी तो खुद ही घर से बाहर नहीं निकलेगी। मेरा कुछ बिगाड़ के वो चैन से नहीं बैठ पाएगी। पूरा कॉलेज मेरे बारे में जानता है।

'और कर दी तब? हम लोग अभी भी कह रहे कि नीतेश, अखिल, सौरव, सरफराज, और नमन अपनी गलती के लिए माफी मांगे वरना कोई भी कॉलेज में इनका सपोर्ट नहीं करेगा।'

नीतेश – दफा हो जाओ सब। पुलिस आई तो वो भी देखा जाएगा।

इधर मानवी और मयंक हॉस्पिटल में हैं। डॉक्टर ने मयंक की चोटों को देखकर एफआईआर करवाने को बोला है। मानवी बहुत परेशान है।

तभी हॉस्पिटल में जान्हवी और नमिता आते हैं। खुद को इतनी देर से मानवी ने रोक रखा था मगर जान्हवी को देखकर उसके आंसुओं ने उसके सब्र को धोखा दे दिया और वो बह चले जैसे उनकी नियति में बहना ही लिखा गया हो।

मानवी (बिलखते हुए) – दीदी!! दीदी!! वो लड़के...(सिसकियाँ भरते हुए) बहुत परेशान किया उन्होंने दीदी। मुझे बहुत परेशान किया। माँ...(नमिता के गले लगते हुए) देखो मयंक की क्या हालत की है।

जान्हवी (आंसू पोंछते हुए) – कुछ नही हुआ है मैं हूँ न अभी। माँ हैं न हम लोगों के साथ। किस बात का डर है तुझको? उनकी कमीनों की बोटी तक नुचवा के फेंक दूँगी मेरी बहन को अपने गंदे हाथ लगाये हैं जिन्होंने। तू बिलकुल फिक्र न कर। मैं हूँ मेरा बच्चा मैं हूँ यहाँ। तेरे साथ। माँ आप इसको सम्भालो मैं आती हूँ।

नमिता के हवाले कर मानवी को जान्हवी मयंक के बेड के पास जाती है। बुरी तरह पहले से बीमार मयंक अब एकदम बेसुध पड़ा है। डॉक्टर कह रहे पहले एफआइआर फिर पूरा ट्रीटमेंट तब तक उसको फर्स्ट ऐड ही दिया गया था। मयंक को होश था नहीं तो सबसे पहले जान्हवी ने पुलिस में जाकर शिकायत की और फिर पुलिस ने सभी पाँचों को इकट्ठे पुलिस थाने में बुलवा भेजा। इसके अलावा वहां नमिता जान्हवी और मानवी भी थे। नीतेश के सिवा बाकी लड़के अपने किये काम के लिए माफी मांग रहे थे मगर नीतेश के चेहरे के भाव उसको जरा भी दुखी नहीं दिखने दे रहे थे। बहुत देर से जान्हवी उसको देख रही थी। उसकी निर्लज्ज मुस्कान और आँखों में बेशर्मी। अंततः उससे नहीं रहा गया तो वो अपनी जगह से उठकर नीतेश की तरफ गयी और बोली

जान्हवी – क्या दांत दिखा रहा है? बहुत बहादुरी का काम किया है? एक अकेली लड़की को पांच लोग मिलकर छेड़कर और एक बीमार लड़के को मारकर? हिम्मत है तो अब इस वक्त हाथ लगाकर दिखा!

नमिता जान्हवी को इतने गुस्से में देखकर अपनी जगह से उठकर उसके पास जाकर रोककर बोली

नमिता – जान्हवी नहीं बेटा, इसको मुंह लगाकर इसको महत्त्व देने की जरुरत नहीं। पुलिस अपना काम कर ही रही है। आ जा बेटा, बैठ अपनी बहन के साथ। मैं देखकर आती हूँ क्या हुआ एफ आई आर का।

नमिता जान्हवी को घसीट कर मानवी के पास बैठा जाती हैं। उधर वो पाँचों जमीन पर बैठे अपनी बुलाए जाने के इंतजार में हैं। मगर नीतेश की आँखों की बेशर्मी अब भी उतनी ही है और जान्हवी को इस वक्त उसकी आँखें ही चुभ रही थीं। जान्हवी उठकर गयी तो नीतेश बोला –

नीतेश – पता है पूरा हॉस्टल और कॉलेज जानता है तेरे आने जाने के बाद ही तबियत खराब हुई है मयंक की। ऐसा क्या करते हो दोनों जो इतना लोड पड़ता है। खुद नहीं सम्भाल पायी तो छोटी बहन भी। छि छि। क्या जमाना है भाइयों।

नीतेश के दोस्तों की हालत खराब हुई पहले से थी मगर उसकी बकवास सुनकर उनके पसीने छूट गये कि ये मरवा ही देगा। उन लोगों ने उसके खिलाफ ही बयान देने का मन बना लिया क्योंकि मानवी से छेड़छाड़ के वक्त वहां सिर्फ नीतेश ही था। इसलिए चारों ने नीतेश की ही गलती मानते हुए खुद को सिर्फ मयंक के साथ लड़ाई से ही जोड़ना सही समझा। मगर जान्हवी को अब गुस्सा कंट्रोल नहीं हुआ। उसने बिजली की तेजी से उठकर आते हुए नीतेश के गालों पर बेहिसाब थप्पड़ लगाए और इतनी बेतरतीबी की कि उसको कोई होश नहीं रहा कि वो उसकी आंख में लग रहे या कहीं और। मानवी जो अब तक चुप बैठी थी। 'दीदी' 'दीदी' कहकर चीखने लगी। पुलिस स्टेशन में कोहराम सा मच गया। इंस्पेक्टर सिपाही नमिता और बाकी लोग हतप्रभ से इस इस दुबली पतली लड़की के हाथों से निकलने वाले थप्पड़ों की गर्माहट महसूस कर रहे थे। इंस्पेक्टर वीरेन्द्र सिंह ने अपनी कांस्टेबल इशारा किया तो उसने आगे बढ़कर जान्हवी को रोका। रोकने के बाद जान्हवी ने गहरी सांस ली और नीतेश के चेहरे की बेशर्मी अब भी उतनी ही थी। वीरेंन्द्र सिंह ने इन पाँचों के घर वालों को फोन करके इस हुई घटना की इत्तला कर दी। इंस्पेक्टर, नमिता, जान्हवी और मानवी के साथ अपने केबिन में जाते हैं। वहां पर इंस्पेक्टर उन लोगों ने बात करके मामले को सुलझाने की कोशिश कर रहे थे।

इंस्पेक्टर – नमिता जी रिपोर्ट करने से पहले मैं आपको बता दूं कि मैं आपकी रिपोर्ट आपके मुताबिक ही लिखूंगा मगर पहले एक बात पर गौर कर लें कि आपकी एक शिकायत से इन सभी का करियर खराब हो सकता है।

ये बात सुनते ही जान्हवी बिफर पड़ी। बहुत तेज से लगी उसको कि इंस्पेक्टर होकर भी वो शिकायत न करने को कह रहे। उससे नहीं रह गया ये सुनकर। गुस्से से बोली –

जान्हवी – क्या मतलब? आप नहीं लिखेंगे एफआईआर?? मुझे लिखित में दीजिये।

वीरेन्द्र – मैडम मैं ये नहीं कह रहा। आप पढ़ी लिखी हैं फिजूल की बात मत कीजिये।

जान्हवी – नहीं तो क्या? मुझे समझाइये कि आप करियर खराब होने की चिंता कैसे करने लगे अचानक से? इंसाफ के लिए काम करेंगे या इन जैसे कमीनों की मदद करेंगे जो आज आपने इन्हें छोड़ दिया क्या आप गारंटी लेते हैं कल को ये इससे बड़ा कदम नहीं उठाएंगे।

तभी थाने में एक बुजुर्ग जोड़ा आता हैं। उनकी उम्र लगभग 70 के करीब होगी। हवलदार उनको इंस्पेक्टर के केबिन में छोड़ जाता है। दोनों हैरान परेशान से हैं।

वीरेन्द्र – आइये आइये। बैठिये।

दोनों में से एक ने हाथ जोड़ कर कुर्सी ली, वो दोनों नीतेश के नाना नानी हैं जिन्हें वीरेन्द्र ने बुलवा भेजा था क्योंकि उनका घर पास था।

वीरेन्द्र – सतीश जी। देखिये ये हैं नमिता जी जिनकी बेटी के साथ आपके नाती ने की है बदतमीजी। ये आपके नाती के खिलाफ अपनी एफ आई आर वापस नहीं लेंगी। मैंने अभी तक लिखी नहीं ताकि आप दोनों आपस में समझौता कर ले और दोनों को ही एक शान्ति भरा तरीका मिल जाए और किसी के साथ अन्याय न हो।

सतीश – बेटा आप जिसके कहो उसके पैर पड़ जाएँ, मगर ये शिकायत वापस ले लो। बच्चे का जीवन खराब हो जाएगा। बिन माँ–बाप के परवरिश में ही कमी रह गयी। मगर आप एक मौका दे दीजिये वो दोबारा नहीं करेगा ऐसा।

जान्हवी – तो बच्चे को सिखा नहीं पाए आप कि लड़की किसी की भी हो मगर ये सही है क्या कि राह चलते कोई भी उसके सीने में हाथ घुसा दे?

नमिता (गुस्से से) – जान्हवी चुप रहो तुम। देखिये आपके नाती ने आज एक लड़की के साथ किया कल को किसी और को परेशान करेगा तब भी आप उसके पैर पड़ने जाएँगे? कब तक माफ करेगा कोई आपके नाती को?

सतीश की आँखों में बिना रुके आंसुओं की धार बह निकली। साथ में नीतेश की नानी भी चुप न रह सकी। तभी उनकी नजर मानवी पर पड़ी जो इस

वक्त जान्हवी की बाहों में दुबकी सी डरी सहमी बैठी थी। सतीश उठ कर उसी के पास गये और उसके पैरों में अपना सर रखकर बोले

सतीश – बेटा रिटायर्ड पेंशनर हूँ, मुझपर रहम करो मैं उसको लेकर कहीं दूसरे शहर चला जाऊँगा। तुम्हें दोबारा नजर भी आ जाए तो तुम जो चाहे कर लेना। एक बार माफ कर दो।

मानवी ने सबकी तरफ देखा, जान्हवी उसकी तरफ गुस्से से देख रही। नमिता ने सर नीचे किया हुआ है और मानवी अपने पैरों में गिरे सतीश को देखकर भावुक हो रही। उसने उनको उठाया और बोला –

मानवी – अंकल उस लड़के की जिम्मेदारी आप की है। अगर किसी और लड़की को उसने परेशान किया तो वो पाप आपके ही सर पर आएगा क्योंकि आपने ही उसको माफ करने को बोला है। और मुझे तरस आ रहा आपकी हालत और उसके माँ बाप को परवरिश पर इसलिए मैं ये फैसला ले रही।

सतीश ने उसके सर पर हाथ रखकर उसको खूब सारी दुआएं दी और इंस्पेक्टर ने सबको अंदर बुलाया। सबसे पहले नीतेश के नाना ने उसको पुलिस वाले के हाथ से डंडा छीन कर बेहिसाब मारा। और मानवी से माफी मंगवाई और सबके हाथ जोड़कर शुक्रिया अदा करते हुए चले गये। जाते हुए नीतेश की आँखों में एक भी शर्म का भाव नहीं था।

सब लोग वापस हॉस्पिटल अ गये मयंक को पूरी बात बताई। मयंक को जान्हवी ने सब समझाया और अंतत उसको भी मानना सही लगा कि दुश्मनी बढ़ा कर कोई फायदा नहीं। हालांकि उसको डर दुश्मनी का नहीं सेफ्टी का था मगर उसके हिसाब से भी जो होता है अच्छे के लिए ही होता है।

समय जाते देर नहीं लगती। धीरे धीरे एक साल बीत गया। फिर सब वैसा ही हो चुका था। खुशनुमा और अच्छा। जान्हवी अपनी पढाई और मानवी की शरारतों की फिर से आदी हो चुकी है।

आज कालोनी में जन्माष्टमी का त्यौहार मनाया जा रहा था जिसमें दोनों बहनें भी जा रही थीं और खूब सारी सजावट की गयी थी। हर तरफ मेले जैसा माहौल था। जान्हवी अंदर कपड़े बदल रही थी और बाहर मानवी और नमिता बैठे उसका इंतजार कर रहे थे। तेज तेज से बाजे बज रहे हैं, हुडदंग हो रहा और भजन गाये जा रहे। तभी मानवी के फोन पर रिंग होती है। मानवी फोन उठाती है।

'हेलो जान!'

मानवी (हैरत से) – कौन है?

'अपने पुराने आशिक को भूल गयी?'

मानवी के हाथ से फोन छूटते छूटते बचा। वो सहम गयी और डर कर फोन काट दिया। उसके चेहरे पर उडती हवाइयां देखकर नमिता ने उसको सम्भालते हुए पूछा।

नमिता – क्या हुआ बेटा? किसका फोन था बाबू? क्या हुआ? बताओ बेटा।

नमिता लगातार उसके चेहरे को अपने हाथों से थपथपाए जा रही है। मगर स्तब्ध मानवी के मुंह से कुछ नहीं निकल रहा।

नमिता – जान्हवी बेटा, जानू। जानू। देख मानवी को क्या हो गया?

नमिता ने जान्हवी को आवाजें दी ताकि वो मानवी को सम्भाल सके और नमिता देखे किसका फोन था। माँ के शब्दों में डर सुनकर जान्हवी भागी भागी अपने कमरे से नीचे उतरी और मानवी को पकड़ते हुए माँ के चेहरे को देखकर आँखों में ही सवाल किया कि हुआ क्या है आखिर? नमिता ने बताया कि कॉल आने के बाद ये बेहोश जैसी और बेसुध हो गयी।

जान्हवी ने मानवी के हाथ से फोन छीना और पहले ही नंबर पर कॉल लगाई।

जान्हवी – हेल्लो कौन बोल रहा है?

'अपने जीजा का नाम भी भूल गयी बड़की साली साहिबा।'

जान्हवी – तू सोच भी नहीं सकता तूने ये हरकत करके खुद अपने ही पैरों पर कुल्हाड़ी मार ली है। उसने तेरे नाना पर तरस खा कर छोड़ दिया था तुझको मगर मैं नहीं छोडूंगी तूने अभी लड़कियां देखी नहीं हैं, मैं तुझको कहीं का नहीं छोडूंगी कमीने।

'छोड़ा तो तुम लोगों ने मुझे वैसे भी कहीं का नहीं। कॉलेज से ऐसा करैक्टर सर्टिफिकेट दिया गया कि कहीं पढ़ने और एडमिशन के लायक नहीं रहा। मेरे नाना नानी की नजरों में गिर गया। कुछ दिन बाद मुझे घर से निकाल दिया उन्होंने। मेरे दोस्त, मेरे शौक, मेरे ऐशोआराम, मेरे सपने, मेरा करियर सब चौपट हो गया।

उसकी बात को बीच में काटते हुए जान्हवी ने बहुत तेज से हँसते हुए कहा

जान्हवी – मुझे तो हैरानी है कि तू अब भी जिंदा कैसे है? तुझे तो डूब मरना चाहिए था। लेकिन तुझे शर्म आती कहाँ है? ये उसकी गलती नही तेरे खुद के कर्मों की सजा है। तूने एक बहुत बड़ी गलती की थी। उसने तुझे माफ किया उसका एहसान मान। वरना मैं होती तो तू किसी जेल में अपने दिन काट रहा होता।

नीतेश – इस सबका बदला लिया जाएगा। तू रोएगी, तड़पेगी, चीखेगी और मैं हंसूंगा। तेरी माँ, बहन और तुझे खून के आंसू रुलाना है। यही तो करना है अब जिंदगी में।

जान्हवी – ऐसा कर फोन पर ही मर ले तू। जब फेंक चुकना तो घर पर मिलूंगी मैं। आ जाना जो करना हो कर लेना।

नीतेश – मैं तो तेरे ही घर आ रहा मेरी जान। आज तो सज धज के तैयार होगी न। जी भरके देखूंगा।

इतनी देर से उसकी बातें सुन रही नमिता को सब समझ आ ही गया था। मानवी भी होश में आ गयी। जान्हवी को पास पाकर वो उससे लिपट गयी और जोर जोर से रोयी, उसकी आवाज नहीं निकल पा रही थी सिसकियों में। मगर जान्हवी और नमिता ने उसको खूब दिलासा दिया और शांत कराया तो बोली वो

मानवी – मैंने गलती कर दी थी? हैं न दीदी। आप लोग हमेशा कहते रहे कि दुनिया इतनी आसान नहीं और लोग बहुत बेकार हैं यहाँ, मगर कोई भी बात नहीं मानी मैंने आप लोगों की। बड़ी देवी बनने निकली थी माफ करके। वो वापस आ गया दी। वो कमीना फिर आ गया। मुझे डर लग रहा है माँ। मुझे डर लग रहा है।

जान्हवी – मानू तू इतना सा भी डर मत। तेरी दी जिंदा है तबतक कुछ नहीं होगा। मैं तेरे लिए जान लगा दूँगी और अपनी देनी पड़ी तो भी तुझे खरोच नहीं आने दूँगी। उस जैसे लफंगे को अगर अब सबक नहीं दिया गया तो वो अपनी गिरी हरकत से तुझे परेशान करेगा मैं ऐसा नहीं होने दूँगी। मैं पुलिस को बुला रही हूँ। हमें कुछ नहीं होगा। माँ आप इसको सम्भालो मैं अभी पुलिस को फोन करके बुलाती हूँ।

मगर इससे पहले ही बाहर बज रहे सारे डीजे और गाने भजन वगैरह एकदम शांत हो गये। इस घटना से जान्हवी चौंकी और बाहर पहुंची। दरवाजा खोलते ही उसको सब सन्नाटे की वजह समझ आ गयी। उसने वापस आ कर सोफे पर बैठी, जिसपर मानवी ने चौंकते हुए कहा –

मानवी – ये शोर बंद कैसे हुआ? और शेरू इतना भौंक क्यों रहा है ऊपर?

जान्हवी – 'इंसानी खाल में कुत्तों को पालतू कुत्ते बिलकुल भी पसंद नहीं करते।'

मानवी और नमिता इस बात को समझ नहीं सके और उससे पूछने लगे कि आखिर हुआ क्या।

मानवी – पुलिस को कर दिया फोन दी? बोलो न!!

जान्हवी – नहीं बेटा। मगर अब पुलिस की जरुरत नीतेश से बचने के लिए नहीं है। उसको ले जाने के लिए पड़ेगी।

नमिता और मानवी उसको समझ नहीं पायीं और दोनों दरवाजे की तरफ भागीं।

वहां पूरा मोहल्ला खड़ा था और दरवाजे पर पड़ी थी नीतेश की लाश, जिसके सर पर गिरा सीमेंट का गमला टूटा पड़ा था। सर से अविरल धार बह रही थी खून की और हाथ में एसिड की बोतल जो टूट कर उसकी बाहों को जला चुकी थी और बहती हुई उसके चेहरे तक जा पहुंची थी, और था ऊपर छत पर भौंकता हुआ शेरू।

जो नहीं हो होश में,
आज तुम सबको जगा दो
हाथों को झुलसाए जो कोई,
उनके घर पहले जला दो
है यही इक वक्त फिर न,
आएगा ये सोच कर
हर गली नुक्कड़ के,
फिकरेबाजों पर पहरे बिठा दो
जुबान से हर लफ्ज जिनके
तोलकर निकले नहीं,
मुंह खोलने का कायदा,
आज फिर उनको सिखा दो
दर्द जिनकी नियति का,

बेजोड़ कतरा बन गया
बागडोर उनकी नियति की,
उनके ही हाथों में थमा दो
छोड़कर आजाद उनको,
बन्धनों को खोल कर,
आजादी के अनेक स्वर में,
तुम भी अपना स्वर मिला दो,
जो नहीं हो होश में
आज तुम सबको जगा दो।

कलंक

1.

मैं शिक्षक था...एक गाँव में जहाँ लोग काफी कम पढ़े लिखे और पुराने ख्यालातों के थे....ये कहानी आज से 12 साल पहले की है....मैंने अपनी नौकरी के आखिरी बीस साल उत्तर प्रदेश के मिश्रिख इलाके में बिताये थे.. कहानी अर्पिता की है।

चलिए शुरू करते हैं कहानी 'कलंक'.....

आज दादी गुस्से में है। पूरे घर में अर्पिता को ढूँढती फिर रही है। उसने आज दादी के झोले से 50 रूपये निकाले थे। अब निकाले थे तो बताना चाहिए था न? अब दादी का पारा सातवें आसमान को छू रहा था। आखिरकार उन्होंने अर्पिता को तबेले के पीछे वाली कोठरी में पकड़ ही लिया।

दादी – 'अच्छा!!' हिंआ छुपी बइठ हय। आजु तुम्हरे एकौ करम बाकी नाय रखिबा...आवै देओ लाखन कइहां....यहै दुइनो चुटिया पकड़ कय पूरे गाँव म न नचवायेन तउ हमरउ नाम 'सुलच्छनी' नाय।

अर्पिता – मगर दादी हमने तो रूपये लिए ही नहीं फिर क्यों हमसे गुस्सा हो?

दादी – अच्छा बिटिया! हम तुमसे एकौ बार रुपियन केरी बात कियेन? तुमका कइसे पता चला कि हम रुपियन खातिर तुमका खोजित रहन....बोलउ?

अर्पिता फँस चुकी थी दादी के चंगुल में....दादी उसकी चोटी पकड़ के घर ला रही हैं।

दादी –ओ लाखन दुलहिन! इ लेओ अपन बिटिया और कुठरिया मा बंद कई देओ। भागइ न पावइ...वरना तुमहू ध्यान राखौ 'सुलच्छ्नी' नाम है हमार।

गाँव में अर्पिता के दादाजी देश के लिये जान कुर्बान कर चुके थे। पूरे गाँव में अर्पिता के घर वालों की इज्जत थी। दादी का खासा सम्मान था इसलिए उन्हें किसी का डर नही रहता था मगर वो पुराने ख्यालातों की महिला थीं...उनके घर में लड़कियां लड़कों के नीचे मानी जाती थी मगर लाखन के कोई लड़का नहीं था तो अर्पिता जिसे हम सब प्यार से 'अप्पू' कहते हैं, को सारी छूट मिली हुई है। वो पूरा दिन गाँव भर में मंडराया करती है। ऐसा नहीं है कि वो पढ़ने में कमजोर हो। वो पूरे गाँव की सबसे पढ़ाकू लड़की मानी जाती है।

उसकी तो मंगल से होड़ लगी रहती हमेशा अव्वल आने को लेकर..... मंगल??

मंगल इसी गाँव का लड़का था। पढ़ने में बहुत तेज और एकदम गंभीर और शांत। बेवजह बात करना तो जैसे उसे आता ही नहीं, जबकि अप्पू का मुंह बंद नही होता। बचपन में दोनों एक साथ ही खेलते और घूमते थे। मगर अब नहीं।

मंगल धोबी था और अप्पू ब्राह्मण! अप्पू की दादी ने ही उसे और उसके परिवार को गाँव से निकलवा दिया था।

हुआ ऐसा कि पहले वो भी इसी गाँव में था। एक बार किसी त्यौहार में अप्पू की दादी नदी के किनारे घाट पर पूजा कर रही थी। मंगल की माँ बिमला वह कपड़े धो रही थी। दादी का पैर फिसला और वो नदी में डूबने लगी। तभी बिमला ने उन्हें खींच कर बाहर निकाला...और उपर लेकर आई, मगर थोड़ा सम्भलते हुए दादी का पारा ऊपर खिसकने लगा।

दादी – तुम धोबिक जात! हमका छुई कैसे लियो। शिव शिव शिव!!! तुम तौ हमार सारा धरम करम नास कई दियो। तुमका कहिस कौन रहै हमका बचावै का....अब तौ मोच्छ मिलेस रहा।

बिमला – अच्छा चाची!! हम छुई लियेन तौ मोच्छ नाय मिली तुमका... जान बचाए लियन उपर स गाली देवे लागियु।

दादी – और का तुम नीची जात वालन कर यहै रहत है...कैसे बाह्मनन केरा पुन्न नास कीन्ह जाय!

बिमला – अच्छा और हमरे धुले भये कपड़ा पहिन लेहौ। बचावे खातिर छुई लियेन तौ मोच्छ नाय मिली? हम लोग पापी हुई गयेन?

दादी – और नाय तौ का....आजइ सरपंच से कहि कए तुमका निकलवायित हन। हुक्का पानी सब बंद करवाए देइब तुम्हरा।

वो दिन है और आज का दिन है मंगल और उसके परिवार को गाँव से निकल जाने का फरमान सुना दिया गया। गाँव के तथाकथित सवर्ण जाति वालों ने जरा भी नहीं सोचा उनके बारे में।

मंगल जैसा होनहार लड़का सिर्फ इसलिए गाँव से बाहर हो गया क्योंकि वो सवर्ण नहीं था, मगर उन्होंने गाँव छोड़ के जाने के बजाय गाँव के बाहर ही मेरे किराये के बने इकलौते मकान के पास झोपड़ी डाल ली।

एक शिक्षक होने के नाते मुझे ये बात बहुत बुरी लगी, कि एक लड़का सिर्फ इसलिए पढाई से वंचित कर दिया गया क्योंकि वो नीची जाति का था। ये

'नीची जाति' शब्द में ही खोट है, मुझे समझ नहीं आता! श्रीराम क्षत्रिय थे, श्री कृष्ण यदुवंशी थे, शिव जी का जाति से कोई लेना देना नहीं था, मगर ब्राह्मण फिर भी इन्हें मानता है पूजता है। तब जाति को क्यों भूल जाता है, मगर इंसानों में तुरंत भेद करने लगते है। जब कोई आत्मा किसी शरीर में जाती है तो उसे नहीं पता होता कि ये शरीर ब्राह्मण का है या ठाकुर का वैश्य का या शूद्र का।

जब आत्मा भेद नहीं करती, परमात्मा भेद नहीं करता फिर हम कौन होते हैं? एक छोटा बच्चा किसी घर का भी हो मिट्टी और मिठाई में फर्क नहीं करता। दोनों को स्वाद लेकर खाता है, क्योंकि अनजाने में वो भगवान के इस सन्देश को बता रहा होता है कि इंसानों भले तुम बच्चा समझ रहे हो पर मैं ये सन्देश प्रभु की इच्छा से ही दे रहा हूँ कि समझ सको तो समझ जाओ। मगर जैसे जैसे वो बच्चा बड़ा होने लगता है वो भी इसी कुरूप समाज का अभ्यस्त हो जाता है, जो कुत्सित विचारों को जल्दी और उदारता को अपनाने में देर करता है।

नहीं पता कि कब तक हम इस जातिवाद को सीने से लगाये घूमते रहेंगे। मगर इसकी वजह से वो लड़का जो किसी भी और बच्चे की तरह अच्छी शिक्षा का हकदार था, पढ़ाई से वंचित हो रहा था, इसलिए मुझे लगा उसके लिए मैं अलग से दो घंटे निकालूँगा।

लेकिन मंगल ने कहा कि स्कूल गाँव की सीमा के लगभग बाहर ही है जहाँ वो आराम से आ सकता है। मुझे ध्यान ही नहीं रही ये बात। मंगल देर से आता मगर काम पूरा करके ही उठता वहां से। अप्पू उसकी काफी मदद करती थी घर से ज्यादा रूपये लेती ये कह कर कि किताबे महंगी हैं और मंगल के लिए किसी बड़े बच्चे से आधे दामों में खरीद कर मुझसे दिलवा देती ताकि उसे पता न चले कि कोई उसकी मदद करता है। मुझे इस दोस्ती से कोई आपत्ति नहीं थी। बचपन में तो वो दोनों साथ ही खेलते और पढ़ते थे। दादी से झगड़े के बाद दोनों ने सबके सामने बातचीत करनी बंद कर दी थी। आज दोनों इंटरमीडिएट में हैं।

धीरे धीरे तीन साल बीत गये.....

2

एक दिन

स्नेहा (अप्पू की सहेली) – अप्पू! तुझे पता गाँव के बाहर नुमाइश लगी है दशहरे पर।

अप्पू – सच्ची!!! यार मुझे भी देखनी है। आज तक दादी ने कहीं देखने जाने ही नहीं दिया।

स्नेहा – पता है, लेकिन तुझे पता वहां 15 मीटर ऊंचा रावण का पुतला बनता है। मगर तूने सही कहा, दादी नानेंगी नहीं लेकिन अगर मैं तुझे ले चलूँ?

अप्पू – तो मेरी तरफ से जो तुझे चाहिए वो मैं तुझे दूँगी चाहे कैसे भी लाऊँ!

स्नेहा – पक्का?

अप्पू – हाँ पर जाएंगे कैसे?

स्नेहा – तू बस देखती जा।

स्नेहा के पास तरकीबें तैयार रहती थी हमेशा। वो भाग कर गयी दादी के पास और उन्हें कुछ बताने लगी।

स्नेहा – दादी! सरपंच चच्चा उहाँ एक बड़ी गाड़ी खड़ी है। सब कहत रहें कि इमा बइठ के सब नुमाईस देखे जइहैं। हमका और अप्पू का भी जावे देहौ न?

दादी – देखेओ लाखन दुलहिन। लड़कियन का छूट दे का नतीजा। का जाने कौन कौन तरह के निसाचर आवत हैं मेला ठेला मा, और इनका घूमेक छूट चही? कहे दइ रहन अगर देहरी पार कदम रक्खेओ तौ हाथ पांव तोड़ कइ घर मा बिठाए देइब।

स्नेहा – मगर दादी सरपंच चचा भी तौ जावत हैं साथ मा, उनहूँ पर सक करती हौ। बहुत जल्दी लौट आइब पक्का।

दादी (सहमत होते हुए) – सही बताएओ एकदम...

स्नेहा – हाँ दादी, तुमसे झूठ बोलिब का दादी....

दादी – अच्छा जावौ। सरपंच सेरे तनिकौ सिकाइत नाय मिलेक चही।

स्नेहा – हाँ दादी बिलकुल। चिंता न करो टेम से घर आय जईबा, पक्का ।

इधर इन दोनों को जाने की छूट मिल चुकी थी और जैसे ही ये दोनों निकली अप्पू की माँ घर में दाखिल हुई।

अप्पू की माँ सुनीता वैसे तो दादी के बीच में नहीं बोलती है मगर आज उसने अप्पू और स्नेहा की शरारत भरी मुस्कान देख सुन कर दादी से पूछ लिया कि

सुनीता – अम्मा ई दुइनो इत्ता खिलखिला काहे रही थी?

दादी – अरे बिटिया का बताई आजकल की लड़कियन का! खेल तमासा केर चस्का है अउर का। रोकौ तौ हाय तौबा करे। वइसो सरपंच जावत रहे उनके संघे तौ सोचेन जावय दी, वरना अकेले घूमत फिरिहें तो कउन सम्भाल पायी? साम तक आय जइहैं। सहर तक गयीं हैं। तुम परेसान न होवो।

सुनीता दादी की बात को टाल नहीं सकती थी। वैसे भी दादी उससे ज्यादा अप्पू की चिंता करती हैं, मगर उसका मन नहीं मानता था कि अप्पू को कहीं भी बाहर जाने दे। मगर अब वो दोनों जा चुकी हैं और दादी के फरमान के खिलाफ जाना सही नहीं लगता उसे। तो वो मन ही मन भगवान से प्रार्थना करके अपने काम में लग गयी, भले उसका मन आज विचलित था।

जिस सरपंच का बहाना करके दोनों लड़कियाँ निकली थी वो आज खुद पास के एक गाँव में था। अप्पू और स्नेहा इस बात से बेखबर दोनों कुछ देर बैलगाड़ी और कुछ देर टेम्पो पर सवार होकर पास के शहर पहुँच चुकी थी। एक बजने वाला था, और अक्टूबर का महीना, दोपहर शाम का बहुत देर इंतजार नहीं करवाती, लेकिन वहां का नजारा कुछ ऐसा था कि किसी को भी सम्मोहित कर ले।

झूले, खिलौने, घर का सामान, सौन्दर्य प्रसाधन, सर्कस, रंग बिरंगी सजावट, चमक धमक, खाने पीने की अनगिनत दुकानें, और तमाम चीजें जिनके नाम भी न सुने हों वो सब वहां देखने को थी। रावण दहन तो होना था रात को बारह बजे उतनी देर बेशक ये दोनों नहीं रुक सकती थी। दादी का खौफ बहुत था पर नुमाइश ही क्या जो लोगों को कुछ भूलने पर मजबूर न कर दे। यहाँ कुछ ऐसा ही हो रहा था।

शाम के 6:30 हो रहे थे, दोनों बच्चियां अभी खाने पीने में ही उलझी थी, कैसे कैसे समय बीत गया इतना अगर हिसाब देना पड़ता तो किसी को याद नहीं रहता, मगर अब तो अँधेरा होने लगा था...और

अप्पू – अरे स्नेहा देख कितना टाइम हो गया! तेरे कहने पर इतना बड़ा जोखिम लिया था। अब तो दादी मार ही डालेंगी। (स्नेहा को सोचते देख कर अप्पू को और भी डर लगने लगा था) सोच क्या रही है। कुछ कर वरना अगर

कोई ढूँढ़ते हुए यहाँ आ गया तो बहुत बुरा होगा, अबकी रावण के साथ हमारा भी दहन कर देंगी दादी।

स्नेहा – यार मुझे भी होश कहाँ था, अब ढूँढ तो रही हूँ कोई बैल गाड़ी या मोटर जाती दिखे गाँव की तरफ, मगर यहाँ से तो कोई जा ही नहीं रहा। कैसे जाएँ यार अप्पू?

धीरे धीरे शाम के सात बज गये हैं।

ये दोनों ही सिर्फ नहीं परेशान हो रही हैं। गाँव में नजारा 5 बजे से कुछ और हो चुका था।

दादी –बड़ा बखत हुई गा। इ दुइनो की तौ कुछो खोज खबरय नाय लग रही।

सुनीता – अम्मा हमरा जी घबराय रहा, तनिक जाय कइ सरपंच पास पता कई आवउ, थोड़ी देर मा अप्पू के बापू भी आवत हुई हैं। उका नाय पइहैं तो पूरा घर सर पर उठाय लेहें।

दादी – हाँ बिटिया! यहै करित हन। यू कउनो बात थोड़ी हय कि दुसरन केरी सयानी बिटिया लिहे सांझ ढले घूमत फिरौ। आज सरपंच की खबर लइके आइब। समझत का अपने आप का?

उधर सरपंच तो पास के गाँव में गये थे। उन्हें इस बात का पता भी नहीं था कि उनके घर आने के लिए दादी निकल पड़ी हैं। घर पर सरपंच की पत्नी जमुना और उनका लड़का हरी था। हरी एक पढ़ा लिखा नौजवान है पूरे गाँव में वो अकेला है जिसने शहर के इंजीनियरिंग कॉलेज की शक्ल देखी है। पढ़ने में अच्छा और लोग उसको मानते भी बहुत हैं।

घर पहुँच कर–

दादी – जमुना ओ जमुना! अरे कोई घर पर है की नाय?

जमुना (पैर छूते हुए) –पांव छुई काकी! आप केरे तौ दरसन दुरलभ हैं। इधर रस्ता कैसे भुलाय गयिऊ?

दादी – खुस रहौ! यू बतावउ कि सरपंच कहाँ है? दुसरन केरी बिटेवा लिहे सांझ सबेरे घुमावे केरा कौन अउचित, यू सब नीची जात मा होत हुइ हय... हम लोगन मा अभिन यू नाय चली। ये सारी बातें जमुना के लिए किसी अबूझ पहेली की तरह थी। ये तो उसको समझ आ गया था समस्या है कोई मगर इन तेवरों के साथ उसका और सरपंच का क्या ताल्लुक है उसे नहीं समझ आया।

जमुना– का कहि रहिऊ काकी। कुछ समझ नाय आवा।

दादी –सरपंच कहाँ है? बुलावउ उहिका। इत्ती देर कोई नुमैस करत है का?

जमुना– नुमाईस? का बताए रहिऊ काकी। ई तौ गये हैं गये हैं पास केरे गाँव मा। कोई केरी सादी रहे....कल अइहैं

ये दादी के हृदय पर कुठाराघात जैसा था। आँखों में आंसू आ गये, गला रुंध गया, और बिना कोई सहारे के बहुत तेजी से नीचे गिर पड़ीं।

दादी – तो का दुइनो लडकी अकिले चली गयीं घूमै!!! हाय भगवान यू का अनर्थ कई दियेऊ? का मालूम कौन कौन तरह क लोग होत हैं मेला ठेला मा! हाय जमुना तुम कुछ करौ। यू का मुसीबत डारि दिहिन भगवान। अब का होई?

जमुना ने उन्हें सँभालते हुए पानी दिया और एक खटिया पर बैठ के हाथों को मलते हुए पूछा

जमुना – का हुईगा काकी पूरी बात बतावो तब तौ कुछ किहा जाय। पहिले आराम स बइठो। हाँ अब बतावो।

दादी ने अब तक की सारी कहानी जमुना को बता दिया और फिर....

जमुना – हे भगवान ई लडकी है की सैतान का दूसर रूप। और तुमहू काकी तनिकौ ख्याल न आवा की इनसे पहिले पूछ ली। अब सारा अपजस तौ हमरे मत्थे लगा न...

दादी – नाय बिटिया तुमका कोई कुच्छ नाय कहि है तुम बस हमरी अप्पू का वापस लई आवो कहूँ सेरे।

जमुना – यू बताओ काकी कोई लड़िका वाला चक्कर तौ नाय है?

दादी – नाय बिटिया यू कोई चक्कर नाय है। बस घूमै गयी हुई हैं दुइनो।

जमुना – जमाना केतना खराब है काकी तुमका ज्यादा भरोसा नाय करेक रहे। रोजे नये नये किस्सा सुनेक मिलत हैं। अब कौन जाने कोई चक्कर रहे कि नाय रहे! खैर हम अभी हरी का भेजे दीत हन।

दादी – अरे बिटिया तुं परान फूंकि दिहेऊ हमरे अंदर, हरी जावो जल्दी भैया लई आवो दुइनो का। तुम्हरा नाम लेइब जब तक जिन्दा रहिब...

हरी – अरे दादी का सर्मिन्दा करिहो का अब, हमहू तो तुम्हरेन लईका हन।

हरी ने देर ना करते हुए अपने खेत से ट्रक्टर मंगवाया और निकला तुरंत गाँव से। वो सोच रहा कि ज़रुर कोई लड़का वाला ही लफड़ा होगा। जीकी दादी इत्ती कट्टर होय वो भागे न तो का करे....

3

गाँव के बाहर निकलते ही उसे छगन मिल गया। छगन और हरी बचपन के दोस्त हैं। छगन पढाई नहीं किया तो गाँव में ही रह गया, और हरी शहर चला गया। छगन का पूरे दिन में यही काम था कि अपने से छोटे, गाँव के बच्चों पर धौंस जमाना, और लोगों को तंग करना। कई बार तो लोगों ने इस पर लड़कियों को छेड़ने के भी दावे किये पर इसके पिता पुलिस चौकी में चपरासी थे तो किसी को भरोसा नहीं था इसके खिलाफ कुछ कार्यवाही होने का इसलिए कभी पकड़ा नहीं गया। हरी की इससे बहुत दिनों बाद मुलाकात हो रही है ...शाम के सात बज रहे हैं।

छगन – का हो हरी भैया!! बड़े दिन बाद चमके हो? अरे दो मिनट बतियाए लो, ऐसी कौन जल्दी?

हरी – चल बैठ इसपे रास्ते में बताता हूँ, क्या क्या हुआ आज।

छगन ट्रक्टर पर बैठा और हरी ने बिना किसी चतुराई के और लाग लपेट के सारी बातें कह सुनाई। और ऐसी बातें ज्यादा जल्दी समझ आती हैं, सबको इसलिए छगन को सब माजरा समझ आ गया था फटाफट।

छगन – ओ हो हो हो!! ये तो बड़ा बुरा हुआ हरी भैया। हमको पता था अप्पू की स्नेहा से दोस्ती कोई न कोई गुल खिलाएगी। ई साली लौंडिया है ही छिनाल। अपनी सहेली को भी तैयार कर दी होगी पक्का। (गुटका चबाते हुए)

हरी – क्या बकवास कर रहे हो बे? कभी तो किसी के बारे में अच्छा बोल दिया करो।

छगन – अरे हरी भैया आप हो भोले। पानी को मम कहते होगे, पर अपना दिन यही सब देखते बीत जाता है। अरे हमको सब मालुम है हरामिन का कुचरित।

हरी – देखो छगन बदतमीजी से बात करोगे तो उतार देंगे यहीं।

छगन – अरे क्या बात कर रहे हो? यकीन नहीं हो रहा? हाँ भैया!! कसम से कह रहेन, झूठ बोले तो कुत्ते का जूठा खिला देना। ऊ जो मुन्सी का लौंडा है न! अरे का नाम है? हाँ लल्लन!! यहाँ तक कहता है कि बोल दूं तो

घर न जाय। इस कदर फंसी है, और आप कह रहे कि हम गलत बोलेंगे!! अरे आपसे कभी झूठ बोले हैं का? नहीं न....नहीं कभी बोले हो तो बोलो हरी भैया?

हरी (न में सर हिलाकर) – यार ये तो फिर अप्पू बुरी संगत में है। कुछ करो छगन। तुम तो सब जानते हो। छोटे पर से साथ रहे यार तुम। अप्पू को कोई एक बात कहे वो हमें मंजूर नहीं।

छगन – अरे भैया अब का मालूम किसके दिल में क्या हो!! आज कल लड़कियां इतनी सीधी नहीं जितनी आप समझ रहे हो। आप बस भोले ही रहे हमेशा। आपके मन में क्या है ये अप्पू को क्या मालुम!! मेरी मानो तो अप्पू को छोड़ो और कोई अच्छी लड़की पर ध्यान लगाओ। ये गाँव देहात की लड़कियां अब उतनी पाक साफ नहीं जितनी आप समझते हो। लेकिन मैंने सरपंचजी और लाखन काका की बातें सुनी हैं। (इतना कह के छगन शांत हो जाता है ये देखने के लिए कि हरी उसकी बकवास बातों पर ध्यान दे भी रहा कि नहीं?)।

हरी – क्या बातें छगन?

छगन – वो दोनों आपकी और अप्पू की शादी के बारे में सोच रहे थे।

हरी – क्या सच!!

छगन – झूठ बोलू तो जुबान अभी कट के गिर जाय। मगर मेरी मानो तो दूर ही रहो। जिसकी संगत स्नेहा जैसी लड़की से हो उसके बारे में मैं क्या कहूँ अब? आप समझदार हैं। अपना भला बुरा समझते हैं।

हरी अब संशय में आ चुका था। एक तरफ छगन की बातें जो उसे अप्पू के खिलाफ कर रही थी। दूसरी तरफ अप्पू के लिए उसकी बचपन की कोमल भावनाएँ जोर दे रही थीं। मगर छगन के मुंह से उलटी सीधी बातें सुन कर उसका गुस्सा प्यार पर हावी हो गया। उसे लगने लगा कि छगन की बातें सही हैं और अप्पू सच में ऐसी ही होगी। छगन क्यों झूठ बोलेगा उससे? बचपन का दोस्त है, जबकि अप्पू ने तो उसे कभी भाव ही नहीं दिया!

हरी – तो अब मैं क्या करूँ छगन मेरा तो दिल ही बैठा जा रहा।

छगन की वहशत अब पूरी तरह से सामने आने लगी थी। उसने मतलब भर का हरी को भ्रमित कर दिया था। बचपन के प्यार के नाम पर उसने हरी की मति फेर ही दी थी। अब गुस्से में बैठा हरी इसे अपने आत्म सम्मान का हनन समझने लगा कि अप्पू ऐसी कैसी हो सकती है?

छगन –का हुआ हरी भैया कहाँ खोय गएऊ?

हरी – लेकिन छगन मैं अप्पू से प्यार करता था? जब उसके मेरे पिताजी के बीच ये सब बातें हो रही हैं तो मैं कैसे मान लूं कि उसे कुछ पता नहीं होगा।

छगन – अरे भैया लड़कियन का अपनी सादी वादी का सब पता रहत है, और इको भी पता हुइहय जरूर, मगर इसके बाद भी इसने स्नेहा की संगत की!

हरी (छगन को बीच में रोकते हुए) – कि...इसकी शादी मेरे साथ होने वाली है, और ये गाँव के सबसे सम्मानित परिवार की बहु बनेगी, इसके बावजूद ये नासमझी?

छगन – अब का बतावा जाय हरी भैया?

हरी –इसके साथ यही होना चाहिए इसकी पूरे गाँव के सामने बेइज्जती हो तब इसको पता चले। मेरा दिल तोड़ा इसने। ये शान्ति से कैसे रह सकती है? और अगर पिताजी और लाखन काका की बातें पक्की हो गयी तो मुझे इसी के गले बाँध दिया जाएगा!! मुझे तो ऐसी चरित्रहीन लड़की से शादी नहीं करनी छगन।

छगन – बिलकुल हरी भैया! हम काहे के लिए हैं...तुम तो बस्स मेरे हिसाब से चलो। अगर इस लड़की को तुम्हारे पैरों में गिरवा के माफी न मंगवाई तो तुम्हारा जूता मेरा सर!

हरी – चलो लेके आते हैं दोनों को, वरना दादी मेरी जान खायेंगी।

कितने आराम से एक छिछोरे लड़के के कहने पर हरी ये मानने को तैयार हो गया कि अप्पू और स्नेहा चरित्रहीन हैं। सिर्फ चंद बातों की मोहताज निकली चरित्रहीनता! क्या हमारी बुद्धि इन्हीं कुछ बातों की गुलाम है कि ऐसी बातें किसी लड़की के बारे में कह दी जाए और विवेक अपना काम करना बंद कर दे और मान ले कि जिस लड़की के बारे में ऐसी बातें कही जाएंगी...उसके बारे में नजरिया तुरंत बदलना होगा। जरा सा भी अपना दिमाग नहीं लगाते।

छगन – ऐसा करो हरी भाई! तुम अपने दिल की बात अप्पू से कह कर देखो शायद तुम्हारे समझाने से वो उस स्नेहा का साथ छोड़ दे।

हरी – मैं तो अब भी उसे दिल से चाहता हूँ अगर ये सुधर जाए तो मुझसे ज्यादा खुशी किसको होगी? मगर वो स्नेहा भी तो साथ होगी न? उसके सामने ये मुझसे बात न करी तो?

छगन– अब मेरे रामचंदरजी आपके लिए आपका हनुमान हमेशा हाजिर है। अगर आपकी खुशी हो किसी में तो जान भी दे दें...आप अप्पू से बतियाना

हम तब तक स्नेहा को रोक लेंगे, थोड़ी देर गपशप कर लेंगे...इत्ती ही सी तो बात है!

हरी – छगन तू मेरा सच्चा दोस्त है...

छगन (मन ही मन) – हाँ वो तो हूँ ही मैं! अबे गदहे। छगन ने पढाई नहीं की तो क्या हुआ! कच्ची गोलियां भी नहीं खेली हैं। तू शुरू तो कर खतम मैं करूंगा, स्नेहा तेरी तो आ गयी! पूरी भीड़ के सामने थप्पड़ मारा था साली ने। अब तू भीड़ तो भीड़ अकेले में भी मेरा नाम लेते कांपेगी हरामजादी।

नुमाइश में.....

छगन – हरी भैया! आप ट्रैक्टर खड़ा कीजिये और थोड़ा इंतजार कीजिये, मैं देखता हूँ कि लड़कियां हैं कहाँ!

हरी – ठीक है लेकिन जल्दी करना बज 8 बज रहा है, और यहीं मिलना है। मेले की हरियाली में खो मत जाना....

छगन अपनी गुटखा खा खा कर लाल हो चुकी बत्तीसी से मुस्कुराकर आगे बढ़ जाता है छगन और हरी दोनों अप्पू और स्नेहा को ढूँढने मे लग जाते हैं। छगन को अपनी पूरी पलटन दिखाई देती है।

छगन – का बे महेस...लड़कियां देखे मा एतना क्या व्यस्त हो? अपने दोस्त को भूल गये?

महेश – अरे छगन!! मेरे भाई! तुझे कैसे भूलूंगा यार! तेरे जाने के बाद धंधा एकदम ठप्प हो गया इसलिए सोचा नुमाइश में कोई बड़ा हाथ मार लेंगे, तुम भी हाथ ही मारने आये हो क्या?

छगन – अरे नहीं बे! आंखे कडुवा रही थी बहुत दिनन से। सोचा सिंकाई से ठीक हो जाई!!

महेश – हा हा हा हा बहुते कमीनेपन से भरे पड़े हो।

छगन – आज एक काम है करोगे?

महेश – जान हाजिर है बस हुकुम करो।

छगन – स्नेहा हैं न वो गाँव में?

महेश – हां ऊ थप्पड़ वाली?

छगन – हाँ इसी मेले में है! समझ तो गये ही होगे कि हिसाब पूरा करना है साली से, आज कुछ काम बता रहे उतना कर दो जाके।

महेश ने हाँ में सर हिलाया और छगन पास आते हुए महेश के कान में सब कुछ बताता चला गया। क्या बताया ये तो नहीं पता लेकिन जिस तरह

दोनों के विचारों का आदान प्रदान हुआ निःसंदेह किसी साजिश की बू आ रही थी उसमें से।

इधर स्नेहा और अप्पू दोनों के आंसू बह रहे दोनों को सवारी नहीं मिल रही थी, और दादी के शब्द आ रहे थे कानों में बार बार।

स्नेहा – यार क्या करें अब!! अगर पता होता कि इतनी दिक्कत होगी तो आते ही क्यूँ?

अप्पू – मुझे तो दादी का ख्याल आ रहा, काश! भगवान ही कुछ मदद कर देते।

तभी छगन को वो दोनों दिख जाती हैं, और फिर....

छगन – ओहोहोहो लौंडियों के ही मजे हैं, कोई न कोई मिल ही जाता है खर्च उठाने को, नुमाइश टहलाने को! यहाँ गुलछर्रे उड़ रहे हैं। किसके साथ आई है स्नेहा? अरे हमसे क्या छुपाना बता दे हमको।

स्नेहा और अप्पू छगन की गन्दी सी चिरपरिचित नफरत करने वाली आवाज से उस तरफ घूमती हैं और उनकी आँखों में बह रहे आंसू अचानक से सूख से जाते हैं और छगन के लिए स्नेहा और अप्पू की जो नफरत है आँखों में अपनी जगह बना लेती है।

स्नेहा – कमीने अपनी औकात में रह! वरना गाँव पहुंचकर तेरी खाल खिंचवा दूंगी! पिछली बार की खातिरदारी लगता भूल गया तू??

स्नेहा बिना डरे छगन की तरफ गुस्से से आगे बढती है।

अप्पू (स्नेहा का हाथ पकड़ कर खींचते हुए) – स्नेहा चुप कर! छोड़ इसे, (छगन की ओर देखकर) अपने काम से काम रख छगन। हम तेरे मुंह नहीं लगना चाहते। भलाई यही है कि तू चला जा यहाँ से बस।

छगन – अरे सीता माता! आप क्यों नाराज हो रही हैं, आप नहीं मुंह लगना चाहती हैं तो क्या हुआ, कुछ काम तो हमपर भी छोड़िये, आपकी तो बात ही अलग है न! आप आदेश करे बस्स! वैसे भी इस कमीनी के बारे में कौन बात करना चाहता है? मुझे तो न आपकी दादीश्री ने भेजा है, और गेट के पास हरी भैया ट्रैक्टर लेकर खड़े हैं। उनके पास जाओ! (स्नेहा की तरफ देखकर) और सुन साली तेरे बापू बहुत परेशान थे। रावण के पीछे वाले पंडाल में हैं। तू पहले उनसे मिल जाकर। मैं भी उन्हीं के साथ आया हूँ। तुम चलो मैं कुछ देर में आता हूँ और हाँ। हरी के साथ ही वापस चलेंगे सारे।।

स्नेहा और अप्पू ने छगन की बातों पर ध्यान दिए बिना ज्यादा कुछ सोच विचार के चल पड़ीं। स्नेहा अपने बपू को देखने चली तो अप्पू हरी की तरफ

बढ़ गयी। दोनों के अलग होते ही जैसे छगन की योजना अपनी सफलता का जश्न मनाने लगी। ट्रैक्टर बाहर ही था तो अप्पू के वहां पहुँचने पर हरी वहीं मिल गया, जो कब से इंतजार कर रहा था अप्पू का।

हरी – कहाँ थी अप्पू तुम? दादी, काकी सबका रो रोकर बुरा हाल है... स्नेहा कहाँ है?

अप्पू – हरी भैया पता नहीं क्यों आज कोई सवारी ही नहीं मिल रही थी गाँव के लिए, इसीलिए हम लोग यही खड़े इंतजार कर रहे थे कि कोई दिख जाए मगर कोई नहीं मिला। स्नेहा तो अपने बापू के साथ गयी है। आ रही होगी।

हरी मन में सोच रहा कि स्नेहा के बापू की बात कहाँ से आ गयी? वो तो है ही नहीं यहाँ, मगर उसे छगन की बात याद आ रही थी। उसको लगा कि छगन ने उसकी और अप्पू की बात करवाने के लिए ये किया होगा तो उसको खुमारी सी छाने लग गयी कि जिसको इतना पसंद करता है वो पहली बार गाँव से दूर किसी सुनसान जगह पर उसके साथ अकेली खड़ी है। हरी के लिए ये सपना सच होने से कम नहीं था। देखा जाए तो बहुत कम ही लोग ऐसे मौके पर अपना संयम बना कर रख पाते हैं जिनका मन साफ होता है और उन्हें खुद के चरित्र पर पर भरोसा होता है, वरना अधिकतर तो लम्पटई करने से बाज नहीं आते। हरी के साथ भी यही होता जा रहा था क्योंकि वो तो सामाजिक दबाव में आकर कुत्सित इरादे छुपाता आया था। हरी धीरे धीरे अपने आपे से बाहर होता जा रहा था। उसने अप्पू के कंधे पर हाथ रखा और प्यार से बोला

हरी – देखो अप्पू दादी को मैं वादा करके आया था कि अप्पू जहाँ भी होगी मैं उसे लेकर आऊंगा। मगर दादी ने जो बोला वो सही नहीं कहा। वो कह रही थी कि स्नेहा का चालचलन सही नहीं, तुम उसके साथ घूमती फिरती हो तो उन्हें तुम्हारी ये हरकतें पसंद नहीं आती।

अप्पू – ये आप क्या कह रहे हैं भैया...वो ऐसी बिल्कुल नहीं है, और दादी ऐसा नहीं कह सकती। आप झूठ बोल रहे हैं।

हरी – (उसे शांत रहने का इशारा करते हुए) – अच्छा मेरा इसमें क्या फायदा? तुम बस स्नेहा से दूर रहा करो, वो अच्छी लड़की नहीं। विश्वास करो मेरा!

अप्पू – (गुस्साते हुए) – ऐसे कैसे विश्वास कर लूं? आप होते कौन हैं किसी लड़की के बारे में उलटी सीधी बात करने वाले! आपसे ये उम्मीद नहीं थी भैया!

बार बार अपने लिए भैया सुन कर हरी बौखलाया जा रहा था। मगर वो कर भी तो नहीं सकता कुछ, ऐसे माहौल में खुद को जितना अच्छा और खुद को ज्यादा सयाना दिखाने की कोशिश कर रहा था वो अप्पू की नजरों में उतना ही गिरता जा रहा था, इस बात का अंदाजा उसको अभी नहीं हो रहा था।

हरी – मैं जो कह रहा वो सही है, और ये भैया –भैया क्या लगा रखा है? मैं तुम्हारा भाई वाई नहीं हूँ और तुम्हें शायद पता नहीं मेरे घर वाले तुम्हारे और मेरे लगन की बात कर रहे। इसलिए मैं तुमसे कह रहा कि उस छिनाल के साथ घूम घूम कर मेरे, अपने घरवालों की और मेरी इज्जत पर दाग न लगाओ वरना मैं तो क्या पूरा गाँव यही बात कहेगा कि लड़की हाथ से निकल गयी थी।

अप्पू (बिलकुल तैश में आकर) – अच्छा तो तू मेरा चौकीदार बन कर आया है यहाँ!! ये अपने मन की जो ख्वाहिशें पाल बैठा है न तू...उसमें से एक भी पूरी नहीं होने वाली, जान ले। मैं तो क्या तेरे जैसे नीच आदमी पर गाँव की कोई कुतिया भौंकना तक पसन्द करे! मेरे घरवालों की इज्जत का ख्याल करेगा? अपनी सोच देखी है? बेकार की इज्जतें कर रहे तेरे नाम की लोग गाँव में! कोई मुझसे पूछे तो मैं बतउँ कि ये कितना घिनौना आदमी है जो अपनी ही मुंहबोली बहन से शादी की बातें कर रहा। तू कौन होता है शादी की बात करने वाला? मैं मरना पसंद करूँगी पर तुझसे शादी तो कोई नहीं करा सकता अब। किसी भी राह चलती लड़की को घूरने वाले, परेशान करने वाले, पीछा करने वाले अब हमें ये बताएंगे कि घर वालों की इज्जत कैसे रखनी है?

हरी ने इतने भड़काऊ तरीके से अपनी बेईज्जती और सोच पर कभी आक्षेप न सुना था। ऊपर से एक 16 साल की लड़की से इतनी कड़वी जहरबुझी बातों की उम्मीद भी न की थी। अप्पू ने उसको कभी नजर उठा के भी नहीं देखा था। मगर जब मौका मिला तो एक साथ बनी बनाई इज्जत की धज्जियाँ उड़ते देख हरी की बोलती बंद हो गयी। वो शांत पड़ गया। अब वो जान गया कि आगे बोलने से बात सिर्फ बढ़ेगी, और अप्पू अब उसके लिए नफरत ही रखेगी। अब वो सोच रहा है कि छगन ने जो बताया था वो सही था या अप्पू अगर भड़की है उसकी बातों पर तो वो सही है। फिर वो सोच रहा है कि छगन तो दोस्त है बचपन का वो झूठ क्यों बोलेगा! किसी और लड़की के बारे में तो एक शब्द भी नहीं बोला उसने। सिर्फ अप्पू और स्नेहा ही क्यों? कुछ

होगा तभी बोला न! और अगर ये सच न होता तो अप्पू इतना भड़कती क्यों? ज़रुर दाल में कुछ काला होगा!

मगर अब उसकी हिम्मत नहीं हो रही थी की अप्पू से एक भी शब्द बोले कुछ।

4

9 बज रहे हैं रात के....

रावण दहन में अभी तीन घंटे हैं, स्नेहा और छगन का कुछ पता नहीं है। अप्पू और हरी खड़े एक दूसरे को देख के मन ही मन जाने क्या क्या सोच रहे हैं। इधर दादी का रोते रोते बुरा हाल है, इधर जो कुछ हुआ अब वो भी पढ़िए।

दादी घर लौट चुकी हैं। दादी की हालत देख कर सुनीता का मन पर कटे पंछी जैसे निढाल जमीं पर आ गिरा...

दादी – बहू!! अनर्थ हुई गवा!! अप्पू का कउनौ पता ठिकाना नाय लगि रहा। यू करमजली स्नेहा केरी करतूत हुईहय...हरामिन, कुतिया!! जाने का का करत घूमत रहे। हमरिउ बिटिया कइहाँ बर्बाद कई दिहिस...हाय लाखन दुल्हिन कुछ करौ। हमरी बिटिया वापस लाय दौ...बहुरिया छमा कई दिहौ हमका तुम। यू पाप हमरी मूढ़ी आय गवा। हाय भगवान जानै कउन जनम केर बदला लेति हउ. ...हाय कोई लाखन का बुलाय दो। हमरी बिटिया लाय देउ कोई....

दादी की ऐसी बातें सुन के सुनीता का दिल बैठ गया। बेचारी माँ बेसुध होकर गिर गयी। जाने कितने ख्याल एक साथ आने लगे मन में। अप्पू के जन्म से लेकर हर एक पल किसी चलचित्र की तरह आँखों के सामने चलने लगे, और सिर्फ भूतकाल ही नहीं। भविष्य के संजोये रखे सपने भी उसी तरह कचोटने लगे। इतनी सारी बातें दिमाग में आने लगी कि वो बेहोश हो –हो कर गिरने लगी।

दादी और सुनीता की हालत की खबर लाखन तक भी पहुँच चुकी थी। वो भी खेत से भागा भागा घर आया, और देखता है कि आस पास के लोग उसके घर जमा हुए हैं और दादी, सुनीता का सर गोद में लिए खटिया पर बैठी हैं।

लाखन – अम्मा यू का हुई गवा सब?

दादी (लाखन को देखकर बिलखते हुए) – लाखन हमरे बच्चे!! भगवान बुरे दिन दिखाय रहा लड़की गयी सो गयी सुनीता केरिऊ हालत बहुत खराब

हुई गय। पूरे गाँव वाले थू थू कै रहे। हमरी तौ जिन्दगिन नास हुई गई। अप्पू केरे जावे दे का पाप हमरेन सिर आए गवा। अब तौ बस हरी केरा सहारा है वरना हम उमिर भर तुमसे नजर नाय मिलाय पईबा, जानै कउन अपसकुन घड़ी मा हुई रहय।

लाखन – अम्मा परेसान न हो! जो होय का रहय उका कोई रोक नाय पावा। हरी गवा है ना, ऊ सब सही करि देहे। सुनीता कइहाँ तुम्हरी जरुरत हय अम्मा, देखो बिचारी का हाल बनाए लिहिस है। ऊका संभालो। हम जाए रहन स्नेहा के बापू केरे पास देखी जाय आगे का करेक है। अम्मा यू तौ जान लिओ कि अगर जान बूझ कर कुछु किहिन हुई हैं तौ जान से मार दीब हम.. अइसी बिटिया नाय चही हमका जिहिका अपने परिवार का इत्तौ सेरा ख्याल नाय आवा होय...सुनीता कइहाँ सम्भालो ...हम वैद्य जी का भेजित हन।

इधर लाखन स्नेहा के पिता के पास जा रहे थे और उधर –

छगन लौट रहा था...और हरी अप्पू से दूर खड़ा दोनों का इंतजार कर रहा था....पिछले आधे घंटे में दोनों ने एक दूसरे की तरफ आँख उठा के भी न देखा था। हरी ने गुस्से और शर्म के मारे और अप्पू ने सिर्फ नफरत के चलते।

छगन – क्या बात है? बहुत मुर्दाघर वाला सन्नाटा पसराए पड़े हो दोनों।

छगन बात पर कोई प्रतिक्रिया न देते हुए अप्पू ने स्नेहा के बारे में पूछा

छगन – होगी अपने बापू के साथ।

हरी – क्या? हरद्वारी चच्चा भी आये हैं का?

छगन– और क्या हरी भैया! साथ ही तो आये हैं.....क्यों मजाक कर रहे हो? (और इतना कह कर हरी को इशारा किया चुप रहने का। हरी जल्दी ही शांत हो गया, उसे लगा कि छगन ने उसको और अप्पू को समय देने के लिए ही ये नाटक किया होगा..मगर ये नाटक है तो अब स्नेहा कहां है?

अप्पू – हरी छगन। चलो देखे चल के स्नेहा कहां रह गयी?

छगन – अरे सीता माता आज कहां जाएंगी, आ जाएगी खुद ही!

अप्पू – तू कम बोला कर। गाँव में जैसे दूर रहता है वैसे ही रह अपनी औकात में....कोई है नहीं आस पास तो उड़ मत ज्यादा।

हरी – छगन चुप रहो...माहौल में वैसे ही बहुत उलझने हैं (हरी इस तरह से अप्पू को अपनी मौजूदगी का एहसास करवाना चाहता था कि मेरे होते यहाँ कुछ भी गलत नहीं हो सकता)

तभी एक तरफ से स्नेहा भागी भागी चली आ रही थी...जैसे किसी से भाग रही हो, जैसे किसी ने बहुत ज्यादा मारा हो और घसीटा हो जबरदस्ती की हो, मगर अप्पू हरी तक पहुँच पाने से पहले ही वो गिर गयी और बेहोश हो गयी। अप्पू और हरी दौड़ कर पहुंचे उसके पास और अप्पू ने उसका सर अपनी गोद में रख कर उसको जगाने की कोशिश करने लगी...छगन दूर खड़ा ये पूरा दृश्य देखते हुए कुछ सोच रहा था, और जब वो देख कर समझ गया कि स्नेह बेहोश है तो वो जान लगा कर दौड़ा और तब उसके चेहरे पर चिरपरिचित कमीनापन था।

अप्पू – हरी देख क्या रहे हो जल्दी से इसको घर ले चलो, हरी अप्पू की बात सुनकर तुरंत ट्रैक्टर स्टार्ट करने चल देता है। तब तक छगन स्नेहा और अप्पू के पास आकर खड़ा हो जाता है। अप्पू छगन को देखते ही पूछने लगती है–

अप्पू – छगन सच सच बता इसमें तेरा कोई हाथ तो नहीं? मैं पंचायत बिठवाउंगी इस बात के लिए ध्यान रखना अभी मैं बहुत शान्ति से पूछ रही हूँ बता दे मुझे।

छगन – तुम मुझे जितना नीच समझती हो मैं हूँ नहीं उतना....हाँ कुछ झगड़े झन्झट हैं मेरे और स्नेहा के बीच मगर तुम ही बताओ जिसको लेने के लिए मुझे भेजा गया हो मैं उसको कोई इस तरह परेशान करके अपने लिए मुसीबत बढ़ाऊंगा क्या? मुझे तो चिंता हो रही स्नेहा यहाँ है तो हरद्वारी चच्चा कहा रह गये?

अप्पू – अरे हाँ वो भी तो तुम्हारे साथ आये हैं...(तब तक हरी ट्रेक्टर लाके खड़ा कर चुका था)

छगन – (हरी के हाथ से चाभी लेते हुए) – हरी तुम स्नेहा के बापू को देख कर आओ मैं यही खड़ा हूँ तब तक...

हरी सोच में पड़ गया कि ये क्या नाटक है? जो आदमी आया ही नहीं उसको कैसे ढूंढने जाना, मगर फिर भी छगन की नजरों को ताड़ कर वो आगे बढ़ा और फिर बोला –

हरी – मैं एक बात कहता हूँ अगर तुम लोगों को ठीक लगे, मेरा मानना है कि पहले स्नेहा का होश में होश में आना जरूरी है, चच्चा के साथ रहते हुए ये हादसा नहीं हुआ होगा और हो भी नहीं सकता। मेरी मानो तो स्नेहा को लेकर गाँव ही चलते हैं। चच्चा आदमी हैं, वो तो घर पहुँच ही जाएंगे देर सबेर।

छगन के मन में लड्डू फूट पड़े, क्या नाटकबाज लड़का निकला ये तो। कुछ नहीं पता क्या हो रहा है मगर फ़िर भी जैसा मैंने सोचा वैसे ही बोल रहा है।

छगन – हाँ हाँ बिलकुल सही कहे हो भैया, जल्दी जल्दी चलो 10 बज गया है।

अप्पू ने विरोध करना जरुरी भी न समझा क्योंकि उसका सारा ध्यान स्नेहा पर था। उसे समझ नहीं आ रहा था कि इसे गाँव पहुँचने से पहले होश में कैसे लाया जाए । गाँव में सब पहले से ही परेशान होंगे। इस हालत में स्नेहा को कैसे ले जाए? वो मन ही मन भगवान से यही मना रही थी कि कैसे भी गाँव से पहले ये होश में आ जाये।

हरी ट्रैक्टर चला रहा था और दायीं तरफ छगन बैठा था। दूसरी तरफ अप्पू स्नेहा का सर गोद में लेके उसे दोनों हाथों से दबा के बैठी थी। बार बार उसका चेहरा पोंछती उसके होंठ नम करती पर उसको होश नहीं आ रहा था। सब तरफ श्मशान सा सन्नाटा और कुत्तों के भौंकने की आवाजों के सिवा कोई शोर नहीं था। कुछ दूर जाने के बाद छगन ने कुछ हलचल देख कर आस पास हरी को इशारा किया अपनी छोटी ऊँगली का। हरी ने ट्रैक्टर साइड में किया और अप्पू से बोला हम अभी आते हैं....

दोनों नीचे उतरे और.....

हरी – छगन ये स्नेहा के बापू वाली बात तूने क्यूँ उड़ाई जब कि तुझे पता है ऐसा कुछ नहीं था।

छगन – अगर ये नहीं करता तो स्नेहा को बेहोश कैसे करता।

हरी (चौंक कर तेज से बोला) – तूने किया है बेहोश??

छगन – धीरे बोल! अप्पू सुन लेगी। देख हरी बात है ये कि इन दोनों ने जितनी दुनिया देखनी थी देख ली। स्नेहा का तो मेरे साथ पुराना हिसाब है उसको तो अभी बहुत दिन भोगना है मेरे गाल पे थप्पड़ मारने की सजा और अप्पू को इसकी दोस्ती की कीमत चुकानी पड़ जाएगी।

हरी – मगर क्यूँ? तूने ही तो कहा कि मेरी और अप्पू की शादी की बातें चल रही हैं। अपने भाई का घर बसते नहीं देखना चाहता?

छगन ने हरी के कंधे पर हाथ रखा और बहुत चुपके से जाके बोला

छगन – दो घंटे के काम के लिए एक लड़की के खूंटे से क्यूँ बंधना चाहता है? मैं तुझे वो मौका अभी दे दूँगा, बस मेरा बदला पूरा होने दे बस। किसी को बोल मत और अप्पू के साथ तुझे जो करना है...कर!!

हरी उसका चेहरा देखता रह गया...और उसको आगे कुछ न सूझा बोलने के लिए। बेशक वो शहर के कॉलेज में पढ़ता हो, पर छगन के चेहरे से साफ पता चल रहा था कि कुछ बहुत खतरनाक योजनाबद्ध सोच रखा है इसने.. ..हरी ने एक बार खुद को और अप्पू को जाने देने की बात कहनी चाही, पर छगन जैसे उसको ताड़ के उसका दिमाग पढ़े जा रहा था।

हरी – देख छगन मेरे भाई। अप्पू और मैंने तेरा क्या बिगाड़ा है। देख मुझे और उसे जाने दे।

छगन – ताकि तुम और वो गाँव वालों को बता सको मैंने स्नेहा के साथ क्या क्या किया? इतना चूतिया और गधा तू होगा हरी मैं नहीं।

हरी – नहीं भाई कसम भोले नाथ की कभी ऐसा नहीं होगा।

छगन –हा हा हा हा!! और सीता मैय्या की जुबान पर ताला कौन लगाएगा...तेरा हाल तो ढोलक वाला है...दोनों तरफ से बजनी तेरी ही है....तू बच सकता है तो मेरे साथ रह कर...उसको लिए करना वही पड़ेगा जो मैं कहूँगा।

हरी – भाई मैं इनको लेकर गाँव नहीं पहुंचा तो मैं किसी को क्या जवाब दूंगा? तू भी मेरे साथ है। तू क्या जवाब देगा?

छगन – ओ डरपोक रुक....मैं तेरे साथ हूँ ये गाँव में कोई नहीं जानता... याद रख तू मुझे गाँव के बाहर मिला था।

हरी पूरा दिमाग लगाये दे रहा है कि कैसे भी करके ये जाने दे हमे यहाँ से...मगर छगन का फंदा बहुत बुरी तरह से उसके गले में फंस चुका था।

इतनी देर अप्पू इंतजार करती रही पर, जब ज्यादा देर होने लगी तो उसने आवाज लगाना शुरू कर दिया।

हरी – आ रहे अप्पू बस एक मिनट। छगन मेरे दोस्त मुझे मौका दे मैं अप्पू को समझाऊंगा कि मेरी बात मान के मुंह बंद रख ले। इससे हम दोनों की जान और जीवन दोनों बचे रहेंगे।

छगन – जा बता दे सीता माता को कि अब हरण का समय आ चुका है। होना कुछ नहीं है तेरी तसल्ली के लिए बता दे जाके उसे। बाकि तू लौट के मेरे पास ही आएगा। वरना तू बाद में कहेगा कि मैंने तुझे मौका नहीं दिया।

हरी दौड़ता हुआ जाता है अप्पू की तरफ और उसे बताने लगा कि छगन ने धोखा किया उसके साथ...स्नेहा के बापू वाली उसकी बात झूठी थी और स्नेहा सदमे से नहीं बल्कि बेहोश की गयी है। हरी ने जैसे ही इतना बोला अप्पू का एक करारा हाथ उसके गाल पे रसीद हुआ। हरी को उसके गाल पे चीटियाँ रेंगती महसूस हुई।

अप्पू – तू झूठ बोल रहा है हरी। ये तेरी और छगन की मिलीभगत है... तूने जब सोचा होगा कि मैं तुझसे गाँव में जाकर तेरी शादी वाली बात का सबको बता के तेरी बेज्जती कर दूंगी तभी तूने छगन को भडकाया होगा....मैं सब समझ गयी।

हरी – मैं तुम्हें बचाने की कोशिश कर रहा और तुम मुझे ही धोखेबाज बता रही हो। मैं कह रहा हूँ कि तुम्हारे पास एक ही मौका है मेरी और अपनी जान बचाने का। तुम्हें अपना मुंह बंद रखना होगा। स्नेहा को अब कोई बचा नहीं सकता क्यूंकि छगन अकेला नहीं है मैं उससे बात कर लूँगा वो हम दोनों को जाने देगा। पक्का!! लेकिन मेरी बात माननी पड़ेगी अप्पू, स्नेहा को हमें यहीं पर छोड़ कर जाना होगा।

अप्पू – बिलकुल नहीं!! तू होगा कायर हरी जो दो बातों से डर गया। मैं स्नेहा को नहीं छोड़ के जाउंगी और अगर ये आखिरी रात भी हो, तब भी मैं डरती नहीं।

तभी छगन जो अपने दोस्तों के साथ छुप के इन दोनों की बातें सुन रहा था, उसने अप्पू की आवाज में गुस्सा और तेजी सुनी तो वो तुरंत बाहर आया और अप्पू को पीछे से दबोच लिया।

छगन – चिल्लाई तो साली जान से मार दूंगा। मैं हरी नहीं जो मिमियाऊंगा। तुझसे चुप रहने की मिन्नतें करूँगा, मैं छगन हूँ...लौंडियों को चुप करना मुझे बहुत अच्छे से आता है।

अप्पू का मुंह अब बंद था। छगन ने बिना देरी किये अपना गमछा उसके मुंह में ठूस दिया और हाथ पैर बाँध कर सड़क के एक रास्ते के एक तरफ धक्का दे दिया..गूंगूं करती हुई अप्पू अब छगन की बंधक बन चुकी थी।

हरी – छगन मेरे भाई!! कुछ तो रहम कर। मैंने तेरा क्या बिगाड़ा है?

छगन – मैं तुझे कहाँ रोक रहा, तू जा जहाँ जाना हो लड़कियों को तो अब मैं ले ही जाऊँगा, मजे ही हैं अब कुछ दिन। स्नेहा तो मिल ही गयी...अप्पू मुफ्त मुफ्त मुफ्त...हे हे हे हे!!

कोई रास्ता नहीं दिख रहा था हरी को। वो मन ही मन अप्पू के बर्ताव पर खुद को अपमानित महसूस कर रहा था। अप्पू ने इसकी सारी अकड़ ठिकाने लगा दी थी!! इसलिए ये सोच रहा था कि –

'काश अप्पू मान लेती उसकी बात तो छगन उसे जाने ही देता...पर ये अकड़ और घमंड इसे ले डूबेंगे...मैं क्या बुरा था इसके लिए? जाने क्यूँ मुझसे इतनी नफरत करने लगी? दिल की बात बताने की इतनी बड़ी सजा? ये लड़की

ही सही नहीं है? सामने हीरा पड़ा था पर उसे इसने कोयला समझा। छगन इसका न जाने क्या हाल करेगा? और ये साली इसी के लायक भी है। घमंडी कहीं की!! मुझे मना कर रही थी! लेकिन इसके साथ खिलवाड़ करने देने का अधिकार छगन को क्यूँ दूं मैं? मैं खुद करूँगा वो सब। जो इसका घमंड चूर चूर कर देंगे। मैं छगन के साथ ही हो जाऊँगा।'

ये सबकुछ सोचकर हरी का जमीर सो गया और सामने पड़ी अप्पू का जिस्म ही अब उसको नजर आने लगा। जैसे सारा झगड़ा ही जिस्म और उसकी मुलायम त्वचा का हो। हरी बहक गया और जितनी हिम्मत उसमें थी वो गली के आवारा कुत्ते को भी डराने के लिए पर्याप्त नहीं थी ये तो छगन था। इसका विरोध तो हरी क्या ही कर पाता। उसने खुद को छगन के साथ ही ज्यादा फायदे में पाया।

हरी – छगन मैं तेरे साथ हूँ। बता इनको कहां ले चलना है?

छगन – हेहेहेहेहेहे अब जगा है तेरे अंदर का मर्द!! वही मैं कहूं अप्पू जैसी लड़की को मेरे लिए छोड़े दे रहा? तू बहुत गिरा हुआ आदमी है। लेकिन तू तो साथी निकला! उठा साली को पटक ट्रैक्टर पर...मैं बताता हूँ....आज तेरी सुहागरात कहां मनेगी!!

और दोनों के ठहाकों की आवाज सन्नाटे दूर दूर तक सुनी जा सकती अगर आगे एक दो मील कोई भी होता।

अप्पू की चीखें और छूटने के सारे प्रयत्न इनकी साजिश में दब गये। दोनों लड़कियों को जाने किस बात की सजा मिल रही थी मगर जो भी हो रहा था उसमें हरी की बेवकूफियां और छगन की साजिशें ही भागीदार थीं।

अप्पू का दिमाग काम नहीं कर रहा था। दोनों के हाथ बंध चुके थे और मुंह में कपड़ा ठूंसा जा चुका था...सिर्फ खुले कानों से वो हरी की नामर्दी वाली बातें ही सुन सकती थी। उसको बहुत बुरी तरह से ट्रैक्टर पर फेंका गया। सर पर लगे झटके ने उसे दर्द का कम और घर की याद का एहसास ज्यादा करवाया। अभी तक उसको डर लगा था दर्द भी हुआ था पर उसके आंसू नहीं निकले थे। मगर अब उसे दर्द भी महसूस नहीं हो रहा था मगर आंसू निकल पड़े। ये उसके घरवालों की याद ही थी...जो शायद आँखों के रास्ते अपनी कीमती जगह का एहसास करवाने के लिए आंसुओं का बहाना करके आई थी। उसने न जाने क्यूँ हामी भरी स्नेहा की घूमने जाने की बात के लिए। दादी कितनी परेशान हो रही होंगी! बापू भी गुस्से में बैठे होंगे....बैठे होंगे? नहीं नहीं!! वो अप्पू को बहुत प्यार करते हैं। अबतक तो गाँव से निकल चुके होंगे। उसे

ढूँढने के लिए, मगर कहां ढूँढेंगे उसे? हरी भी कितना कमीना निकला!! छगन को साथ ले आया, अब अगर मैं छूटी नहीं और इन दोनों ने मुझे मार दिया तो... .गाँव वाले तो कभी जान ही नहीं पाएंगे कि इसमें किसका हाथ है!! गांववालों को शायद फर्क भी न पड़े। मगर वो दादी और माँ को बातें सुना सुना कर ही मार देंगे। बापू और दादी अब कभी नेरी वजह से सिर्फ मेरी वजह से गाँव में सर उठा कर नहीं चल पाएँगे। दादी ने भेजा भी किसको हरी को...जिसकी वजह से सब बिगड़ गया। ये वही हरी है...जो चार साल पहले तक हम लोगों के साथ खेलता था इंटर में था और इसकी मोटी मोटी किताबें देख कर मुझको कितना आश्चर्य होता था कि कितना पढ़ाकू है मगर पढाई शायद किसी को तमीज और व्यवहारकुशलता नहीं सिखा सकती...और यही हुआ भी था। जब किताबें दिखाने के बहाने इसने मुझे कसकर दबोचने की कोशिश की थी। छोटी थी तब मुझे पता नहीं था कि आखिर क्यूँ इसने ऐसा किया पर कुछ अजीब लगने की वजह से मैंने जोर से उसको थप्पड़ जड़ दिया था। ये उसी का बदला है क्या? नहीं नहीं अगर ऐसा होता तो अब तक उसने बदला लेने की कोशिश की होती मगर शायद ये हनेशा से मुझे ही पसंद करता हो, तभी तो छगन की हरकत के बाद भी इसने मुझसे चुप रहने की बात कही ताकि मुझे बचा सके मगर बाद में ये उसकी तरफ ही हो गया...अब न जाने ये ट्रैक्टर कहां लिए जा रहे हों? कुछ समझ ही नहीं आ रहा। स्नेहा भी अब तक बेहोश है। क्या हो गया ये अप्पू? काश तू न निकली होती घर से...काश!!!

ये सब सोच रही अप्पू को नहीं पता था क्या होने जा रहा। वो पीछे हो चुकी घटनाओं और आगे होने वाली संभावनाओं को सोचे जा रही थी। उन कुछ मिनटों में ही उसकी आँखों के सामने से पूरा बचपन गुजर गया। उसकी शरारतें नादानियाँ शैतानियाँ और दादी की डांट से लेकर दुलार तक सब कुछ।

5

रात के बारह बज रहे हैं।लोग रावण दहन की खुशी में व्यस्त चल रहे हैं, मगर यहाँ किसी की चेतना लुप्त थी तो किसी का आत्मसम्मान मर चुका था। किसी की शर्म अलविदा कर रही थी तो कोई अपने अंतःकरण की आवाज नहीं सुनना चाहता था। कहीं बुराई के प्रतीक रावण को जलाया जा रहा था तो कहीं कोई उससे किसी तरह की प्रेरणा लेकर किसी नयी वीभत्स कहानी को मूर्त रूप देना चाहता था। क्या फायदा हुआ रावण दहन का? जब कोई उससे कुछ सीखने को ही तैयार नहीं!!

कुछ रातों का अंत भी अँधेरा ही होता है!! ये पंक्ति ही अब अप्पू और स्नेहा का मुकद्दर बन जाने को तैयार थी शायद।

गाँव में मातम छाया था। दादी एकदम निर्जीव पड़ी थी। लाखन को कुछ सूझ नहीं रहा था। अप्पू की माँ के रोते रोते आंसू भी सूखने लगे थे। उसकी स्वर ग्रंथियां स्तब्ध हैं। मन विचलित है। बुद्धि काम नहीं कर रही। अंगों ने प्रतिक्रिया करने से जैसे मना कर दिया हो। लाखन के भावों का प्रवाह दिशाहीन हो गया है। उसके मन में ये आ रहा है कि कहीं शायद किसी ने उनका अपहरण कर लिया हो तो शायद फिरौती वगैरह की मांग आये या अगर कोई बहला फुसला के साथ ले गया हो तो शायद पुलिस में खबर करनी पड़े....लेकिन अगर दोनों ने किसी के साथ भागने का सोच होगा तो कसम शिव जी की, इसी हंसिया से सर उतार लूँगा...परिवार की जगहंसाई करने की यही सजा है बस... लेकिन हो सकता है दोनों किसी मुसीबत में हों तो...हरी भी अब तक नहीं आया.. .जाने कहां कहां भटक रहा होगा बेचारा। नहीं नहीं!! यहाँ खाली बैठ कर अब विचार नहीं किया जा सकता। कुछ न कुछ करना ही पड़ेगा...

लाखन – चलौ हरद्वारी। हरी कइहाँ न जाने केतना समय लगय...हम दुइनो देखि के आइत हन।

हरद्वारी – हाँ भैया!! आधी रात हुई गयी है। का मालूम कहां होय इ दुइनो? बहुतै पाप किये हुइबा लगत...जो यू सब देखेक मिल रहा।

दादी – नाय बिटवा!! यू सब हमरी वजह से हुई रहा। अपजस बदा रहय...कोई केरा कउनो दोष नाय। भगवानौ बुढ़ापे मा यू दिन दिखावे का बैठाय राखिन रहे। ससुरी मौत भी नाय आय गयी यू सब देखेक के पहले। सब धरम करम का, वरत पूजा का यहे फल दिहिन हैं।

सुनीता – सांत हुई जाओ अम्मा...ई बखत यू सब का नाय है। अप्पू के बापू से कहौ ढूँढय जाए चाहे जहाँ सेरे हमरी बिटिया लाय के दे।

लाखन – हमरी बिटिया?? अप्पू की अम्मा देख लेओ अगर अप्पू केरी कोई गलती निकली इमा तो भूल जायेओ की अपनी कउनो बिटिया रहै।

इतना कह कर सब लाखन की तरफ देख रहे हैं...और लाखन घर से स्नेहा के पिता के साथ निकल जाता है। घर की औरतों का रोना बदस्तूर जारी है।

उधर हरी छगन से आगे की योजना पूछ रहा है।

हरी – अबे छगन, मुंह हाथ तो बांध दिए मगर ले कहां चलेंगे इनको, कोई जगह तो होगी न तुम्हारे पास।

छगन – वाह रे इन्जीनियर साब!! अभी तो आपकी फट के चौहत्तर हुई जा रही थी। अब जगह की बात कर रहे हो? वाह रे ठरक....इंसान बिगाड़ देती है साली।

हरी – हा हा हा हा! नही यार ऐसी कोई बात नहीं है। मगर जो हम करने जा रहे हैं उसके बाद इनकी वापसी घर नहीं होनी चाहिए किसी भी कीमत पर, वरना अपनी गर्दन पर फंदे कसे मिलेंगे।

छगन – मुंह बंद कर रे अपसकुनी!! छगन ने जिसे फंसाया उसने दोबारा जीने की कोशिश नहीं की।

हरी – मतलब?? इससे पहले भी और??

छगन – हेहेहेहे सब आज ही बता दूंगा तो मजा नहीं आएगा...बस ये समझ लो कि जिस खेत में तुमने बीज बोने की सोची है छगन ने उसकी कई फसलें काटी है, हा हा हा हा।

हरी – बड़ा कमीना निकला साले तू...बता कहां रुकना है अब?

छगन – रज्जू के खेत पर ले लो ट्रैक्टर।

हरी – वहां? कोई आ तो नहीं जाएगा?

छगन – नहीं पहली बात वो गाँव के बाहर भी है...और रज्जू के मरने के बाद वहां कोई आता जाता ही नहीं। वहां पर मस्त मचान भी है। एकदम घर बना रखा था रज्जू ने वहां। सब सही है वहां, उधर ही ले लो और वहां से भागने के कई रास्ते भी हैं जो सिर्फ छगन और छगन ही जानता है।

हरी – ओ हो हो हो, वाह!! बस पहुँचने ही वाले हैं हम।

इधर स्नेहा को होश आ रहा था।

अप्पू के हाथ पैर बंधे थे। मुंह में कपड़ा भरा था मगर स्नेहा के बेहोश होने के कारण उसको बाँधने की जरुररत नहीं समझी थी छगन ने। उसने होश में आते ही उसकी नजर अप्पू पर गयी और उसको बंधा देख कर उसकी चीख निकल गयी। भले ही अप्पू ने कोशिश की उसको चुप रहने के इशारे करने की मगर ये अप्रत्याशित दृश्य था स्नेहा के लिए, और यही चीख छगन के कानों में पड़ गयी। जैसे किस्मत उसके ही साथ हो। उसने हरी को रुकने को कहा और स्नेहा ने इस बात का फायदा उठाने की कोशिश की उसने भागने को कदम बढाये मगर अभी अभी उठने की वजह से वो सम्भल नहीं सकी और ट्रैक्टर से नीचे गिर गयी।

छगन – अरे अरे अरे!!! भाग रही है मुझसे? मेरी चिड़िया मुझी से चूंचूं...
.अरे इतनी भी क्या जल्दी है?

स्नेहा – दूर रहना छगन..छूना मत मुझे...मैं कह रही हूँ शोर मचा दूंगी... लोग तेरा कीमा बना देंगे...बचाओ बचाओ !!

हरी – छगन तू कर क्या रहा है? कहीं किसी ने सुन लिया तो आफत आ जाएगी। बेमौत मारे जाएँगे दोनों।

छगन – चिल्ला लेने दे हरी!! इसी की चीखें सुनने की तो इच्छा थी कब से!! चिल्ला मेरी चिड़िया! और जोर से चिल्ला। मैं तो सोच रहा था कि पता नहीं कौन सी जड़ी बूटी सुंघा दी तुझे महेस लोगों ने कहीं मर ही न गयी हो। दोबारा होश में ही न आ पाए। मगर नहीं। तेरी किस्मत में इतना दर्द है कि भगवान तेरे जैसे न दोबारा किसी को ज़िन्दगी देने की सोचेंगे न ही मौत।

छगन इतना कहते कहते स्नेहा के पास जा चुका था और उसके बाल से पकड़ते हुए उसे लगभग एक फुट ऊपर उठा दिया जिसकी वजह से स्नेहा का सारा विश्वास जाता रहा। अप्पू को बंधा देख कर उसके आंसू निकल पड़े कि जिसका भरोसा था वो खुद मुसीबत में है अब उसका क्या होगा? मगर छगन ने ज्यादा सोचने का मौका दिया ही नहीं उसे...स्नेहा अपने होश खोने ही वाली थी...मगर जब मौत जैसा कुछ सामने दिखता है तो बहुत ही कम लोग होते हैं जो उसे स्वीकार कर लेते हैं और अपने स्वाभिमान पर आंच नहीं आने देते हैं जैसे अप्पू ने किया था मगर स्नेहा इतनी बहादुर नहीं बन पाई। शायद वो यही सोच रही है कि छगन कैसा भी हो उसको जान से नहीं मारेगा। शायद बेईज्जत करके छोड़ दे और स्नेहा खुद को इस बात के लिए तैयार करने लगी मन ही मन कि मुझे अपनी जान कैसे बचानी है। छगन चाहता तो मुझे पहले भी जलील कर सकता था मगर ये तब ही क्यूँ कर रहा जब हरी उसके साथ है, इसका मतलब ये सारा ड्रामा अप्पू के लिए रचा गया हो। मैं शायद गलती से छगन के चंगुल में फंस गयी होऊँ।

अप्पू की आँखे स्नेहा के चेहरे पर आते भावों पर ही थी और वो समझ चुकी थी कि स्नेहा क्या सोच रही है और ये बात ध्यान में आते ही अप्पू की आँखें रो पड़ी...कि मुसीबत किसको कैसे बदलने पर मजबूर करती है।

स्नेहा (तड़पते हुए) – छगन मुझे माफ कर दे। मुझसे बहुत बड़ी गलती हो गयी। मुझे बिलकुल तुझपे हाथ नहीं उठाना चाहिए था। माफ कर मुझे छगन, छोड़ दे मुझे। मैं ज़िन्दगी भर तेरी तरफ आँख उठा के नहीं देखूंगी और किसी से कुछ भी नहीं कहूँगी यहाँ जो भी हुआ। भगवान कसम! जाने दे मुझे। तेरे पैर पड़ती हूँ। सब घर पर मेरी राह देख रहे होंगे।

छगन – वाह वाह हरी देख। नागिन को जहर उतारते देखा है कभी? आज देख ले। ये अपनी जान की भीख मांग रही है। शाम तक मुझे धमकी दे रही थी कि तेरी खाल में भूसा भरवा दूंगी....हा हा हा हा!! ऐसे नजारे देखने की किस्मत सबकी नहीं होती कि तेरे दुश्मन तेरे पैरों में गिर कर भीख मांगे।

हरी – तो क्या किया जाएगा इसका...अब? मार दिया जाएगा या छोड़ दिया जाएगा?

छगन – देखते हैं ये मेरी बातें कितना मानेगी उसके बाद फैसला होगा।

स्नेहा ने जान बचने का एक मौका आते देख उसे जाने देना ठीक नहीं समझा।

स्नेहा – हाँ मैं हर बात मानूंगी छगन। तुम जो कहोगे। बस मुझे मारना मत।

छगन ने पास जा के उसे उठा कर ट्रैक्टर पर बिठाते हुए कहा –

छगन – मजा जान से मारने में नहीं है। मजा तो किसी का मान और शान मारने में ही आता है। तू आज से रखैल है छगन की...मैं तेरी जान बख्श रहा हूँ तो इसलिए क्यूंकि तू अपना घमंड छोड़ कर छगन की हर बात मान रही है।

स्नेहा उसकी हर बात पर 'हां' में सर हिलाती रही और अप्पू ये सब देख कर स्नेहा को दोष देने की बजाय उसके प्रति सुहानुभूति रखने लगी कि जिसने मन से ही हार मान ली हो वो दूसरे से क्या लड़ पाएगा! स्नेहा अब अप्पू से आंख नहीं मिला पा रही है। कुछ भी कहना अब बेमतलब है उसका।

हरी ने ट्रैक्टर स्टार्ट किया और सीधा मचान पर ही जाकर रोका। 1 बज रहे हैं। चारों तरफ सन्नाटा और मुर्दनी छाई है। कोई इन्सान तो क्या कुत्ता भी नहीं दिखता चारों तरफ बेतरतीबी से उगे घास फूस और खेत ही खेत दिख रहे है और उनसे काफी दूरी पर एक बगीचा जिसके बीचोबीच एक मचान बना है... करीब 15 फुट ऊपर जैसे किसी ने रहने के लिए पेड़ों के बीच एक घर ही बना रखा हो। ये अड्डा है छगन जैसों का जहाँ चोरी के सामान का बंटवारा होता था और कभी कभी रंगरेलियों का भी इंतजाम होता था। मचान के उपर एक छप्पर बारिश और धूप से बचने के लिए और कुछ बल्लियों पर लटकी थी कुप्पियाँ। किसी के आने जाने का खतरा नहीं। दिन में किसी की हिम्मत नहीं होती थी इस वीराने में आने की फिर ये तो रात है।

छगन ने ट्रैक्टर रोकते ही स्नेहा को उपर चढ़ जाने का हुक्म सुना दिया। वो दौड़ती हुई सीधा जा के मचान पर लगी सीधी से उपर चढने लगी।

अप्पू का ये सब देख कर खून खौल रहा है...ये क्या हो गया है स्नेहा को? इतना कैसे गिर सकती है? क्या इसको छगन के बारे में पता नहीं कि कैसा इन्सान है? और छगन का कोई भरोसा कर सकता है क्या कि ये छोड़ देगा स्नेहा को? नहीं ये ऐसा कुछ नहीं करने वाला मुझे पता है। जिसके लिए मैंने अपनी जान जोखिम में डाल दी उसने एक मिनट नहीं लगाया मुझे छोड़ कर छगन की तरफ हो जाने में!! मैं कैसे बचूंगी इन जल्लादों से?

अप्पू के ख्याल चलते जा रहे हैं और छगन स्नेहा के पीछे चल पड़ा है। हरी नीचे उतर कर अप्पू के पास जा पहुंचा है। उसके हाथ पैर और मुंह खोले।

हरी (चिढ़ाते हुए) – अप्पू कुछ शांत शांत सी लग रही हो?

अप्पू – तुझको क्या हो गया है हरी? ये तो जाहिर है ये सब तुम्हें तुम्हारे घरवालों ने तो नहीं सिखाया है। क्या छगन की दोस्ती तुम्हारे लिए तुम्हारे अपने वजूद से भी ज्यादा गहरी हो गयी?

हरी – अपनी बकवास अपने पास रख। तुझे पता छगन से मुझे क्या सीखने को मिला। यही कि लड़की को ज्यादा उड़ने नहीं देना चाहिए। उनके पर कतरते रहने चाहिए क्योंकि बाद में उनके परों में जान आ जाती है तो साली अपना घर छोड़ कर उड़ने का फैसला करने में उनका कोई हाथ नहीं पकड़ पाता। तेरे और मंगल के चर्चे सुने हैं मैंने। ऐसा जाने क्या खास है उस धोबी की औलाद में जो तुझे कोई और दिखा ही नहीं आजतक।

अप्पू – उसमें तेरी जैसी सोच नहीं है हरी। वो तुममें से नहीं है जो किसी अकेली लड़की को अँधेरे में दबोचना चाहते हैं। उसके मजे लेना चाहते हैं। खिलवाड़ बना के रख देना चाहते हैं किसी ज़िन्दगी को। जरा सोचो हरी...मैं 12 साल की थी जब तुमने मुझसे अकेले कमरे में अपनी हवस मिटानी चाही थी। मैं नहीं जानती थी कि तुम्हारा इरादा क्या है। पर मुझे पता था कि ये जो भी है सही नहीं है। अगर उस वक्त मैं चिल्लाई न होती तो क्या आज ये नौबत आती? मैं तुम्हारे लिए कोई सामान बन गयी होती जिसको तुम इस्तेमाल करके छोड़ देते। क्या अगर वो घटना हो जाती मेरे साथ मैं उसे सह जाती तो आज तुम मुझे अपना लेने की जिद करते? कभी नहीं।

हरी – तुम्हें दुःख होगा हमेशा अब इसी बात का कि काश तुम मुझे रोकने में उस दिन कामयाब न हुई होती।

अप्पू – दुःख तो होगा। मगर खुशी इस बात की ज्यादा होगी कि शुक्र है तेरा चेहरा हमेशा के लिए मेरी नजरों में गिर गया। सच कभी न कभी सामने आता ही है हरी और अगर कहीं भगवान है और द्रौपदियों की सुनता है तो तू

एड़ियाँ घिस घिस कर मरेगा और तेरा खानदान तेरा नाम तक नहीं लेगा कभी। आज मैं तेरी मोहताज हूँ एक दिन तू मेरी दया का मोहताज होगा। उस दिन बात बराबर होगी।

हरी – तेरी हेकड़ी तेरा घमंड तेरी शान और ये जुबान आज से सब बंद। न कोई आज के बाद तुझे देखेगा न कोई तेरी मदद को आएगा न किसी को तू बुला पाएगी। जिस किसी को याद करना है कर ले।

अप्पू ने उसे घूरा और आंखें बंद कर ली। भरी आँखों से दो मोटे से आंसू निकल गये और उसके बाद अप्पू ने आँखें खोल लीं क्योंकि अब उसकी आँखों से एक आंसू नहीं गिरेगा जिसे देख कर ये शैतान अपनी जीत समझ ले। तभी ऊपर से छगन ने हरी को आवाज दी, छगन – ओये हरी!! चल आ जा भाई। सुहागरात की सेज तैयार है मेरे भाई के लिए। क्या हाल है माते सब ठीक है न?

अप्पू – तू मरेगा छगन। और तुझे कोई पानी देने वाला भी नहीं नसीब होगा।

छगन ने गुस्से से देखा अप्पू को फिर नीचे उतर कर आया और नीचे जमींन पर बैठी अप्पू के उपर से होते हुए उसके मुंह के पास जा कर बोला।

छगन – ये शब्द मैंने पहले भी कईयों के मुंह सुने हैं। आज तक किसी का बाप कुछ नहीं उखाड़ सका। और ये तेरा घमंड!! उफ!! स्नेहा की हालत देख रही है न? बदहवास सी भागी भागी घूम रही है आगे पीछे मेरे। तू खुद को भी तैयार कर ले। अब तेरी किस्मत ही तुझे छुड़ा पाए तो पाए वरना छगन अपने किस्म का अकेला शैतान है याद रखना।

अप्पू – अपनी मौत का इंतजार शुरू कर दे छगन। हममें से किसी को खरोंच भी आई तो तू कहीं का नहीं रहेगा।

छगन (अप्पू को दबोचते हुए) – बस बस बस ये तेरी तीर जैसी बातें। हरी माफ करना। लेकिन तेरी अप्पू मेरे ही लिए यहाँ जाल में फंसी फंसी चली आई है शायद।

हरी (दूर हटाते हुए) – छगन ये मेरी है तू इसे हाथ नहीं लगाएगा।

और इतनी बात मुंह से निकली ही थी कि छगन ने हरी के मुंह पर एक थप्पड़ जड़ा कि हरी को कुछ सेकंड तो कुछ समझ ही नहीं आया। और जब समझ आया तो छगन को इतने गुस्से में देख कर उसकी बोलती ही बंद हो गयी। वो शांत होकर एक तरफ बैठ गया। समझ गया कि वो भागीदार नहीं कोई नौकर या कुत्ता है छगन का और हरी के लिए जिस्म सिर्फ भूख है और

छगन उसकी भूख मिटा कर उस पर उपकार कर रहा जिसके एवज में हरी को छगन से दब कर और उसकी हर बात मान कर चलना होगा। तब तक स्नेहा ऊपर से नीचे उतरने लगी तो हरी ने उसे ऊपर चलने का इशारा किया और छगन ये देख कर मुस्कुरा दिया और हरी को गले लगा कर बोला

छगन – पता नहीं मुझे क्या हो जाता है हरी। कोई ऊंची आवाज में बोल देता है तो मेरी हट जाती है। तू ये रोतडू चेहरा न बना मैं तेरे साथ धोखा नहीं करूँगा। जो जिसका है उसका ही रहेगा लेकिन सिर्फ पहली बार के लिए।

ळरी (खुशी दिखाते हुए) – ये हुई न बात।

और फिर छगन अप्पू के कंधे पर हाथ रख कर बोला...

छगन – पता है तेरा बिस्तर तेरी सहेली ने तैयार किया है। हा हा हा हा....और अपना भी!!

ये सुनकर हरी और छगन दोनों बेतहाशा हँसते रहे। अप्पू को पकड़ कर सीढ़ी से उपर पहुँचाया दोनों ने और उसके हाथ एक बल्ली से बांधे। फूस के गट्ठर पड़े हैं जिसपर उसको फेंका गया है। स्नेहा किसी परिचारिका की तरह छगन के आगे पीछे घूम रही है।

शायद उसे अभी लग रहा है कि ये सब कुछ अप्पू के लिए रचा गया है और उसे कुछ देर में जाने दिया जाएगा...लेकिन नहीं!!

दो बजने को हैं। कोहरे की हलकी सी धुंध छाई है। जैसे किसी अपराध को छुपाने की कोशिश में हो।

स्नेहा और अप्पू को जबरदस्ती शराब पिलाई जा रही है। अप्पू के विरोध का कोई मतलब ही नहीं बन रहा। हाथ बंधे हैं और नीचे पड़ी है छटपटा रही है मगर हरी ने उसके पैरों पर अपना पूरा शरीर ही लादा हुआ है वो हिल नहीं पा रही स्नेहा तो खुद ही छगन को भर भर के दे रही जिसे छगन उलटे उसके ही मुंह में उडेलता जा रहा है....कुछ ही देर में लगभग दोनों ही बेसुध हो चुकी हैं। छगन और हरी दोनों उनपर टूटे पड़े हैं....न कोई विरोध न कोई डर। उनकी दरिंदगी और हैवानियत की सीमा नहीं है। इनके मुकाबले रावण तो देवता था।

दो घंटे बाद छगन ने हरी को आवाज दी

छगन – हरी!! बस कर साले! सब आज ही कर डालेगा? कुछ तो बचा कर रख भागी थोड़े जा रही हैं दोनों।

हरी – हाँ बताओ क्या करना है अब?

छगन ने दोनों को पीठ की तरफ से चिपका कर बल्ली से बांध दिया उनके उतरे हुए कपड़ों पर मिटटी का तेल डाल कर आग लगा दी। जिससे

दोनों भागने की सोच भी न सके। सोच तो वो वैसे भी नहीं सकती थी। पूरी बोतल शराब जो उनके गले में उतर चुकी थी। चिल्लाने से कोई सुनने वाला नहीं था और भागने के लगभग सभी रास्ते छगन ने बंद कर दिए थे।

हरी – तो अब?

छगन – अब क्या!! घर चलेंगे गाँव वालों को सब बताएँगे कि कितनी मेहनत से ढूँढा नहीं मिली दोनों...बस अपना काम खतम!!

हरी – और ये दोनों। दोबारा कब आएँगे हम यहाँ?

छगन (अपनी शैतान जैसी आँखे चमकाते हुए) – अभी मन भरा नहीं क्या बे...

हरी – इन सबसे किसी का मन भरता तो देश की जनसंख्या डेढ़ अरब होती क्या?

छगन – हा हा हा हा!! एकदम सही बात बोले हो। आएँगे शाम वाम तक....थोड़ा धीरज धारण करो हरी बाबू!

हरी – चलो फिर चलते हैं गाँव।

6

गाँव में तो हरी का इंतजार ही हो रहा था। लाखन और हरद्वारी वापस आकर बैठ गये हैं। दोनों की शक्लें बता रही हैं कि अपनी पीड़ा वो न किसी से कह पा रहे और न सहन कर पा रहे। सुबह के चार बजे के करीब गाँव में सब के घरों में चहल पहल होने लगती है। सब को अपने अपने काम के लिए बाहर निकलना ही पड़ता है और इसी सब में हरी के ट्रैक्टर की आवाज सुनाई देती है। हरी सीधा आकर अप्पू के घर पर रुकता है। खाली ट्रैक्टर देख कर सबको अंदाजा तो हो ही गया है। पर सब हरी के मुंह से ही सुनने को तैयार बैठे लग रहे हैं। सबसे पहले दादी ही हरी की बांह पकड़ कर अंदर घसीट ले गयी। इसके बाद जमुना, सुनीता, स्नेहा के माँ बाप लाखन सब एक के बाद एक दादी के पीछे पीछे आंगन में जमा हो गये।

दादी – हरी बिटवा का हुआ? अइसन मुंह लटकाए काहे आये हौ? कुछ ठौर ठिकाना पता मिला अप्पू स्नेहा का?

हरी – नहीं दादी...अगर कुछौ मालूम पड़त तउ का खाली हाथ आइत।

दादी – हाय भैया कुछ तौ सोचि लेती ई लौंडिया। लाखन यू का हुई गवा...करम नास कई दिहिस सब...हरामिन! हरी कहां कहां पता कियेऊ?

हरी – दादी पूरा मेला ढूंढेन कोई केरा कोई पता नाय चला...दुकान वालेन कइहाँ पूछ पूछ परेसान कई दियेन पर कोई खोज खबर नाय....एको सेकंड बैठेन नाय।

लाखन – हरी तुम तौ पढ़े लिखे हौ...कुछ उपाय बताओ का कीन्ह जाय अब?

हरी – चच्चा हम का बताइब आप सब बड़े जनन का...हम का कहक तौ नाय चाही पर लगत यहै है कि दुइनो भाग गयी हैं कोइक साथ।

जमुना सुनीता और स्नेहा की माँ गायत्री को ढाढ़स बंधा रही है। हरी की बात से सब औरतों की रही सही आशा भी टूट गयी।

दादी – अगर कबहूँ हमरे सामने आये गयी तौ सारा धरम करम तियाग केरे गला घोंट देइब। भगवान अइसी औलाद से तउ बांझे मार देत इकी अम्मा का तउ सुकून हुई जात। नागिन कर बिस भी इत्ता तकलीफ नाय देत। ई तउ जीवन केरी तियाग तपस्या सब चूल्हे मा डारि दिहिस।

दादी अपनी बात पूरी करते करते फफक फफक कर रोने लगी...लाखन ने उनको एक तरफ लिटाया और लाखन ने फिर कहा

लाखन – तौ सरपंच जी आए जावें फिर चल के थाने मा अर्जी दइ दी जाए एक। यू ससुर ऐसा काला कांडी करके गयी हैं कि कहूँ मुंह दिखावे लायक नाय राखिन।

हरी के माथे पर पुलिस का नाम सुनते ही हवाइयां उड़ने लगी। उसने सोचा पुलिस अगर तफ्तीश करेगी तो मरण ही होगा..नहीं कैसे भी करके ये रोकना ही होगा।

हरी – चच्चा का लड़िकन जैसी बात करत हौ? पुलिस आजतक कउनो अपने मन से भागे वालन का पकड़ पायी है भला? सब चोंचले होवत हैं...घंटन बिठाए के तुम्हरा चाची और दादी का हाल बेहाल कई देहें और कुछ नाय और जरा सोचौ अगर तुम लोग रोज रोज थाने मा ही बैठे रहिहु तौ गाँव वाले पचहत्तर तरीके केरी बातें बतियइहैं...इ लिए सांत हुई ऊ उपाय करौ कि अउर बदनामी न होए।

हरद्वारी – भैया कहत तौ ठीके हौ मगर हम लोगन की एकै एक बिटिया रहे...अब का इज्जत और का बेईजत। हमरी मानौ तौ थाने मा रपट लिखायेन दी जाय। बहुत ज्यादा होइहई तउ लै दै के निपटा जाई और का...

लाखन – हरद्वारी ठीके कह रहा हरी बिटवा...तुम ऐसा करौ जावौ तनी आराम कई लेओ...पूरी रात दौड़े हौ...थकान हुई गयी हुइहय।

हरी – थकान कहां चच्चा...हियन तौ चिंता घुसी पड़ी है। गाँव मा ई तरह की पहिली घटना है। अगर पुलिस मा खबर कई दीन्ह गयी तउ बाकी लौंडियाँ गाँव भर की तउ उनकी राह ले लगिहैं। उनका उदहारण बनावे से पहिले सौ बार सोचि लिहेऊ चच्चा।

लाखन ने इस बार उसकी बात का कोई जवाब नहीं दिया...सर झुकाए बैठा रहा। जमुना हरी को इशारे से बाहर बुला ले गयी और हरद्वारी लाखन और दादी के साथ ही बैठ रहा। उधर जमुना हरी को घर ले गयी।

जमुना – भला लौंडियन की हिम्मत तउ देखौ...अम्मा बप्पा घर खानदान का कउनो लिहाज सरम कुछु बाकी हो नाय रहा। ऐसी कुलच्छनी कोइक घर मा बिआह दी जाय तउ उकी तउ लुटिया डुबोई दे। करमजली कलंकिनी। मिसिर बड़े भाग वाले हैं कि एकै लौंडिया रहे उनके। वरना आगे कोई से समबन्ध करई केरी हिम्मत ना होती। भगवान जाने किके भाग मा का बदा है... रामै मालिक होय ऐसी बिटिया होवे पर।

हरी (खीजते हुए) – अरे अम्मा बस करौ...कित्ता चकचकइहौ? जीके भाग मा जौन लिखा होई मिलिबै करी...इमा हम तुम का बनाये लेबा।

जमुना – हा अब ऊ तउ बिधाता लिखीं हैं उका कौन का कई सकत है?...हाथ मुंह धोई लेओ। चाय बनाये देइत हन।

हरी इसके बाद सोने चला गया। उसका मन तो नहीं कर रहा था मगर मजबूरी थी कि किसी को शक न होने पाए।

इधर छगन हरी के जाने के बाद उन दोनों को और तड़पाने के लिए नयी नयी योजनायें सोच रहा है। दिन के आठ बज रहे हैं। छगन मचान से चुपके से निकलता है और भाग कर शहर जाने वाली बस पकड़ने कि लिए भागता है जो कि गाँव से 30 किमी पर ही है। जब वहां से वापस आता है तो उसके साथ ग्यारह लोग और भी हैं। जिन्हें वो बारी बारी से ऊपर भेज रहा है जिसके एवज में उसने एक अच्छी खासी गड्डी तैयार कर ली है नोटों की। दोनों की कराहें और चीखें नीचे तक तो आ रही हैं मगर कोई उन चीखों को सुनने वाला है नहीं...

छगन हरी के आने से पहले पहले अपना ये धंधा निपटा देना चाहता है। जो कि कुछ समय बाद पूरा हो भी गया। सब जा चुके हैं, छगन अकेला बचा वहां पर। वो ऊपर जाता है...तो देखता है स्नेहा अप्पू की गोद में सर रख कर रो रही है...छगन आश्चर्य में है कि नशा इतनी जल्दी उतर कैसे गया।

छगन – ये क्या मैं तेरे लिए इतने आदमी भेज रहा हूँ और तुम दोनों आपस में ही?? हेहेहेहेहे!!! अरे स्नेहा तुम तो रो रही हो....चीखें सुनकर तो नीचे लगता था कि तुम लोगों को मजा आ रहा है।

अप्पू छगन के चेहरे पर थूकती है। मगर कुछ नहीं बोलती हैं। हाथ बंधे हैं जमीन खून से लथपथ है। इस दयनीय हालात में भी अप्पू के चेहरे पर उसका गर्व नहीं छिना। छगन ने उसके स्वाभिमान को तार तार करने के लिए कितनी कोशिश कर ली पर अप्पू ने उसे अपने स्वाभिमान का मर्दन नहीं करने दिया है। स्नेहा अपनी भूल समझ चुकी है।

छगन – ये याद रखना अप्पू अभी भी मैं तुम्हें जाने दे सकता हूँ। बस एक बार, एक बार मेरे पैरों में सर रख कर भीख मांग ले। छगन का दिल बहुत बड़ा है।

स्नेहा – दो लड़कियों को जाल में फंसाकर बहुत बड़ा मर्दानगी का काम कर दिया है न तूने? तुझे तो नामर्द कहना भी नामर्दो की बेइज्जती है।

छगन – चुप रह हरामजादी मुझे सिखाएगी तू? ये ग्यारह सिर्फ तेरी मुंह दिखाई में भेजे थे। सुहागरात तो तेरी आज रात होगी। एक मस्त बात ध्यान आ रही....जब तू अपने ग्राहकों के नीचे होगी तब तेरे बाप को लेकर आऊंगा। गाँव वालों को इकठ्ठा करूँगा...तुझे देख के गाँव वालों के सामने वो जब तड़प तड़प कर आंसू बहाएगा तब मुझे सुकून आएगा साली कमीनी।

स्नेहा चुप हो गयी। शारीरिक प्रताड़ना मिल ही रही थी...मगर दिल में ये ख्याल नहीं आया था की कोई ऐसे भी करेगा। सामने मिटटी के तेल का डिब्बा रखा था मगर वहां तक उसकी पहुँच नहीं थी....

छगन – ओ तो मरने की सोच रही है!! अप्पू देख तेरे होते हुए क्या करने की सोच रही तेरी सहेली। खैर ये तो बहुत कम सजा हुई छगन के अभिमान को ठेस पहुँचाने के लिए। तैयार हो जाओ मेरी बारी है अब अप्पू....

स्नेहा जोर से चिल्लाई...

स्नेहा – रुक जा छगन। तेरी दुश्मनी मुझसे है, अप्पू को मत छूना। जो करना है मेरे साथ कर, उसको जाने दे छगन।

छगन – इतना उतावली मत हो। तेरी सवारी भी करूँगा रात की तरह... अभी तो तेरी शकल देखने का भी मन नहीं है।

जैसे जैसे छगन अप्पू के पास जाता जा रहा है स्नेहा की चीखें और अप्पू की कसमसाहट बढती जा रही। तभी उसकी निगाह पास पड़े एक पेन पर

टिक गयी। शायद किसी का गिर गया हो...छगन ने उसे उठाया और उससे अप्पू की गर्दन दबोच कर उसपे अपना नाम लिखने लगा।

छगन – ले कोई पूछे तो मेरा नाम दिखा देना। अप्पू आज से तू मेरी जागीर है।

और फिर उसने स्नेहा के सामने ही अपनी हवस मिटाई और ठहाके लगाते हुए बाहर चला गया....

स्नेहा बेसुध पड़ी अप्पू को आवाज लगा रही है। कराहों के सिवा उससे कोई हरकत नहीं हो पा रही

बिना कपड़ों के बंधी पड़ी दोनों लडकियों के पूरे शरीर फूस से घिस घिस कर छिल चुके थे। दोनों अपने गाँव की सबसे सुन्दर लड़कियों में गिनी जाती थी पर...पर आज इनकी हालात देख कर रोना सा आ जाए...दोनों को एक दूसरे को देखना मुश्किल पड़ रहा था। जितनी नजर जाती एक दूसरे के जख्म ही दिखते।

इनकी नजरों से देखा जाए तो इनकी गलती क्या थी? यही कि ये लड़की हैं। यही कि दोनों को बचपन से यही सिखाया गया कि लड़की दो घरों की इज्जत होती है। उसे मर्यादा में रहना चाहिए। उसे खुद को मर्दों के बराबर नहीं समझना चाहिए। यही वजह है कि छगन जैसे लोग किसी की मजबूरी का फायदा उठाते हैं। और हरी जैसे लोग उसी में अपने लिए रास्ते तलाश कर लेते है। जो काम वो समाज के सामने करने से कतराते हैं उसे वो चोरी छुपे करने में कामयाब हो जाते हैं। अगर स्नेहा छगन की हरकत को सिर्फ चांटे तक न रख कर उसकी शिकायत कर देती तो छगन इतनी हिम्मत करने की कोशिश शर्तिया न करता। कल तक अपने घर में नखरे कर सकने वाली लड़कियां आज किसी की जिद और पागलपन के आगे बेबस पड़ी हैं जाने क्या लिखा हो इनकी किस्मत में। अप्पू को कुछ भी ख्याल नहीं आ रहे, सिवाय अपने घर वालों के परेशानी वाली हालत को सोचने के सिवा....उधर।

लाखन और हरद्वारी आँगन में बैठे हैं। अप्पू की माँ को अपनी सुध ही नहीं रह रही है...इकलौती बेटी जिसे वो जान से ज्यादा चाहती है घर से कैसे भाग सकती है? हरी को कहते हुए जरा भी लाज ना आई?

लेकिन हरी तो वही कहेगा न जो सच होगा। जब जाते हुए अप्पू को ख्याल न आया हमारा तो कोई और क्यों अपने मुंह को रोके लेकिन मेरा दिल कहता है अप्पू ऐसी नहीं है मगर अगर है नहीं ऐसी तो गयी क्यों...ऐसी कौन सी बंदिशें थी उस पर? कोई मुंह से दो बात तक नहीं कहता था। दादी और अप्पू

के पिताजी तो जान छिड़कते थे उसपर। गाँव भर में नाक कटा दी अप्पू ने। अब गाँव वाले क्या भरोसा करेंगे अपनी लड़कियों पर? क्या वो जरा सी बात पर अब अप्पू की मिसाल नहीं दिया करेंगे?

ये सारे विचार सुनीता के दिमाग में पानी की तरह आ रहे थे। तभी उसे दादी का ख्याल आया। ये वही दादी हैं जो अपने सुबह के स्नान ध्यान पूजा पाठ के नाश्ते में देरी की वजह से गाँव भर में मेरी चुगली करती फिरती थी कि कैसी निकम्मी बहु है। ये वही दादी हैं जिनके पास बैठने में भी डर लगता था जाने क्या फरमान सुना दे...आज कैसे निढाल पड़ी हैं। कल शाम से मुंह में पानी की एक बूँद नहीं गयी है। ऐसा लगता अप्पू के साथ इस घर की सुख शान्ति खुशियाँ और रौनक ही चली गयी। अब तो दादी के मुंह से एक शब्द भी नही निकल रहा, अप्पू के साथ इनकी चेतना भी चली गयी है।

गाँव भर में बात फैल गयी है। लोग सुहानुभूति जताने आ जाते हैं बीच बीच में और सवाल भी कैसे कैसे!!

क्या हुआ? कब हुआ? किसी के साथ भाग गयी? किसी ने अपहरण कर लिया होगा शायद? गाँव के किसी लड़के के साथ भागी या कोई अजनबी है? अजनबी हो तो भूल ही जाओ लाखन दुल्हिन...अब न वापस होइ हई...सुने मा आवत है ई लोग लड़कियां बेचेऊ देत बनारस वनारस मा!!

ये क्या बातें करते हैं लोग? किसी को किसी की पीड़ा से मतलब नहीं होता? मतलब होता है अपनी जानकारी पा पाने की सीमा से। सबमें जैसे होड़ लगी थी कि मैं जाऊँगा तो ज्यादा नयी खबर ले के आऊंगा। क्या आदमी क्या औरत सबके सब इन्हीं सब तुच्छ बातों में मरे जा रहे। किसी का साथ नहीं दे सकते तो उसका दुःख न बढाओ। जिसका बेटा बेटी गायब होगा घर से। वो फालतू के इंटरव्यू के लिए तैयार होगा क्या? लोगों को जरा सी बात नहीं समझ आती? तब लगता है, जिस समाज के लिए हम खुद को तैयार करते रहते हैं कि लोग क्या कहेंगे ये मत करो, लोग क्या कहेंगे वो मत कहो, दरअसल वो सिर्फ नाटक है। लोग ऐसे मामले में कुछ ज्यादा ही चटकारे लेते हैं। उन्हें फर्क सिर्फ तभी पड़ता है जब वही घटना अपने साथ या अपने किसी के साथ हो जाती है।

सुनीता अब लोगों को खबर सुना सुना कर थक चुकी है। वो पागल हुई जा रही है। इस वक्त उस पर बीत रही वो कोई क्या जानेगा? वो क्या जवाब देगी उन सवालों का जो वो खुद नहीं जानती। 'अप्पू की माँ' का संबोधन उसके कानों में पिघला शीशा डालने जैसा है। दादी भी बीच बीच में सुध बुध खो दे रही हैं।

दादी – घर नास होय उहिका जो हमरी बिटिया का बहिलाइस होय। अरे अप्पू बिटिया कहां हौ? अपनी अन्मा केरी हालत तउ देखौ। दादी पइहाँ तरस खाओ। लाखन कहां मुंह छुपावत घुमि हई। हे सिवजी...हमरी पूजा पाठ का यहै फल है तौ हमका मौत दई देओ। हम आज से अन्न जल त्यागित हन जब तक अप्पू घर नाय आय जावत।

ये सब बातें कर कर के दादी होश खो देती हैं। लाखन और सुनीता के लिए उन्हें संभालना मुश्किल पड़ रहा है। लोग आते हैं संवेदनाएं व्यक्त करते हैं। हाथ पर हाथ रखते हैं दुःख दिखानेके लिए चार आंसू भी गिरा ही जाते हैं। मगर माँ बाप का दुख कोई क्या बाँट सकेगा? कई लोग ज्यादा न्यायाधीश बनने के चक्कर में उनके सामने ही अप्पू को बुरा भला कहने लगते हैं। 'कुछौ कहौ लाखन...बिटिया का इत्ती छूट देना टीक नाय...आखिर भुगतेक पर रहा' गजब दोषारोपण है एक बाप की परवरिश पर...जबकि उसे खुद अभी नहीं पता कि आखिर सच क्या है...मगर गाँव वालों के सामने अपना मत रख कर अभी वो खुद को मूर्ख नहीं दिखाना चाहता। हरी ने जो एक बात आते ही कह दी थी कि शायद भाग गयी दोनों किसी के साथ...उसपे अंध विश्वास करके बैठ गए और आगे किसी सोच को मन के अंदर जाने ही नहीं दे रहे। ये सच में है हमारे समाज की सच्चाई...हम उसपे भी भरोसा कर लेते है..जिसको मानने के लिए दिल गवाही तक नहीं देता..मगर क्या अप्पू और स्नेहा सच में दोषी हैं? वो तो हमेशा अपने परिवार के बनाये नियमों की सीमा में रही। उन्होंने किसी लड़के की तरफ आँख उठा के भी नहीं देखा, मगर उन पर लांछन तो बड़े बड़े लग गये। करनी किसी की मगर अपराधी दोनों लड़कियां हो गयी। बेचारी मचान पर पड़ी तड़प रही हैं, शायद होश में भी न हों और होंगी भी तो क्या घर का रुख करने की हिम्मत हो पाएगी उनकी? रस्सियों में बंधी वो दोनों उन रेशों से ज्यादा इस समाज की बेड़ियों को मजबूत मानेंगी, जो दिखाई भले न दे मगर जिसे हर लड़की अपने पैरों में महसूस करती है। यहाँ तक की सोते जागते भी।

7

बात गाँव के हर घर तक पहुँच चुकी है। सब अपने अपने घरों में इस घटना की चर्चाओं में लगे हैं। बात मंगल और उसके घर भी पहुँच चुकी है। मंगल की माँ की खुशी का कोई ओरछोर ही नहीं है, आखिर जिसने उसे गाँव से निकलवाया उसके घर विपदा आई है तो वो खुशी से पागल हुई जा रही। जिसने उस तक खबर पहुंचाई उससे ही बोल रही कि 'बहन का मालूम कीके

संग भगी है ऊ....सुलच्छनी काकी केरी तउ किस्मतै फूटि गयी..एकै बिटिया रहे वहौ जाने किके पल्ले पड़ी होय' ये सुनकर मंगल से रहा नहीं गया आखिरकार..

मंगल – अम्मा यू का बके जाय रही हउ? कोई के जीवन मा समस्या आय गयी है तौ खुसी मनाये वाली कोई बात नाय है।

बिमला – बिटवा तुम अबहिन बहुते भोले हउ। तुमका नाय याद का कि यहै मिसराइन हम लोगन का गाँव सेरे निकरवाइन रहें...बिस बुझी नागिन है.... भगवान यहै लिए सजा दिहिन हैं।

मंगल – अम्मा यू बिचारे वाले हम लोग कौन होइत हन? दुबारा हमरे सामने ई सब दकियानूसी बात नाय कियेऊ।

इतना कह कर मंगल वहां से निकल आया था। मंगल के मन में अब खलबली मच चुकी है। आखिर अप्पू ने ऐसा कैसे होने दिया? वो बहुत समझदार है। कुछ गलत हुआ है जरुर। अप्पू के लिए मंगल के मन में ये विश्वास अकारण ही नहीं था। वो दोनों छोटे पर से साथ पढ़े हैं। दोनों ही एक दूसरे के भाव समझ जाते हैं। दादी के खौफ के चलते दोनों ने दोबारा कभी बात नहीं की थी। मगर वो आज भी मन से जुड़े हैं एक दूसरे से। गाँव के अंदर तो मंगल जा नहीं सकता था। पूछे किससे?

इधर दोपहर होने के बाद हरी ने दोबारा मचान पर जाने की सोची। वो छुपते छुपाते घर से निकला और अबकी बिना ट्रैक्टर लिए एक साइकिल पर निकला। नजरें बचाते हुए गमछा डाले हरी यूं तो किसी से छुप नहीं सकता था क्योंकि अच्छा खासा डील डौल था। ऊपर से सरपंच का लड़का, लोग दूर से पहचानते हैं उसको।

गाँव से बाहर पहुँचते ही उसको मंगल ने देख लिया और दूर से ही चिल्लाते हुए उसे रोकने लगा।

मंगल – हरी भैया! ओ हरी भैया! रुको तो जरा दो मिनट।

हरी – का रे मंगल...कैसा है रे?

मंगल दौड़ कर आते हुए हरी के पैर छूता है और हरी खुश रहने का आशीर्वाद देता है।

मंगल – हरी भैया आप का आशीर्वाद है।

हरी – और तुम्हरी पढ़ी लिखाई? कोई समस्या हो तो संकोच न करना। कपड़ा लत्ता किताब कापी सब हम कर देंगे।

मंगल ने सोचा आज ये क्या हो गया है हरी को? इतनी प्यार भरी बातें? आज से पहले तो कभी नहीं की और जिस दिन हम लोग गाँव से निकाले गये

उस दिन ये खड़ा खड़ा देखता रहा। अगर फिक्र करनी थी तो तब करता। आज मुंह से जलेबियाँ कैसे उगल रहा है?

मंगल – अरे हरी भैया आज आप साइकिल पर? ट्रैक्टर खराब चल रहा का?

हरी – नहीं, अरे ये बस खेत के बाहर गेंहू केरी दुई बोरी पड़ी रहें। सोचा का ट्रैक्टर निकाली उके लिए।

हरी आज बातों में खूब चाशनी घोल रहा था। उसको अपने शक को यकीन में बदलना था कि अप्पू और मंगल का कुछ चक्कर ज़रुर है इसलिए जाना तो वो जल्दी चाहता है मगर फिर भी आराम से बात कर रहा है ताकि उसे कोई शक न हो और हरी अपना मतलब भी निकाल ले।

मचान की तरफ जाने के रास्ता मंगल की झोपड़ी के उत्तर में पड़ता है और हरी मंगल को जिस खेत की तरफ जाने के बारे में बोल रहा था वो उधर नहीं पड़ता है इसलिए वो मंगल को बातों में लगाकर धीरे धीरे उसके साथ मचान की तरफ बढ़ने लगता है ताकी उधर का रास्ता साफ हो जाये।

हरी – अरे मंगल तुझे कुछ खबर मिली? वो स्नेहा और अर्पिता के बारे में?

मंगल झूठ बोलते हुए

मंगल – कौन सी खबर हरी भैया?

हरी – अरे समझ ले तेरी माँ के साथ जो अन्याय हुआ था उसका बदला भगवान ने ले लिया।

मंगल – का हुआ हरी भैया..कुछ समझ नहीं आया।

हरी – अरे उ दुइनो घर से भाग गयीं है किसी के साथ...बड़ी पंडिताइन बनती रहीं। पता तुझे सरपंच जी तुम लोगन का निकालना नाय चाहत रहें। ऊ हमेसा चाहत हैं कि गाँव के सबही लोग एक साथ खुशी से मिल जुल के रहें। मगर सुलच्छनी दादी का रंडी रोना सुन सुन कर पंचायत पकि गयी रहे। तभी हुआ तुम्हरे साथ गलत वरना हम तौ आजौ तुम लोगन का वापस गाँव वाली जगह दे कइहाँ तैयार हुई जाई।

मंगल – जो हुआ सो कौन बदल सकत है हरी भैया। मगर गलत हुआ यू। वैसे तौ हमका खुस होयक चाही मगर आप लोगन के आशीर्वाद से हम लोग हियाँ बहुत सुख से हैं। तौ दुराव किसी से हैये नाय।

हरी (मन में) – हां साले तुझे कैसे होगा दुराव। गाँव का माल जो मुफ्त में मिल रहा था। ऊपर से ऊंची जात सुन्दर लड़की किका काटत है हरामी।

तुम्हरे पिछवाड़े में बांस न खोसें तौ तुमहू का याद रखिहो। कौन गाँव से पाला पड़ा था।

हरी – अरे वो तौ तुम्हरी मेहनत है बच्चा। चलो अच्छा काकी का राम राम कहेऊ। चलित हन।

ये कह कर चालाकी से उसने अपना मचान पर जाने का रास्ता बदल लिया। हरी ने खुद को ज्यादा होशियार समझने की भूल कर दी थी। हरी ने जिस चालाकी से मंगल के सामने अपने रास्ता बदला था। बातों में लगाकर मंगल उसको भांप गया था। उसने हरी की जाने की दिशा से बात समझने की कोशिश की। आखिर जिसके घर में कम से कम पंद्रह लोग काम करने के लिए हों वो खुद साइकिल लेकर सिर्फ दो बोरी गेंहू उठाने जाएगा वो भी जिसके बीघों खेत हों और जिसके लिए इतना अनाज जूठन के बराबर था। उतने अनाज के लिए पांच किमी साइकिल से। मंगल ने सारा अनुमान लगा लिया और उसी तरफ चल पड़ा।

उधर छगन मचान के नीचे बैठा चिलम के सुट्टे लगा रहा था जब हरी वहां पहुंचा...

छगन – का हो बे!! बड़ा भागे भागे चले आ रहे हो? रहा नहीं जा रहा या कौनो परेसानी हुई गयी?

हरी – गाँव में खबर पूरी तरह फैल चुकी है। लोग चारों तरफ बस यही सब बतिया रहे हैं। किसी को अपने काम धंधे की भी फिक्र नहीं है अभी।

छगन – अरे इनके घर वालों की हालत बताओ बाकी दुनिया का रंडीरोना सुनने नहीं बैठे हैं।

हरी – इनके घर की हालत वैसे तो मुझसे देखी नहीं गयी। इतनी चीख पुकार रोना धोना साला पूरा दिमाग भन्ना गया मगर फिर सोचा कि किया तो मैंने ही है...दुःख किस बात का।

छगन – हे हे हे हे!! मतलब पूरा काम कर दिया हम लोगों ने।

हरी – लाखन चच्चा पुलिस में खबर करने जा रहे थे।

छगन – तो डरित हन का पुलिस से?

हरी – अबे बात तो पूरी करने दे। उन्होंने पुलिस का नाम लिया तो मैंने उन्हें डराया कि क्या क्या नुकसान हो सकता है पुलिस में खबर करने का। मगर फिर मैंने ज्यादा जोर न दिया वरना उनको लगेगा कि मैंने ही मना कर दिया है उनको शक न हो इसलिए मैंने ज्यादा बोला तो नहीं पर छगन यार फट तो रही है। कुछ होगा तो नहीं। मेरी अभी अभी पढ़ाई पूरी हुई है। पुलिस

का चक्कर हुइ गया तो जीवन नरक हुई जइहै। इनको अब ज्यादा देर हम रख नहीं सकते भाई।

छगन – अबे फट्टू। तूने छगन की दोस्ती देखी कहां है! छगन जान दे देता है पर किसी को फसने नहीं देता तू जा ऐश कर। मैं सब सम्भाल लूँगा। मेरे लिए सबसे जरूरी है मेरा गुस्सा जिस पर है उसको बिना बर्बाद किये मैं नहीं छोड़ता और जिस पर नहीं उसके लिए देवता समझ मुझे।

हरी – वाह रे कलजुगी देवता। अब अगर तुम जाने दो तो दो चार मीठी बातें कर आऊँ?

छगन – हाँ काहे नहीं। बिलकुल जाओ। तुम्हरे लिए तौ इंतजार कइ रही रहे... तुम्हरी वाली।

हरी – चलो फिर दर्शन दे के आते हैं।

हरी ने पहले सोचा कि रास्ते में मंगल के मिलने की खबर भी सुना दूं क्या मगर शाम होने को थी तो उसने बात को ज्यादा बढ़ाना जरूरी नहीं समझा। उसको वैसे भी भरोसा हो गया था कि इस सुनसान में बिरला ही सोच सकेगा किसी को लाने की या छुपाने की बात। और ये हरी का विश्वास था छगन पर कि उसके रहते कोई मुसीबत होने वाली नहीं। हरी ने पाप का पहला चरण तो छगन का साथ देके ही पार कर लिया था... आगे के काण्ड तो उसकी विशेष योग्यता में उपलब्धियों की तरह प्रतीत होने लगे थे उसे। उसे इतना बड़ा काण्ड करके खुद पर बहुत विश्वास आ गया था और इतना अहंकार तो रावण का भी नहीं चला था, हरी तो पिछलग्गू था छगन का...

शाम होने लगी थी। गाँव में तो इतना अँधेरा नहीं हुआ था खुले होने की वजह से। मगर मचान के आस पास काफी बड़े बड़े पेड़ों की वजह से वहां अँधेरा घिर रहा था। जल्दी ही वहां काफी अँधेरा हो गया। हरी के ऊपर जाने के बाद छगन भी काफी देर खुद को रोक नहीं सका...वो भी ऊपर चला गया।

छगन ने ऊपर आकर सबसे पहले एक लालटेन में केरोसिन डाला और रौशनी की। उस गन्दी पीली रौशनी में उसने स्नेहा को ढूँढा। उसने स्नेहा के करीब आके लालटेन रखा और उसके अंगो पर उसका गर्म शीशा छुआने लगा और वो लगते ही स्नेहा चीखी जोर से? तो अप्पू के साथ अपनी हवस मिटाने में लगा हरी चौंक उठा...स्नेहा की चीख सुन कर छगन को बड़ा सुकून मिला।

छगन – हरी सुनी ये आवाज!! बढिया मजा आ गया एकदम..बहुत देर से चुप थी साली।

छगन – मुझे भी दे यार यहाँ तो मुर्दनी छाई है। ऐसे तो मजा ही नहीं आ रहा। कउनो क्रिया प्रतिक्रिया हुई नाय रही। ऐसे तो सारा फिजिक्स बर्बाद हुई जाएगा।

हरी ने अपनी ज्ञान भरी बातों से छगन को प्रभावित करने की व्यर्थ कोशिश की, पर तीसरी में ही सुट्टे लगाने वाला छगन वहां तक पहुंचा ही नहीं था मगर उसने हरी की बात को समझ कर लैंप उसकी तरफ बढ़ा दिया उस वक्त स्नेहा के घुटनों के पास बैठा छगन जैसे ही उसपर से झुककर आगे को बढ़ा स्नेहा ने उसकी नाक पर जान लगाकर एक लात जड़ दी और अचानक हुए इस हमले से हक्काबक्का छगन अपनी चोट लगी नाक लेकर वहीं बैठ रहा मगर ये बहुत ही गलत हुआ क्योंकि छगन के हाथ से लैंप छूट गयी और बल्ली से टकरा कर उसमें लगा कांच का शीशा टूट गया और उसमें भरा मिटटी का तेल फर्श जिसपर फूस के गट्ठर बिछे थे उनपर गिर गया और पलक झपकने की देर में स्नेहा की तरफ आग अपने रौद्र रूप में आ गयी।

नाक पर हमले से छगन बेसुध था हरी डरा हुआ और अप्पू घबरा गयी क्योंकि स्नेहा और वो दोनों अभी तक बंधी हुई थी। आग ने स्नेहा के पैरों के पास अपना काम करना शुरू कर दिया था। अप्पू चीखती हुई बोली

अप्पू – हरी!! उसे बचा लो। हरी उसको आग जला डालेगी, हरी हमारे हाथ खोल दो।

हरी स्तब्ध था उसे समझ तो नहीं आ रहा था कि इस परिस्थिति में वो क्या करे ...मगर अचानक हुई इस घटना में उसने स्नेहा को खोल दिया। स्नेहा पर आग का असर हुआ था..उसके पैर जल गये थे मगर हाथ अभी ठीक थे। मगर छगन पर तिलमिलाई बैठी थी स्नेहा ने आजाद होते ही छगन का गला पकड़ा और अपनी एक तिहाई जान से पूरी कोशिश करते हुए दबाने लगी। छगन की शर्ट फटी। बटन टूटे और सोने की चेन छीना झपटी में गिर गयी। ज्यादा जोर लगने पर छगन ने अपनी बची ताकत से उसको इतनी जोर से धक्का दिया कि वो बल्ली से टकरा कर बेहोश हो गयी। अप्पू अब भी सोच रही थी कि हरी उसके हाथ खोल देगा। जिसके लिए वो लगातार हरी को आवाजें भी लगा रही थी। मगर हरी आगे की समस्याएं सोच सोच कर रोये चले जा रहा था। उसे लग रहा था कि अगर ये बच गयी या हमको किसी ने यहाँ देख लिया तो जीवन सत्यानाश इसलिए वो होश में आ चुके छगन की सूरत पर देखे जा रहा। छगन ने वहां रखी केरोसिन की पूरी बोतल हर तरफ छिड़क दी और अप्पू को वहीं छोड़ कर नीचे उतरने लगा। हरी ने तुरंत बिना समय खराब किये उसके पीछे हो लेने में भलाई समझी। दोनों नीचे उतर आये थे। मगर जैसे ही

दोनों पीछे घूमे। उनको वहां मंगल आता दिखा। जो हरी के पीछे पीछे चलता हुआ यहाँ तक आ पहुंचा था, मगर अभी तक उसे नहीं पता था कि यहाँ क्या हो रहा था।

छगन – ये मरदूद कहां से यहाँ आ गया हरी? तू लेकर आया था इसको?

हरी – पगलाओ न छगन...मैं क्या फांसी का इंतजाम खुद करता हुआ आउंगा? इसने हमको यहाँ देख लिया तो बहुत ज्यादा गड़बड़ हो जाएगी।

मंगल को देखते ही हरी की पतलून गीली होने लगी थी। वो इतना डर गया कि छगन का हाथ पकड़ लिया। मंगल ने इन दोनों को एक साथ देखते ही सारा खेल समझ लिया उधर बढती हुई आग ने सारी उलझन सुलझा दी थी। मंगल भागता हुआ हरी के पास आया...और उसका गला पकड़ते हुए बोला

मंगल – हरी ये सब तुम दोनों की करामात थी? कोई सोच भी नहीं सकता कि इस वीराने में आकर क्या क्या साजिशें हुई हैं? अब तुम लोगों को गाँव वालों के सामने मैं लेकर आउंगा...देखना अगर तुम दोनों को उनके कत्ल के जुर्म में फांसी न लगवा दी तो मैं मंगल नहीं।

छगन ने हरी की डरी शक्ल देख कर उसका गला मंगल से छुड़ाते हुए बोला

छगन – तू तो हरामी है ही अमंगल। माँ को जिसने निकलवाया गाँव से बाहर, उन्हीं ब्राह्मणों की लौंडियों के पीछे घूम रहा था...हम लोग क्या जानते नहीं है अप्पू और स्नेहा के तिरियाचरित्तर। बहुत भोले हो न तुम...ये चेहरा का बना रहे हो। गाँव वालों की जाने दो तुमको का लग रहा है बे? ई आग ऐसे ही बदबू मर रही है...तुम्हरी महबूबा की लास की बदबू है। कलंक बास मार रहा है। अब तक तो दुइनों का बोलो राम हुइ गवा हुई है...

मंगल ने इसके बाद कुछ भी सोचना और बोलना सही न समझा अगर दोनों उसके रहते मर गयीं तो वो खुद को इसका दोषी मानेगा। छगन और हरी को उनके दुष्कर्म की सजा भगवान पर है। मगर इस वक्त वो किसी की मदद लेने जाने और वापस आने में समय बर्बाद नहीं कर सकता। उसको खुद ही उन्हें बचाना होगा।

वो दौड़ते हुए इधर चढ़ने लगा और और उधर छगन ने अपने दिमाग के घोड़े दौडाने चालू कर दिए उसने हरी को झिंझोड़ा जो अब तक स्तब्ध था।

छगन – अबे का मातम मना रहा है। साइकिल पर बिठा और जल्दी गाँव ले चल मुझे।

हरी – छगन अब गाँव जाने पर का होगा भाई? अब का रखा है गाँव में। ज़िन्दगी बर्बाद हुई गयी...अब तो घर वाले भी पनाह नाय देइहैं।

हरी ने रोते हुए सर हाथ रख कर कहा

छगन ने जोर से एक थप्पड़ हरी के गाल पर रसीद किया तो हरी कुछ शांत हुआ तब छगन

छगन – का पी के आये थे...ई का बकचोदी पेल रहे हो...तनिकौ बुद्धि नाम की चिड़िया है कि पिंजरा खालिए है चूतिये, ये अब आया है...हम लोग इससे पहले पहुंचेगे और सारा इंतजाम कर लेंगे। छगन की संगत में बड़े बड़े सुधर गये तू गधा था और वही रहेगा...इन्जीनर बनेंगे साले।

हरी – अब सब समझ गया भैया। बैठो फटाफट उड़ते हुए जाना है अब तो।

छगन – ये बात!!! मंदबुद्धि है पर बत्ती जलाने पर काम की बात करता है!!

हरी ने साइकिल उठाया और छगन को पीछे बैठा कर उसने अपनी आज तक की सबसे तेज रफ्तार ली...मगर छगन आगे बढ़ते बढ़ते अचानक से साइकिल से कूद पड़ा। हरी चौंक गया और साइकिल रोक दी

हरी – अब का करने जा रहे हो वहां, अरे फंसवाओगे का?

छगन – रुक तनिक इनके नीचे न आवे का बंदोबस्त करि देई।

छगन ने जाकर मचान पर लगी सीढ़ी हटा दी। पंद्रह फुट ऊंचा मचान था और सीढ़ी हटने से वहां से उतरना लगभग नामुमकिन हो गया था, छगन ने अपना काम पूरा किया और दोनों साइकिल पर बैठ कर वहां से भाग निकले। दोनों के गाँव पहुँचने में वक्त लगना था और इधर अप्पू और स्नेहा के आस पास आग ने विकराल रूप ले लिया था। स्नेहा के पैर तो जल ही रहे थे और फूस की आग ने अब मचान की लकड़ी को भी जलाना शुरू कर दिया था। इससे जमीन पर पड़ी अप्पू का चेहरा झुलसने लगा। वो पहली लपटपर ही तड़प कर उठी।

मंगल ने सबसे पहले दोनों के हाथ खोले। नग्न अवस्था में देख कर वो उनके साथ हुई हर तकलीफ समझ गया उसके मन में छगन और हरी के लिए अनगिनत बद्दुआ निकली मगर वो कुछ कर नहीं सकता था क्योंकि उसका दिमाग सिर्फ और सिर्फ अप्पू और स्नेहा को बचाने की तरकीब सोच में डूबा हुआ था। दोनों लडकियों को एक साथ नीचे वो सुरक्षित नहीं उतार सकता था इसलिए उसने अप्पू को पहले उठाया क्योंकि उन दोनों में अप्पू ही कुछ होश में

थी अभी। वो अप्पू को कंधे पर उठा कर जैसे ही नीचे देखता है तो उस आग की रौशनी में उसको दिख जाता है कि सीढ़ी हटाई जा चुकी है। पर मंगल हार मानने वालों और पीठ दिखाने वालों में से नहीं है। उसने बहुत सावधानी से अप्पू को पास पड़े किसी कपड़े से बाँधा और बहुत संभल संभल कर बांस के सहारे उतरना शुरू किया आग बांस और पटरियां जिसके ऊपर मचान टिका था उसको जलाने लगी। अप्पू की अधखुली आँखें देख रही थी कि ये ही वो लड़का है जिसको दादी ने गाँव से निकलवा दिया था और इसको जान की जरा भी फिक्र नहीं हुई। अप्पू को जमीन पर लिटाते समय मंगल ने जिस कपड़े से अप्पू को पीठ से बाँधा था वो उठाया और अपनी कमीज उतार कर अप्पू को पहनाई। उसे बहुत ही दुःख हो रहा था। अप्पू की हालत पर, उसके आंसू निकल पड़े। तभी अप्पू ने उसका हाथ पकड़ा और अपनी ओर खींचते हुए उसके कान में बोली –

अप्पू – मंगल स्नेहा जा रही है। मुझे दिख रहा है मंगल। वो हम सब को छोड़ कर जा रही है।

मंगल ने सोचा कि शायद ये अभी काफी तकलीफ से गुजरी है तभी ऐसा बोल रही है। मगर तभी एक तेज आवाज के साथ पूरा का पूरा मचान नीचे आ गिरा और साथ में स्नेहा का शरीर भी। तब मंगल ने गौर किया कि उसने कुछ ज्यादा ही देर कर दी क्योंकि स्नेहा की चीखों की आवाज बंद हुए कुछ देर हो चुकी थी। मंगल ने खुद को कोसा कि उसको ध्यान क्यूँ नहीं रह पाया। सिर्फ एक मिनट की देर हुई और स्नेहा बल्लियों और पटरियों के बोझ से दबी हुई जली जा रही है।

अप्पू अब स्तब्ध है। मंगल ने उसको एक जगह पर बिठाया और अब वो देख रहा है अप्पू का चेहरा, जो कभी शरारतों मासूमियत से खिलखिलाता रहता था। ऐसा लगता है अब दर्द का स्थायी निवास हो गया है। पूरा शरीर खून से लथपथ। दोनों की नजरें स्नेहा की जलती लाश पर है।

पूरी खाल हट चुकी है शरीर की। चेहरा वीभत्सतम लग रहा है। मंगल की आँखें भरी हुई हैं। वो मुट्ठी भींच कर इस दृश्य को बहुत दुखी मन से देख रहा है। इसी चेहरे और खाल ने उसको कितना परेशान किया। शायद स्नेहा खुद कभी अपने सुन्दर रूप को निहार कर इतना खुश कभी नहीं हुई होगी जितना शायद उसकी आत्मा अपनी जली हुई काया को देख कर हो रही होगी। पहले लोग घूरते और मुस्कुरा कर आगे बढ़ते थे। देख कर ही यौन संतुष्टि प्राप्त करते दिखते लोग मगर उसने आज तक न किसी को परेशान किया था न किसी को कभी कोई गलत बात कही थी सिवाय छगन के साथ हुए हादसे के।

सिर्फ इतनी सी बात की ये सजा मिली उसको। कितना आसान होता अगर वो छगन के छेड़ने या रोका टोकी को नजरअंदाज करती रहती। क्या बिगड़ जाता अगर वो छगन की नियत को यूं ही जाने देती। कितनी आसान हो जाती ज़िन्दगी। अगर वो छगन की उसके साथ सोने की इच्छा को पूरा हो जाने देती। अगर वो तैयार हो जाती तो क्या छगन उसे कोई तकलीफ देता? मगर वो क्यों मान जाती? उसको तो अपने स्वाभिमान की माननी थी। वरना वो जिंदगी भर उसे कोसता कि सिर्फ डर से उसने अपना स्वाभिमान किसी के बिस्तर पर सजा दिया। यहाँ ये बात बहुत जरुरी है कि लड़की अपनी मर्जी से कुछ करे या न करे मगर लोग भली उसको ही समझते हैं जो सबकी सुनती रहे और अपनी भावनाएं अनसुनी कर दे। वो ही सभ्य सुसंस्कृत और संस्कारी लड़की है। इसके अलावा हमारे पास चरित्र के मापक बहुत से पैमाने हैं। लेकिन सब की बात ही नहीं होगी। हो गया इस दुःख का अंत! कोई गन्दी नजर से उसको देखने वाला नहीं, कोई घूर घूर कर उसके नजरों से कपड़े उतारने वाला नहीं। अब कोई उसे भद्दे ताने नहीं मरेगा कभी। ये आग उसकी किसी से भी ज्यादा बड़ी हमदर्द निकली। सौन्दर्य की दुश्मन आग आज स्नेहा के दुखों का अंत कर रही है।

मंगल की समस्याएं अब बढ़ने वाली थीं, क्योंकि अप्पू बेहोश थी। उसके पैर और कमर के नीचे का हिस्सा आग की चपेट में आया था। उसे तुरंत इलाज की जरुरत थी, वो उसे गोद में उठाकर बेतहाशा गाँव की तरफ भागा लेकिन उसकी ये भूल शायद उसकी आखिरी भूल होने को थी क्योंकि उसका ध्यान सिर्फ अप्पू और उसकी दयनीय हालात पर गया था। उसने सोचा ही नहीं कि छगन और हरी भी गाँव पहुँच चुके होंगे। इधर वो गाँव की तरफ बढ़ चला और गाँव में पहुँच चुके छगन और हरी ने प्रपंच फैलाना शुरू भी कर दिया था।

8

गाँव में.....

हरी उछलता हुआ छगन के साथ साइकिल पर सवार सीधे अप्पू के घर की तरफ घूमा जहाँ लाखन और दादी दरवाजे पर चिंतित और व्याकुल बैठे हैं। सुनीता अंदर है। गाँव में शान्ति है। आज लोग आम दिनों की तरह कहीं इकठ्ठा नहीं हुए दिख रहे। छगन घर के पास पहुँचते ही साइकिल से जैसे कूदते हुए अप्पू के घर के दरवाजे पर पहुंचा और दरवाजे पर लगी कुण्डी तेज तेज खटखटाने लगा....

छगन – दादी दादी!! लाखन चच्चा!! कहाँ हो सब के सब। अरे कोई दरवाजा खोलो।

तब हरी भी साइकिल रोक कर खड़ी करते हुए छगन के पीछे पहुंचा। हरी ने भी आवाज लगाना शुरू किया और लाखन ने दरवाजा खोला।

लाखन को देख कर हांफते हुए छगन उसके पास पहुंचा और लड़खड़ाकर गिरने का नाटक किया...

लाखन – अरे सम्भलौ सम्भलौ। का हुई गवा जो गिरे जाय रहे हउ...हरी का भवा बतावौ?

मगर हरी ने सोचा घबराहट में कुछ गलत न निकल जाए इसलिए वो भी छगन की तरह नाटक करके बोला

हरी – अरे चच्चा आपक सब कुच्छ छगनय बतैहई। हमसे नय बोलत बनी ई बखत।

गुस्से को भांपकर लाखन ने समझ लिया था कि बात अप्पू से ही जुड़ी हुई है इसलिए उसने छगन को अंदर बिठाया और पानी का गिलास देने लगा तब तक दादी, सुनीता हरद्वारी और गायत्री भी आ गये। सब हरी की ओर देख रहे हैं और हरी सबसे नजर हटाकर छगन पर टिकाये है। वो सोच रहा छगन कब बोलेगा और छगन के दिमाग में कुछ और ही चलता है जो हरी न कभी जानता था और न शायद कभी जान पाएगा।

दादी – छगन बिटवा कुछ तौ बोलउ...हियाँ सबकी जान अटकी परी है।

छगन – दादी अब बस इत्ता जानौ बिटिया गयी तुम्हरी अब हमेसा कई लिहे। जाने कउन पाप बढ़े रहैं तुम्हरे भाग मा, ऐसी कुतिया कउनो घर मा नाय होय हम तौ यहै मनाइत हन।

लाखन का खून खौल उठा छगन की भाषा और शब्द सुन कर, हरी ये भांप भी गया। उसने तुरंत लीपापोतो भी की

हरी – छगन अब जौन होना है ऊ हुइकेन रही। हमरे तुम्हरे रोके तउ नाय रुकी भाग केरे खेल।

लाखन (गुस्साते हुए) – कुच्छ बतइबौ करिहउ दुइनो अपनहे राग सुनैहऊ??

छगन – अबहू सुनेक करेजा बचा है का चच्चा?

लाखन – तुम बतउ हू भवा का?

छगन – दुइनो बिटेवा रज्जू वाले मचान पर हैं। बड़ी सावित्री बनी घुमिती रहे न? बिना कपड़ा देखि केरे आय रहेन हम और हरी, और पूछौ कौन है जीके साथ कुकर्म चल रहे हैं? ऊ दुई कौड़ी क अछूत धोबी, का नाम है हरी उहिका?

हरी – मंगल!!

दादी – नासि होय हरामजादे केर। हमका लगा रहई गाँव सेरे निकरिवाए केरे बाद दुबारा नाय उई सबके बारे मा सुनेक मिली। लेकिन यू सनीचर तउ पिछहे परि गवा। लाखन सरपंच का बुलाऊ।

हरी ने समझा बात उसके घर तक जा सकती है और फिर कहीं पुलिस का चक्कर हो गया तो वो फंस न जाय इसलिए उसने बात को नर्म करने की कोशिश की।

हरी – अरे चच्चा पिछलिऊ बार समझाये रहन कि बार बार कलंक माथे पर लिए का मिलिह। हमरी मानौ तउ जाए देओ..समझ लिहौ कि कोई औलाद नय तुम्हरे बस...के छगन गलत कहित हन का?

छगन– बात तौ सौ टके की करिस है।

लाखन खटिया पर बैठा है और मन से गालियाँ निकल रही हैं अप्पू और मंगल के लिए...कुछ कर नहीं पा रहा था इसका दुःख भी था।

लाखन – सच कह रहे हौ?

छगन – का अबहूँ हमहिन पइहाँ सक करत हौ? मान गयेन चच्चा। एक तौ सोचेन तुम्हरी भलाई केरी बात कई दई...तुम तौ हमहिन पर लांछन लगाये देवइया हउ।

दादी – अरे नाय बिटवा...सबै परेसान हैं...ई बखत कोइक बात केरा बुरा मानेक नाय हई।

हरी – तौ आगे का करेक है?

लाखन की आँखों में खून उतर आया...लपक कर पास पड़ी हंसिया हाथ में ली।

लाखन – अब कुछौ बर्दास्त मा नाय रहि गवा...जैसे हमरे भाग मा जग हंसाई बदी रहई वैसन आज उन दुइनौ केरे भाग मा हमरे हाथन मुक्ति बदी है... कोईका नाय छुड़िबा... अम्मा बहुत दिन तुम्हरे हाथ का आसिरवाद पायेन खुसी खुसी...आज कुछ मनोकामना पूर्ती वाला आसिरवाद देओ। सर उतार लावेक...हैं हरामजादेन केरे!!

लाखन की ये खूंखार बातें और मनोदशा देख कर हरी सहम गया। उसने छगन का हाथ पकड़ लिया और जोर से दबाया। ताकि वो उसे रोक ले, मगर छगन ने ना में सर हिलाया और हाथ दिखा कर इशारा किया कि जो हो रहा है होने दो!!

दादी – भैया अब तौ जो अपजस बदा रहे ऊ पैबई किहेन...अब जीवन मा सर नीचा करकेन जियेक परी...काटिए देओ तुम उनका...अब तौ सकलौ यादि कईके गुस्सा आय जावत है।

सुनीता वैसे भी लोगों के तानों और निराशा से पागल हुई जा रही थी... छगन की बातें, हरी का उनपर अनुमोदन और लाखन के तेवर और दादी की सहमति के बाद उसका संतान के प्रति प्यार कहीं दब गया। उसके मन में दया का सागर किसी बूँद में सूख कर निचुड़ सा गया। उसे अब किसी की बातें न अच्छी लग रही थी। न किसी की शक्ल पर तरस आ रहा था। अपने संस्कारों की बदौलत बंदिशों में रहने के बावजूद कभी उसके मन से किसी के लिए एक भी बुरी बात न निकली थी। आज वो ही सुनीता गाँव वालों के तानों के बाद हजारों बददुआयें दे रही अप्पू को, समाज का क्या है? दो बातें कहना और घर जाकर सो जाना। किसी की हमदर्दी कोई भी नहीं चाहता मगर क्या दो सकारात्मक बातों और साफ खुली मानसिकता की उम्मीद करना किसी से बेईमानी है?

मगर दादी खुद दूसरों को चार बातें सुना आती थीं...आज उनके लिए घर से निकलना नरक भोगने जितना कष्टकारी है। उन्होंने लाखन को कहा जरूर कि वो मिलते ही मार दे मगर वो उनके मन की इच्छा नहीं बल्कि उस कष्ट की देन था जो वो भुगत रहीं थीं।

लाखन हरी हरद्वारी छगन और गाँव के और कुछ लोग हाथ में लाठी लिए मचान की ओर निकल पड़े।

9

इधर अप्पू और मंगल गाँव की तरफ बढ़ रहे थे। सुबह के चार बजने को थे...मैं अपने नित्य नियमानुसार अपनी मोटर साइकिल पर गाँव से शहर जा रहा था। जैसा कि पता है आपको शहर यहाँ से 20 –25 किमी ही है।

कुछ दूर जाने पर मुझे हल्के कोहरे में चले आ रहे मंगल और उसके साथ गिरती पड़ती अप्पू दिखे। इनकी हालत देख कर मेरे होश फाख्ता हो गये।

मंगल मुझे आते देख वहीं रुक गया। मुझे अप्पू के गायब होने की तो खबर थी, मगर मंगल तो कल तक आया है स्कूल। ये इसके साथ कैसे?

मैंने मोटरसाइकिल रोकी और तुरंत अप्पू के पास पहुंचा। उसके जले पैरों पर धूल मिट्टी चिपकी हुई थी। मंगल सिर्फ अपनी पैंट में और उसकी शर्ट अप्पू ने पहनी हुई थी। अर्धनग्न अवस्था में दोनों ही थे।

मंगल – सुशील सर रुकिए। हमारी मदद कीजिये।

सुशील – ये क्या हो रहा है मंगल? अप्पू की ये हालत कैसे? सच सच बताओ हुआ क्या है?

मंगल – सर ये सब हरी और छगन ने किया....स्नेहा की जान ले ली उन्होंने!!

उस वक्त तक मेरी नब्ज ने जैसे चलना बंद कर दिया हो। मेरे मुंह से कोई शब्द निकलने से पहले मन में हजारों विचार एक साथ आने लगे जैसे...

सुशील – क्या?? ये सब कैसे हुआ बेटा?

तब तक अप्पू ने मेरी तरफ देख कर आँखे खोली और किसी अपने को पास देख कर उसके आँखों से स्वतः आंसू बह निकले।

अप्पू – (चिल्लाते हुए) – सब खत्म हो गया सर....सब बर्बाद कर दिया उसने।

मैं स्तब्ध रह गया उसकी आवाज सुन कर...

मंगल ने उसके सर पर हाथ फेरते हुए कहा

मंगल – शांत अप्पू!! हम हैं न तुम्हारे साथ। अब कुछ गलत नहीं होगा। देखो अब सर भी हमारे साथ हैं। तुम्हें कुछ नहीं होने देंगे...रो मत तुम।

सिर्फ सोलह साल का था मंगल...और इतनी गंभीरता!! मुझे सच में आश्चर्य हो रहा था। मैंने और कोई बात न करते हुए सीधे अप्पू को उठाया और गाड़ी पर बिठाया....

सुशील – मंगल बेटा इसको तुरंत इलाज की जरूरत है। जल्दी से सीतापुर चलना पड़ेगा। इस वक्त जिला अस्पताल ही खुला होगा। हमें अब देर नहीं करनी चाहिए...

मंगल – लेकिन इसके घर वालों को तो बताना पड़ेगा....

सुशील – पहले इसको इलाज की जरूरत है। मैं उनको लौट कर बतउंगा और समझा दूंगा।

दोनों को बिठा कर मैं सीतापुर की तरफ बढ़ने लगा। जैसा की अंदेशा था। अस्पताल में अभी कोई खास चहल पहल नहीं थी...मैंने मंगल से कहा कि यहीं रुके और फिर मैं दौड़कर अंदर डॉक्टर को ढूँढने चला गया। एक वार्ड बॉय और कुछ नर्स के सिवा वहां कोई दिखा नहीं तो मैंने उसी को पूछा कि इमरजेंसी में किसकी ड्यूटी है? पता चला डॉक्टर साब अभी रेस्ट कर रहे हैं। मैंने हाथ जोड़ कर उसे विनती की कि कुछ भी कर के बुलाया जाये उन्हें। गंभीर केस है....उसने बहुत सहयोग किया और डॉक्टर को नींद में हिलाने का काम उसने मेरे लिए किया।

वार्ड बॉय – सर...सर उठिए एक बहुत बिगड़ा हुआ केस है...इमरजेंसी में।

डॉक्टर (आँखें मलते हुए) – अच्छा...सुबह सुबह तेरे मुंह से कुछ अच्छा कभी सुना है?

वार्ड बॉय – अरे सर सच कह रहा हूँ।

डॉक्टर ने और कुछ नहीं पूछा और मेरी तरफ देख कर बोला कहाँ है, मैंने बाहर की तरफ इशारा किया और डॉक्टर ने वार्ड बॉय को बोला स्ट्रेचर लाने को।

डॉक्टर – क्या हुआ है?

सुशील – सर मेरी स्टूडेंट है...मिश्रिख से हैं हम लोग। ...गाँव के कुछ लोगों ने खिलवाड़ करते हुए जलाने का प्रयास किया।

मैंने सारांश में बताया....मगर डॉक्टर ने रुकते हुए कहा ये तो पुलिस केस है। आपको पहले पुलिस के पास जाना चाहिए।

सुशील – अरे सर...किसी की जान पर बनी है और आप पुलिस की बात कर रहे?

डॉक्टर – देखिये मैं सिर्फ बात ही नहीं कर रहा...मैं प्रोसीजर ही फॉलो करूँगा... आप पहले जाइये और एफ आई आर की कॉपी लगाइए और पुलिस जब मेडिकल लिख कर देगी तभी हम कुछ कर सकेंगे।

सुशील – सर बच्ची की जान चली गयी तो किस प्रोसीजर को फॉलो करेंगे आप? पुलिस तो आनी ही है मगर आप इलाज शुरू कीजिये...मैं रिपोर्ट लिखाने जा रहा हूँ।

डॉक्टर ने पूरा सहयोग किया वरना शायद इलाज का कीमती वक्त हाथ से चला जाता।

मैंने अप्पू को भर्ती करवाया और मंगल को अपने पास पड़े सारे पैसे निकाल कर दिए क्योंकि मुझे पहले रिपोर्ट लिखानी थी। डॉक्टर ने अपना काम शुरू किया। मंगल ने उसी तरह सहयोग किया जैसे अभी तक करता आ रहा था।

कोतवाली में –

सुशील – सर रिपोर्ट लिखवानी है।

दरोगा – किस की?

मैंने पूरी कहानी बिना किसी लाग लपेट के जितनी बात मुझे अभी तक पता थी दरोगा को सुना दी।

दरोगा – ये तो मिश्रिख थाने में लिखी जानी है।

सुशील – सर मुझे जहाँ बच्ची मिली...उसके बाद उसे इलाज की सख्त जरूरत थी। अब आप ही बताइए कि मैं गाँव तक जाने में और फिर लोगों को समझाने में वक्त खराब करता या उसको इलाज करवाने यहाँ लाता?

दरोगा – मैं करता हूँ इंतजाम मगर पहले अस्पताल चलेंगे। बच्ची का बयान लेंगे...और चलिए आपकी रिपोर्ट मैं लिख लेता हूँ...किसके खिलाफ लिखवायेंगे रिपोर्ट?

सुशील – मुझे तो मंगल ने जितना बताया था उतना ही पता था मैंने मंगल का नाम लेकर बताया की उसने ही उसकी जान बचाई थी...वो घटनाक्रम को विस्तार से बता सकेगा।

दरोगा – चलिए फिर अस्पताल ही चलते हैं...सारे काम की शुरुआत अब वहीं से होगी।

अस्पताल में –

दरोगा रामबचन चौहान अच्छे इन्सान थे, अस्पताल में मंगल को बुलाया गया अलग और मुझे अप्पू के पास रुकने को बोल कर उसे बाहर ले गये!

रामबचन – हाँ क्या नाम तुम्हारा?

मंगल – मंगल!

रामबचन – कहाँ के रहने वाले हो?

मंगल – मिश्रिख!

रामबचन – शुरू से बताओ जो भी जानते हो, झूठ बोलने की सोचना भी नहीं, क्योंकि अभी तुम्हारी उम्र पढ़ने लिखने की है, पुलिस थाना कोर्ट कचहरी कर नहीं पाओगे इसलिए सब कुछ सच सच ही बोलना सोच समझ कर!

मंगल – बिलकुल सर! हुआ ये कि जब अप्पू और स्नेहा गायब हुई तो पूरे गाँव में अफवाह उड़ाई गयी कि दोनों किसी के साथ भाग गयी हैं, मुझे भी सरपंच जी के लड़के से मालूम हुआ था, हरी नाम है उसका, शहर में पढ़ता है, उसने जब मुझे बताया तब मुझे उसकी बातों पर कुछ शक हुआ मैंने उसका पीछा किया तो पता चला कि वो और छगन दोनों ने ही अप्पू और स्नेहा को छुपा कर रखा था!

रामबचन – कहाँ छुपा कर रखा था ?

मंगल – रज्जू के खेत पर!

रामबचन – ये कहाँ पड़ता है?

मंगल – ये घर से तीन किमी दूर है, पूरब की तरफ, उधर रज्जू के मरने के बाद कोई नहीं जाता, लेकिन ये सब जुआरी और शराबियों की साजिश है, ताकि वहां कोई आ न सके और वहां सब गलत काम हो सके!

रामबचन – चाय पिओगे?

मंगल – नहीं सर!

रामबचन – पी लो अभी यहाँ टाइम लगेगा, केशव दो चाय और एक पैकेट बिस्कुट ले आओ!

अर्दली सुनकर एक तरफ चला गया,

रामबचन – हाँ आगे बताओ। तुम कह रहे थे कि अर्पिता और क्या नाम लड़की का वो दूसरी, हाँ स्नेहा, को छुपा लिया था हरी और छगन ने, ऐसे कैसे छुपा लिया भाई, दो लड़कियाँ भरे बाजार उठ जाएंगी और किसी को कुछ पता ही नहीं चलेगा?

मंगल – सर पूरी बात क्या हुई, कैसे ये दोनों उनके हत्थे चढ़ गयीं मुझे भी नहीं मालूम, वो सब आपको अप्पू ही बता सकती है, मुझे जितना मालूम है मैं आपको उतना बता रहा हूँ! मैंने उनका पीछा किया तो खेत में बने मचान पर वो मिली, सर बहुत बुरी हालत में, मैं बता नहीं सकता, क्या हालत थी उनकी, शरीर पर कोई कपड़ा तक नहीं था, मुझे देखकर वो लोग भाग गये और जब मैं ऊपर चढ़ा तो मचान पर लगी सीढ़ी हटा दी, मैं स्नेहा को बचा नहीं सर, नहीं बचा सका!

मंगल कहते कहते रोने लगा, भर्रायी आवाज में आखिरी बात बताते हुए वो सर पकड़कर वहीं बैठ गया, रामबचन जी सब समझ रहे थे कि बच्चियों के साथ बहुत बुरा हुआ है, उन्होंने नंगल के पास जमीन पर बैठकर उसको कंधे पर हाथ रखकर सांत्वना दी,

रामबचन – देखो मंगल, ये जो भी हुआ है, अर्पिता के कहने भर से हम उनको पकड़ सकते हैं, बस एक बार अर्पिता बात करने लायक हो जाए फिर उसका बयान लेकर हरी और छगन को पकड़ सकते हैं, और उसे उसके घर भेज सकते हैं!!!

मंगल कुछ परेशान सा होने लगा, वो उठकर खड़ा हुआ और रामबचन जी के हाथ पकड़कर बोला –

मंगल – मुझे कुछ ठीक नहीं लग रहा सर, मुझे बहुत बेचैनी हो रही हो रही है, जैसे कुछ गलत होने जा रहा है, मुझे घर जाने की इजाजत दीजिये, मुझे घर जाना है!

रामबचन – जब तक अर्पिता बयान नहीं देती तुम कहीं नहीं जा सकते! मैं विश्वास दिलाता हूँ जिसने जो गलतियाँ और अपराध किया है उसको उसकी सजा भुगतनी ही पड़ेगी!! एक दो घंटे में सिपाही आ जाएँगे तब बात साफ होने लगेंगी और अर्पिता के बयान के बाद ही हम तुम्हें जाने भी देंगे!

मंगल ने दो चार बार कहा पर दरोगाजी ने कोई बात नहीं सुनी, अर्दली चाय लेकर आया और उसने सबको चाय दी,

मंगल के मन में शंका और आशंका ऐसे ही नहीं आ रही थी कुछ हुआ ही ऐसा था कि शायद मंगल को इसका एहसास हो गया था!

उधर नफरत की आग में झुलसे जा रहे लाखन हरद्वारी अपने साथ गाँव के दबंग लोगों को लिए निकल चुके हैं रज्जू के खेत की तरफ, ठीक उसी समय जब सुशील मंगल अप्पू के साथ अस्पताल जाने के लिए निकले थे!

अधिकांश लोग साइकिल पर हैं कुछ तेज चाल से भी पीछे पीछे भागे जा रहे हैं, हाथों में हंसिया लाठी और दिल में गुस्सा लिए लाखन बहुत खिन्न नजर आ रहा है सबसे। रास्ते में कुछ दूरी पर जब गाँव खत्म होने को आया तब मंगल के घर की तरफ नजर गयी और लाखन ने हरी को उधर मुड़ने का इशारा किया!

हरी स्तब्ध सा रह गया कि मंगल के घर जाने का का मतलब! उसने छगन की तरफ देखना चाहा मगर छगन अलग देख रहा था, मजबूरी में हरी को उधर मुड़ना ही पड़ा! घर के आगे रुकते हुए ही लाखन चिल्लाया

लाखन – मंगल!! निकल बाहर हरामजादे। हरी! मंगल! घर का घेरऊ।

इतना कह कर लाखन पागलों के जैसा बुदबुदाता हुआ घर में घुस गया, जहां मंगल के माँ बाप सो रहे थे! अचानक टूटते फूस के दरवाजे को देखकर दोनों दहशत में आ गये। लाखन ने बिना कुछ समझे मंगल के बाप दीनू को

बिस्तर से खींचा और बिना कुछ बताये या कहे उसके पेट मुंह और पीठ पर लातों से मारना शुरू कर दिया!

बिमला ने रोते हुए लाखन के पैर पकड़ लिए, और अपने पति के ऊपर लेटती हुई बोली!

बिमला – नाय मालिक ई कुछौ नाय किहिन, कुछ बतैहऊ, तउ हुआ का हय!

हरद्वारी ने बिमला के बाल पकड़कर उसको अलग किया और वो चीखती रही कि मालिक हम कुछौ नाय कियेन छोड़ देओ इनका, हाय कोई मदद करौ, हाय कोई मदद करौ!

लेकिन उस भीड़ में किसी ने एक भी शब्द नहीं बोला, लाखन ने फूलती सांस के साथ दीनू को उठाया और बोला

लाखन – मंगल कहाँ है?

दीनू – नाय जानित मालिक, नहीं पता हमका ऊ कहाँ गवा है!

लाखन – तुम्हरा लड़िका गाँव केरी दुई लौंडियन का बर्बाद कई दिहिस तुमका कुछ पते नाय, तुम्हरी सरऊ, बांका कहाँ गवा हमरा? बांका कहाँ गवा हरी, बांका देओ, देओ बांका, ईका कुछ नाय पता हय, खान्दऊ ईका, बहुत रोये लियेन सब जनै, ईका बंस हियाँ अबहिन खतम हुइहय!

लाखन की आँखों में इतना गुस्सा देखकर हरी सहम गया, छगन चुप हो गया, हरद्वारी ने कुछ आगे कहना जरुरी नहीं समझा और बांका लाखन के हाथ में दे दिया हरी ने! एक झटके से हाथ में बांका सम्भालते ही लाखन ने दीनू का सर अलग करने की कोशिश की, मगर सर गर्दन से अलग नहीं हुआ!

बिमला ये देखकर बेहोश हो गयी, उसके सामने ही उसके पति का सर उसकी की गर्दन पर झूल रहा था, कोई कैसे देख सकता है ये दृश्य?

सब लोग बाहर आ गये झोपड़ी से, लाखन ने बिमला के बेहोश शरीर को दीनू के मृत शरीर पर रखा और उन दोनों को मिट्टी के तेल छिड़क कर आग लगा दी! खड़े लोगों के मन में बातें तो कई आयीं मगर लाखन के गुस्से को देखकर किसी की कुछ भी बोलने की हिम्मत नहीं हुई!

झुलसते हुए बिमला होश में आई तो चीखें मारकर बाहर भागी, उसकी चीखें सुबह के सर्द मौसम में भयानक लग रही थीं, जिस आग से उसके लड़के ने लाखन की बेटी को बचाया उसी आग ने अप्पू के पिता ने मंगल की माँ का जीते जी अंतिम संस्कार कर दिया, उसके भागते शरीर से उठती लपटें और सन्नाटे में उसकी चीखें किसी के कानों को रास नहीं आयीं, सिवाय लाखन और

हरद्वारी के! कोहरे में बिमला काफी देर इधर उधर भागती रही और कुछ देर बाद आग से उसके शरीर ने हार मान ली और वो गिर कर सदा के लिए उसमें ही खो गयी।

क्रूरता ने हदें पार कर ली थीं, लाखन ने के गुस्से ने उसे हत्यारा बना दिया था, हरद्वारी भी इस अपराध में शामिल था। कुछ भी सोच समझ पाने से पहले ही सब खत्म हो गया। मंगल का परिवार आग में उस अपराध के लिए झोंक दिए गये थे जो उसने किया ही नहीं था और जिसने इन सब बातों को अंजाम दिया था वो उसी लड़की का पिता था जिसकी जान मंगल ने अपनी जान जोखिम में डाल कर बचायी थी। इन दोनों के गुनहगार हरी और छगन अब तक बचे हैं और चुपचाप खड़े तमाशा देख रहे हैं। लेकिन हरी के चेहरे पर छाया डर उसकी करनी को साफ साफ दर्शा रहा था। छगन ने उसको देखा और उसको लगा कि कहीं इसका इतना डर उसे फंसा न ले, इसलिए उसने उसको भीड़ में पीछे खींचा।

छगन – यू का रोअनास डारे हउ? कोइक पता चलि गवा तउ एतना छांटे जइहऊ कि न बैठत बनी न लेटत।

हरी – छगन देख बे कितना भड़के हैं सारे, अगर इनका पता चल गवा तउ का हुइहय, हमहू लोगन का अइसन हाल कइ दिहें ई सब।

छगन – तुम्हरे जैसे फट्टू का तउ यहै होएक चही, इत्ती फटत रहे तउ न करितेऊ ऊ सब। तबतउ पैजामे मा आगी लगी रहइ। यादि रक्खेऊ मुंह खोलेउ अउर तुमका फूँकि दिहा जई। ई लिए कम बोलउ अउर ध्यान रक्खउ।

हरी – भगवान बस ई बार बचा लियो, इके बाद कभी ऐसा काम नाय करिबा।

छगन – हाँ! एक बात नाय समझ आई, मंगल हय कहाँ? अबहीं तक कहूँ कोई खोज खबर नाय है, कहाँ हैं ई सब?

हरी – का मालूम कहाँ हैं! कहीं गलती से वापस आये गये तौ?

छगन – उनपर विश्वास कौन करेगा? देखा नहीं लाखन को कैसे खून सवार है इसके सर पर! सामने देखकर ही पहले खून करेंगे उनका! सुनना अगर इनके बस में होता तो दीनू और बिमला मारे जाते क्या? बस स्थिति पर नजर रखो और आंख कान खुले और मेरे साथ बने रहो, सब अच्छा ही हुइहय!

हरी को छगन की बात पर विश्वास आया और उसके जान में जान आई! लाखन और हरद्वारी मचान पर जाने वाले रास्ते पर पूरी भीड़ के साथ बढ़ चले! इधर मंगल को रामबचन अपने साथ थाने ले गये उसका बयान लेने के

लिए। मैं अप्पू की देखभाल और दवा पानी में फंसा हुआ था।

10

अप्पू को होश आ गया था। डॉक्टर ने बात करने की इजाजत दे दी रामबचन को। इतनी देर से बेसुध रही अप्पू सबसे पहले मंगल से मिलवाया गया क्योंकि उसको ही सब कुछ पता भी था और वही अप्पू को लेकर भी आया था। मंगल ने जैसे ही अप्पू के वार्ड में कदम रखा अप्पू ने उठने की कोशिश की मगर मंगल ने उसको इशारे से मना किया और तेज चलते हुए उसके पास पहुंचा।

मंगल – पहले से ठीक लग रहा है न अप्पू?

अप्पू कुछ नहीं बोली बस उसकी तरफ देखकर अपनी आँखों में आ गये आंसू को महसूस करते हुए उसे दूसरी तरफ देखने के साथ आँखें पोंछ ली।

अप्पू – क्या ठीक मंगल, एक ही गलती हुई। मुझे वहां जाना ही नहीं चाहिए था।

मंगल – तुम बिलकुल मत सोचो उस बारे में अप्पू। हर कोई तुम्हारे साथ है। पुलिस, मैं, सर, सब लोग। कोई तुम्हारी गलती नहीं दे रहा क्योंकि है ही नहीं।

अप्पू – पूरे गाँव को पता होगा ना हमलोगों के साथ जो हुआ। मैंने अपनी सहेली खो दी मंगल। उसकी क्या गलती थी?

कह कर अप्पू फूट फूट कर रोने लगी, और उसको देखकर मंगल के आंसू भी रुक न सके। रामबचन ने बाहर से उसको रोते देखा तो बिना देर किये अंदर आ गये ।

रामबचन – मंगल चलो बाहर जाओ, अर्पिता से कुछ बात करना है।

मंगल कमरे से बाहर चला गया।

रामबचन – अर्पिता बेटा, तुम्हारे साथ जो भी हुआ, तुम्हारे लिए याद करन बहुत दुखदायी है, मगर तुम्हें बताना ही पड़ेगा ताकि दोषियों को सजा दी जा सके। मुझे सब कुछ बताओ।

अर्पिता (गुस्से में) – क्या जानना चाहते हैं आप? मेरे दोषियों को कानून सजा देगा? मैं दूँगी सजा मैं दूँगी। जब वो मेरे सामने भीख मांगेंगे अपनी जान की।

रामबचन – देखो बेटा तुम्हारे साथ गलत हुआ है, मैं जानता हूँ।

अप्पू ने उनको बीच में ही रोकते हुए।

अप्पू – आप जानते हैं सब कुछ? सब कुछ जानते हैं आप? मुझे बताइए फिर कि लड़कियों के लिए इतने दोराहे क्यों हैं? किसी ने इज्जत लूटी उसे सिर्फ जेल और मैं दर दर भटकूँ अपनी बेगुनाही साबित करने? हर एक इन्सान को अपनी एक राय बनाने के लिए आजाद कर दूं?

रामबचन – बेटी मैं तुम्हें सच कह रहा मैं तुम्हारी हर मदद करूँगा अगर मैं पूरी हालत समझ पाऊँगा तो।

अप्पू ने इस बार घूरते हुए रामबचन की आँखों में देखा और बहुत ही गुस्से में चिल्ला कर कहा

अप्पू – मुझे नहीं चाहिए आपकी मदद। मेरा जो होना था वो हो चुका है। अब बारी उन कमीनो की है। मुझे इन्साफ नहीं चाहिए मुझे बदला चाहिए जो कानून नहीं दिला सकता।

मैं बाहर खड़ा होकर भी अप्पू की आवाज का गुस्सा साफ महसूस कर सकता था। रामबचन जी बाहर आ गये। मुझे देखकर बोले

रामबचन – मास्साब। ये केस बहुत सीरियस है। मैं गाँव जाकर ही सब कुछ पता करता हूँ। ये बच्ची का दुःख मैं समझ सकता हूँ। लेकिन आप भी समझते होंगे कि अगर कानून इन्साफ नहीं करेगा तो बदले की आग इस लड़की को भी झुलसा देगी। आप समझ रहे हैं न?

सुशील – हाँ सर। देखिये मैं यहीं रहता हूँ। मेरी जरूरत यहाँ ज्यादा है। कुछ दिन के लिए मुझे स्कूल बंद रखना पड़ेगा। इन गतिविधियों के चलते गाँव का कोई बच्चा स्कूल नहीं आने वाला। गाँव का माहौल आप समझ ही सकते हैं। मैं तो बस यही दुआ करता हूँ कि हमारे पीछे कोई अनहोनी न हो गयी हो गाँव में।

रामबचन – हाँ मैं जाता हूँ गाँव में।

रामबचन मंगल को और मुझे वहीं छोड़कर वहां से अपनी जीप में बैठ कर गाँव की तरफ रवाना हो गये।

इधर मचान पर पूरी भीड़ जमा थी। लाखन और हरद्वारी की नजरें जैसे मंगल को ही ढूँढ रही हों। हरी ने छगन की बांह पकड़ रखी है। सब लोग कुछ न कुछ कयास लगा रहे हैं। लाखन और हरद्वारी की नजर स्नेहा की लाश पर गयी, वीभत्सतम दृश्य। शरीर का बहुत ज्यादा मांस सूखकर हड्डियों में चिपक चुका था।

हरद्वारी और लाखन दोनों में से कोई ये नहीं बता सकता था की ये पूरी जली लाश किसकी है? अप्पू या स्नेहा? दोनों ही अपनी अपनी बेटियों के मरने की आशंका व्यक्त कर रहे हैं और बीच में 'अच्छा हुआ इस पाप से तो मर गयी' कहकर अपनी अंतरात्मा को सुनने से इंकार कर रहे जिस में अब भी प्यार बचा था मगर गुस्से और लोकलाज के डर से कहीं कोने में दुबक कर रह गया था। कोई भी इसको महसूस नहीं कर सक़ता था। सिवाय एक दूसरे के। जिंदगी सबको दूसरा मौका देती है। मगर स्नेहा को नहीं मिला वो मौका। उसकी भरपाई छगन और हरी को करनी ही होगी। दोनों की हवस ने उन दोनों बच्चियों को मौत के मुंह में धकेल दिया, उनके ही भड़कावे में आ कर मंगल के परिवार की जान लाखन के गुस्से की भेंट चढ़ गयी।

हरद्वारी – लाखन अब किया जाए? हियाँ तउ सब कुछ जरि चुका है। अब का कीन्ह जाए?

लाखन – मंगल केरे घरि पर आदमी पठवउ, कबहूँ तउ अईबै करिहै। ऊ दिन सब खतम करिब।

हरद्वारी ने भी सहमति में सर हिलाया। और उसके बाद हरी और छगन दोनों को छोड़कर सब वापस आ गये। हरी का मन हमेशा की तरह धक धक कर रहा था। छगन को उसकी शक्ल पर रह रह कर गुस्सा आ रहा था।

छगन – यू का मरी कुतिया जैसा मुंह बनाये हउ? जैसे सब मिलके तुम्हरिन ले केरी बात कई रहे होय। हरी हम बताये रहेन तुमका तुम फंसी जैहउ ई तरह। ज्यादा चमक ना बिखेरो लेकिन मुर्दा जैसा ना मुंह बनाओ साले तनिकौ खबर लग गयी न इनका तउ पिछवाड़े की मालिस के लिए तेल कम परि जइहै।

हरी – छगन भाई देखौ यार कित्ता गुस्सम हैं ई सब, भाई फटत तउ हइयई।

छगन – कुछ नाय हुइहई। हम हन। चिंता न करौ।

छगन ने दिलासा तो बहुत मन से दिया था मगर हरी पर उसका डर बहुत ज्यादा हावी था जोकि लाज्मी था। जीप में रामबचन पहुँच चुके थे गाँव में और वहां की चौकी पर पहुँच कर उन लोगों को भी इत्तला कर दी। कुल मिलाकर 4 पुलिस वालों के साथ वो लोग वहां पहुँच गये। सीधे लाखन के घर पर।

लाखन अभी मचान से घर पर नहीं पहुंचा था। घर पर दादी सुनीता और स्नेहा की माँ ही थी।

रामबचन – काकी पांय लागूं। कोई आदमी है घरि मा?

दादी अभी खटिया पर ही थीं। घर की बहुएं बाहरी के सामने नहीं आ सकती थी इसलिए दादी को ना चाहते हुए भी बाहर आना पड़ा।

दादी – नाय घरि मा कोई नाय है। बोलौ का चही?

रामबचन – खबर मिली है लड़की गायब है तुम्हरी।

दादी – हमरे हुआं कौनो लड़की नहीं। मरि गई हरामजादी।

रामबचन – यू परपंच ना कोई औरेक सुनाएओ। सीधे सीधे बोलउ का हुआ कब हुआ? जब तक प्यार से बात कई रहेन तबही तक कई रहेन।

दादी के तेवर ढीले पड़े।

दादी – ऊका ऊ धोबी केरा लौंडा भगाए लई गवा। नास होय उहिका।

तब तक लाखन और मण्डली वहां आती है। लाखन पुलिस की जीप देखकर सबको पहले ही रोकता है और जितने लोग होते हैं उन सबको धमकाते हुए बोलता है

लाखन – मंगल केरे घर वालेन के साथ जो हुआ ऊ हम लोगों का नाय मालुम। पुलिस के समहे कोई मुंह नाय खुलिहय।

सबने हाँ में हाँ मिलाई और धीरे धीरे वहां से खिसक गये। लाखन और हरद्वारी वहां से घर की तरफ आये।

लाखन – का बात दारोगा साब, हियाँ कैसे?

रामबचन – तुम कौन?

लाखन – जीके घर आये होऊ वही सेरे पूछी रहेऊ?

रामबचन – लाखन! चलऊ जेतना जानत हउ बिना रुके बताओ।

लाखन – अम्मा तुम अंदर जावौ। ऐसा है दरोगा साब, हियाँ जौनेओ मकसद सेरे आये हउ, कुछ नाय मिलिहै। ना हम कौनो रपट लिखायेन न आपकी सेवा केरी जरूरत है। जीके लिहे आये हौ वा हरामिन मयाय गयी। अब उका हियाँ से रे कौनो सम्बन्ध नाय। जय राम जी की।

कह कर हरद्वारी और लाखन वहां से अंदर चले आये और रामबचन को अप्पू का गुस्सा भरा चेहरा सामने नाच गया। उसको कानून से मिलने वाली सजा से न्याय मिलना बहुत कम था उसके साथ हुए अपराध के मद्देनजर, क्योंकि उस बच्ची ने सम्मान और आत्मसम्मान दोनों खो दिया था।

कुछ देर बाद रामबचन गाँव वालों से पूछ ताछ करते हुए सरपंच के घर जा पहुंचे। हरी तब तक वहां नहीं पहुंचा था। उनके मन में था कि हरी के

घरवालों को इस बारे में पता नहीं होगा वरना लाखन का ये अंदाज न देखने को मिलता। इसलिए रामबचन ने सरपंच से हरी के बारे में कोई बात नहीं की।

11

छगन को अब बिलकुल लगने लगा कि अब बिना मंगल को रास्ते से हटाए काम नहीं चलेगा। उसने पहले सोचा कि हरी को भी इस बारे में बताये लेकिन हरी के सूखते चेहरे को देखते हुए उसने ये अकेले करने की सोची। उसके मन में था कि अप्पू की हालत ऐसी नहीं थी कि बिना इलाज करवाए उसको दूर ले जाया जा सके। इसलिए उसने शहर जाकर अपनी तसल्ली कर लेना सही समझा। वो हरी को दिलासा देकर घर आया और उसके बाद वहां से अस्पताल के लिए निकला। छगन को न जाने क्यों अपने ऊपर कुछ ज्यादा ही आत्म विश्वास था जैसे हर चीज उसके हिसाब से ही होगी ही होगी। हरी अपने घर जा चुका था।

छगन ने अस्पताल पहुँच कर वहीं के एक आदमी को पकड़ा और उसको कुछ रूपये देकर सारी बातों के बारे में पता लगाया। जब उसको पता चल गया कि अप्पू किस कमरे में है तो उसने वहां का रास्ता तुरंत लिया। मगर उसकी ये दिलेरी उसपर हावी होने जा रही थी। छुपता छुपाता छगन उस वार्ड की तरफ बढ़ता जा रहा था जिधर जलने वालों के इलाज का विभाग था। लेकिन छगन ने इस बात को ध्यान दिया कि नहीं दिया कि वहां सिर्फ अप्पू तो होगी नहीं वहां तो मंगल भी होगा, ये बात तो छगन ही जानता होगा मगर गैलरी में कदम रखते ही सबसे पहले उसे मंगल ने उसको देख लिया था। जो कि उसके दूसरी तरफ से अप्पू की दवाएं लेकर आ रहा था। छगन ने अप्पू को देखा चुपके से कि वो अपने बिस्तर पर है और दो नर्स उस वार्ड में मरीजों की सेवा में लगी हुई हैं, मगर हाँ उसने इस बात की तसल्ली कर ली कि ये यहीं है मगर वो इतना बड़ा बदमाश नहीं था कि भरे अस्पताल में किसी को नुकसान पहुंचा सके। उसने मन में ये सोचा कि बाद में देख लेंगे कम से कम तब तक के लिए जब तक वो कोई योजना न बना ले। उसने पीछे जाने को मुंह घुमाया ही था कि उसके गाल पर एक तेज तमाचा पड़ा। मंगल ने उसको देखते ही बाहर खड़े पुलिस वाले को बुला लिया था। मैं भी वहीं था और मंगल के दिमाग की तारीफ चल रही थी मेरे मन में।

मंगल (छगन के गले को दबोचते हुए) – बस छगन। तुम्हारा काम अब पूरा हुआ। अब तुम सिर्फ सजा भुगतोगे और कुछ नहीं होगा तुम्हारे जीवन में।

तुमने जितना बर्बाद करना था कर लिया, अब तुम्हारा सोचा कुछ भी नहीं पूरा होगा।

छगन तमाचा खा कर बुरी तरह खिसिया गया था इतनी भीड़ के सामने, उसने चिल्लाते हुए कहा

छगन – मंगल। तुझे मैं जिंदगी में कभी चैन से नहीं बैठने दूंगा। तू नहीं जानता छगन किस बला का नाम है। तू मरेगा साले तू मरेगा।

मंगल – पहले खुद तो बच लो छगन।

आवाज तेज थीं दोनों की, अप्पू ने मंगल को बहुत जोर से पुकारा। मंगल भागकर पहुंचा अप्पू के पास।

मंगल – क्या हुआ अप्पू?

अप्पू – मुझे छगन के पास ले चलो। मंगल।

मंगल – तुम अभी ठीक हालत में नहीं हो अप्पू। तुम्हें इस वक्त सिर्फ अपनी अच्छी सेहत के लिए ही सोचना चाहिए।

अप्पू – तुम मुझे समझा रहे हो कि मुझे क्या करना चाहिए?

अप्पू ने ये चीखते हुए कहा तो मंगल ने उसकी नजरों को देखा और वो शांत हो गया। अप्पू एकदम गुस्से से उबल रही थी। अप्पू को उठकर आता देख कर छगन ठहाके लगा कर हंसा।

छगन – एक बात तो है अप्पू तू चीज बड़ी है मस्त मस्त। हरी ने बहुत मजे.....

बात पूरी होने से पहले ही अप्पू ने छगन के गालों पर एक झन्नाटेदार थप्पड़ दिया। मगर छगन की हंसी पर इसका कोई असर नहीं हुआ। वो वैसे ही बेशर्मों की तरह हंसता रहा।

मंगल – अप्पू मैं तुम्हारे हाथ जोड़ता हूँ कि अपने बिस्तर पर लौट जाओ, अभी तुम चलने फिरने लायक नहीं।

छगन – और मैं तो कहता हूँ कि अगर थोड़ा भी सही हो तो मेरे साथ यहीं कुछ सोचो, अप्पू सबके सामने करने का मजा ही अलग होता है।

ये शब्द मंगल के कानों में जाते ही छगन को खुद का शरीर झूलता सा महसूस हुआ। मंगल पर गुस्सा बुरी तरह असर कर गया। मैं, सिपाही और अस्पताल वाले पूरी कोशिश करके रोक रहे थे मगर मंगल और छगन को अलग नहीं कर पा रहे थे। अप्पू भी अब रो पड़ी मंगल को देखकर। उसको लगा कि मंगल कहीं छगन को मार ही न दे, वो भी जोर जोर से चिल्ला कर मंगल को

रोकने लगी। मंगल धीमा पड़ा कुछ और पुलिस वालों ने उसको बिलकुल अलग करते हुए छगन को ले जाने लगे। मंगल अपने कपड़े झाड़कर अलग खड़ा हुआ ही था कि छगन ने पागलपन दिखाते हुए अपना आखिरी दांव खेल दिया।

छगन – तू जिसकी चाट रहा है न मंगल, जिसके साथ सोने के सपने देखता होगा न, उसके बाप ने तेरे पूरे घर को मौत के घाट उतार दिया है। तू जब चाट कर हटेगा न तब जरा अपने घर भी देख लेना। तुझे वहां सिर्फ राख और जली बुझी हड्डियों के सिवा कुछ नहीं मिलेगा।

मंगल को काटो तो खून नहीं, मेरी खुद की साँसों ने तेज चलना शुरू कर दिया, अप्पू को थामना मुझे मुश्किल हो गया और अप्पू सुनते ही बेहोश सी हो गयी सदमे से। मंगल तिलमिला उठा बुरी तरह, दौड़कर छगन का गला फिर से पकड़ लिया और अबकी मारने की बजाय बोला

मंगल – छगन तू बकवास कर रहा है न ताकि अप्पू और मेरे बीच में विश्वास नहीं रहे?

छगन – मरता हुआ और जेल जाता आदमी झूठ बोला है आज तक?

जेल जाते हुए भी छगन की आँखों में कोई पछतावा नहीं दिखा, उसकी आँखों में उसकी चिरपरिचित बेशर्मी ही थी। मगर अब वो कई सालों के लिए शायद किसी को देखने को न मिले पुलिसवाले छगन को घसीट ले गये थाने में। ऐसे नीच लोगों को सच में किसी चीज से फर्क नहीं पड़ता। वो बस दरिंदगी ही करते हैं और उन्हें मौत भी वैसी ही मिलनी चाहिए।

मंगल के कानों में छगन के शब्द और ठहाकों की आवाज गूंजती रह गयी। मंगल धम्म से वहीं गिर पड़ा। उस जैसा लड़का बिखरकर कर रो पड़ा। मुझे अप्पू और मंगल दोनों को संभालना था और मैं किसी को नहीं सम्भाल पा रहा था। अप्पू होश में आ रही थी। मगर मंगल को देखकर वो खुद के होश नहीं कायम रख पा रही थी। अस्पताल वालों ने मुझे मंगल को सम्भालने को कहा और मरीज की देखभाल उन पर ही छोड़ देने को बोला। मुझे उस वक्त वही सही लगा।

मंगल के पास जाकर मैं उसको गले से लगा लिया। वो जमीन पर बैठा था और मेरे पास जाते ही मेरे पेट में सर छुपाकर सिसकने लगा मैं उसको रो लेने देना चाहता था ताकि जब उसको समझाऊं तो उसकी समझ में आ जाए। उसकी दुनिया उजड़ चुकी थी। उस वक्त मुझे लगा कि शायद भगवान नहीं ही होता है। क्योंकि अगर होता तो इस बच्चे को इतनी तकलीफ कैसे दे सकता है जिसके मन में कभी किसी के लिए गलत भावना नहीं आई। निष्ठुर ईश्वर और

नियति ने मंगल को तोड़कर रख दिया। थोड़ा सम्भला तो मैंने उसके आँखों को पोंछते हुए कहा कि

सुशील – मंगल मेरे बेटे। तुम छगन की बात पर भरोसा कैसे कर सकते हो? तुम अभी जाओ गाँव और मैं अप्पू का ख्याल रखता हूँ। तुम बस एक बात ध्यान रखना कि तुम्हारे सर तुम्हारे माता पिता जितने ही तुम्हारे लिए हैं। मैं अपने बच्चे के साथ हमेशा था और हमेशा रहूँगा। तुम गाँव जाओ लेकिन...एक मिनट रुको।

मेरे दिमाग में कुछ चीजों का ख्याल आया। मुझे समझ आ गया कि मंगल के घर वालों को मारने का क्या मतलब हुआ। वो सब मंगल की जान के पीछे थे मुझे समझ आ गया। मैंने मंगल को रोका और कहा

सुशील – बेटे मैं तुम्हें रोकना नहीं चाहता मगर मुझे तुम्हारी फिक्र है। समझ तो बेटा तुम गये ही होगे कि छगन और हरी ने तुम्हारे खिलाफ जो जहर भरा है वो काम कर गया होगा तभी ऐसा हुआ है। गाँव वाले अभी इस हालत में नहीं कि तुम्हें देखकर शांत रह सके। मेरी मानो तो रुक जाओ। और रामबचन जी के आने का इंतजार करो। मैं तुम्हें नहीं जाने दूंगा।

मंगल एकदम शांत था, बहुत देर तक चुप रहकर बोला।

मंगल – सर आप जाइए गाँव मैं अप्पू के पास रुकता हूँ।

मुझे लगा कि मंगल सही कह रहा था। मुझे जाना चाहिए गाँव। लेकिन मैंने फिर भी रामबचन जी के आने का इंतजार करना सही समझा। छगन थाने पहुँच ही चुका था। अब हरी की बारी थी। और मंगल के माँ बाप की हत्या करके लाखन ने भी अपराध कर ही दिया था। अब बात सिर्फ दोषियों को सलाखों के पीछे जाने की थी। रामबचन ने सरपंच से उतनी ही बातें की थी जितनी सरपंच ने अपनी जानकारी के अनुसार बताई थी। दरोगा जी ने अपनी तरफ से हरी के उसमें शामिल होने की बात नहीं बताई और न ही ये बताया कि अप्पू कैसी है या कहाँ है। एकमात्र इन्सान छगन जिसको पता चला भी था वो इस वक्त जेल में था। गाँव में दो सिपाही छोड़कर उनको स्थानीय चौकी के सम्पर्क में रहने को कह कर वो वापस आने लगे। लौटते समय उन्होंने मंगल के घर की तरफ का रास्ता लिया था। घर के जलने की हालत और लाशों को देखकर उन्होंने वहां मौजूद लोगों से आग बुझाने में मदद करने को कहा और जांच पड़ताल करनी चाही मगर कोई भी कुछ भी बोलने को तैयार नहीं हुआ। रामबचन जी हार गये लोगों से पूछ पूछ कर। उन्हें सुनकर बहुत दुःख हुआ कि ये घर मंगल का था और उसके माँ बाप के सिवा वहां कोई नहीं रहता था। एक

गहरी सांस के बाद उन्होंने तुरंत जीप घुमाई और वापस शहर आने लगे। बीच में मचान का रास्ता लिया और वहां स्नेहा की बिलकुल जल चुकी लाश देखकर उन्होंने चौकी पर कहलवाया कि लाश का पोस्ट मोर्टेम करवाया जाए। अप्पू और मंगल की बातों से उन्हें लाश के बारे में तो पता ही था कि ये स्नेहा की लाश है। उसके बाद वो वहां से सीधा अस्पताल की तरफ रवाना हुए।

हरी के घर पर –

सरपंच – हरी तुमका कब से ढूँढी रहेन? हउ कहाँ तुम? कुछौ पता भी हय कि गाँव मा हालात कइसे हैं!

हरी – अरे बापू सब पता हय यू बतावौ कि दरोगा हियाँ का कइ रहा रहय?

जमुना – करिहै का मुआं, आवा रहय लाखन बिटिया केरी कहानी सुनै, अब हमका लोगन कईहाँ का मालुम के ऊ हरामजादी किके हियाँ अउर कीके साथ हुइहय। हमका तउ तरस आवत हय लाखन दुलहिन अउर चाची पइहाँ।

सरपंच – तउ हम लोगन कइहाँ का ले दे का हय। जो जइस करी भुगती वइसन। तुम हरी घरे रहौ हमका जावइ का हय सहर।

हरी की नींदे उड़ीं हुई थीं। उसको बस हर वक्त पुलिस थाना और डंडे ही दिखाई दे रहे थे। और बहुत टाइम हो गया था उसको छगन भी नहीं दिखा था। उसका दिल बैठा जा रहा था। इस वक्त उसने घर से बाहर निकलना सही नहीं समझा और शाम होने का इंतज़ार करने लगा जब सको छगन कहीं दिख जाए। मगर छगन अब नहीं दिखना था उसको।

इधर दादी लाखन और सुनीता हरद्वारी और उसकी बीवी सब एक जगह बैठे थे। खाना पीना तो किसी के गले के नीचे उतरना ही नहीं था। सब मुंह झुकाए बैठे थे। लाखन ने अभी घर पर नहीं बोला था कि मंगल के घर वालों को उसने मौत के घाट उतार दिया था। दादी धीरे धीरे सुबक रही थी। सुनीता भी उनको देखकर अपने आंसुओं को रोकने के लिए जद्दोजहद कर रही थी।

दादी – का बिगड़ जातय अगर मंगलवा पइदा होतय मरिगा होत।

लाखन – तउ का बिगड़ जातय कि इ लौंडिया का गला घोंट देतेन पइदा होतय।

दादी का रोना तेज हो जाता है। वो धीरे धीरे उठती हैं, और पानी लेती हैं, मगर इतनी चिंता झेल रही दादी का शरीर इस सदमे को बर्दाश्त कर नहीं पा रहा था। पानी पीते पीते ही शरीर में झुरझुरी सी हुई दादी वहीं पर 'लाखन लाखन' करती बैठ गयी।

लाखन – अम्मा का हुई गवा अम्मा, अरे हरद्वारी देखउ अम्मा का का हुई गवा। अम्मा! अम्मा!

सुनीता ने आगे बढ़कर दादी को गोद में लिया जोर से लाखन भाग कर उनके पास आया। हरद्वारी और उसकी पत्नी भी भागे। लाखन ने हरद्वारी की तरफ देखा...

लाखन – हरद्वारी भाई जरा सरपंच हियाँ जाये केरे ट्रेक्टर लय आवौ।

हरद्वारी – अबहीं जाइत हन। काकी का सीधा लिटाये देओ।

हरद्वारी वहां से निकला गया सरपंच के घर की तरफ। वहां पहुँचने पर पता चला कि सरपंच तो फिर से वहां से निकल चुके हैं कहीं।

हरद्वारी – अरे भैया हैं का? भैया! भैया!

घर के अंदर से जमुना हरी से।

जमुना – कउन है, हरी देखौ तनिक दुआर पर।

हरी के मन में डर ही इतना था कि उसकी हिम्मत नहीं होती थी कि दरवाजे से मुंह भी बाहर निकाल दे। बोला

हरी – अम्मा तुम देखौ न। हम अबहीं कुछ करित हन।

जमुना – अइसा कउन सा न्यायाधीस बने हउ। दरवाजा खोलौ जायेक।

हरी को मन मसोस कर उठाना ही पड़ा डर डर कर।

हरी – कउन हय?

हरद्वारी – हरी बिटवा जल्दी खोलौ, हुआं लाखन केरी अम्मा मरी जाय रहीं।

हरी – का मरी जाय रहीं? का मतलब चच्चा?

हरद्वारी – अरे ऊ सब नाय पता। सरपंच सेरे जल्दिस कहौ कि टिक्टर निकालय अउर सहर चले।

हरी – ऊ तौ घरि हैं नाय।

हद्वारी – तउ भैया तुमहीं कुछ करौ। लिहे चलऊ अस्पताल तक।

हरी ने सूखते हलक को गीला करने के लिए पूरा मुंह निचोड़ कर लार अंदर की। जल्दी ही जवाब आ गया।

हरी – अरे चच्चा हियाँ का कउनो धर्मशाला खुली हय का, जीका मन होय चला आवै? अरे हियाँ कुछ काम धाम हय कि नाय। खाली बैठे हन सबके लिए?

हरी ने ध्यान नहीं दिया कि जमुना उसके पीछे खड़ी होकर उसकी बातें सुन चुकी थी। जमुना को देखते ही हरद्वारी ने हरी से आगे बढ़ते हुए आगे जा कर जमुना की तरफ गया और वहां जाकर पूरी बात बताई।

जमुना ने डांटते हुए कहा कि

जमुना – हरी ज्यादा काबिलियत बाढ़ी हय का? ई सब घर के लोग हैं, इनसे तनिक सउर से नीके बात करेक सीखउ। चलऊ निकालउ ट्रैक्टर अउर जावौ सहर।

हरी के पास अब कोई जवाब नहीं बचा था। उसका डर माँ के आदेश की मजबूरी के नीचे दब गया। कुछ देर बाद लाखन हरद्वारी सुनीता हरी दादी सब शहर की तरफ बढ़े चले जा रहे थे।

12

यहाँ माहौल गमगीन था। अप्पू अलग सदमे में थी, अब मंगल भी निराश और हताश था। मैं अब भी मंगल के पास उसके कंधे पर हाथ रखे बैठा था। इतने में रामबचन जी अंदर आये। वहां मौजूद सिपाही ने उनको अलग बुला कर अस्पताल में हुई घटना की खबर दी। रामबचन जी उसके बाद मंगल के पास आये। मंगल ने आशा भरी निगाहों से देखा उनकी तरफ। कितना भी व्यावहारिक इन्सान क्यों न हो, कितना भी अनुभवी क्यों न हो। किसी भी बच्चे को उसके मातापिता के स्वर्गवासी होने की खबर देने में उसका गला भी भर आता है।

रामबचन जी बहुत अच्छे इंसान थे। उन्होंने मंगल की आँखों में उसका सवाल पढ़ लिया था। उन्होंने जमीन पर बैठे मंगल के बराबर आते हुए उसके कंधे पर हाथ रखा और

रामबचन – मंगल बेटा, तुम्हारे मातापिता अब नहीं रहे। मुझे बहुत दुःख है कि मुझे तुम्हें ये खबर देनी पढ़ रही।

मंगल फफक पड़ा जिससे रामबचन जी की आँखें भी नम हो गयी। उन्होंने मंगल को गले लगा लिया। मंगल बहुत देर तक अपने आंसुओं से उनकी वर्दी की जेब भिगोता रहा। कुछ देर बाद जब थोड़ा सम्भला तो उसने रामबचन जी और मेरी तरफ मुखातिब होते हुए पूछा

मंगल – मेरे माँ बाऊजी का अपराध क्या था? उन्होंने किसका क्या बिगाड़ा था कोई बता सकता है क्या? मैंने तो वही किया था न जो उन्होंने और

आपने मुझे सिखाया था न सर। फिर उसमें मैंने ऐसा क्या अपराध कर दिया कि लोगों से उनकी साँसे भी न बर्दाश्त हुईं?

मैं तो बस सुन ही सकता था क्योंकि मंगल बिलकुल सही था। लेकिन रामबचन जी बोले

रामबचन – मंगल बेटा। मैं तुम्हारे साथ हरपल हूँ। तुम्हारे माता पिता के हत्यारों को सजा जरूर मिलेगी। मुझे पता है इसमें अप्पू और स्नेहा के पिता का हाथ है। मगर मेरा यकीन करो इस वजह से मैं उन्हें निर्दोष साबित नहीं कर सकता कि उनकी बेटियों के साथ गलत हुआ तो उन्हें भी गलत करने की छूट मिल जाएगी। मैं और तुम्हारे सर तुम्हारे साथ हरदम हैं। मातापिता की कमी हममें से कोई पूरी नहीं कर सकता मगर तुम यकीन रखना मैं तुम्हें अपने बेटे की तरह ही मानता हूँ। इस वक्त तो मुझे छगन का बयान लेना है। लाखन को हरद्वारी और हरी को गिरफ्तार करना है। क्योंकि अभी यहाँ आकर मुझे सारी बातें पता चल गयी हैं। अब कोई देर नहीं होगी।

मंगल शांत हुआ और समझ गया कि अब रोने धोने से कुछ नहीं होने वाला।

मंगल – सर छगन ने जो किया वो किया मगर मुझे हरी से बात करने का मौका जरूर दीजियेगा।

रामबचन जी ने इसके लिए हामी भर कर उसे दिलासा दिया। मंगल को अकेला छोड़ कर रामबचन जी ने मुझे अलग बुलाया।

रामबचन – मास्साब देखिये। अभी मंगल बहुत सदमे में है मुझे नहीं लगता कि उसको अप्पू के पास जाने देना सही होगा। काश थोड़ा पहले आ जाते तो शायद हम लोग स्थिति कुछ सम्भाल सकते थे। स्नेहा की लाश को पोस्टमोर्टम के लिए भेज दिया है। अप्पू की रिपोर्ट भी डॉक्टर ने बनवा ही दी होंगी। इनके आधार पर छगन हरी और वो लोग जिन्होंने इसके साथ दुष्कर्म किया है। उन्हें ढूँढ ढूँढ कर सजा दी जाएगी। लाखन और हरद्वारी पर भी अब कोई रियायत नहीं बरती जा सकती है। आपको दोनों का ही ध्यान रखना होगा। मुझे सिपाहियों को भेजना पड़ेगा गाँव उनको गिरफ्तार करके लाने के लिए।

सुशील – ठीक है सर। आपको जो सही लगता है कीजिये। मैं इन दोनों की जिम्मेदारी लेता हूँ।

अप्पू को हर सेकंड बस मंगल से मिलने की रट लगी थी। वो चीख रही थी और अस्पताल वालों के लिए उसे सम्भालना मुश्किल हो रहा था।

आखिरकार उन्होंने मुझे बुलाया और कहा कि मैं उसे समझाऊं कि उसका मिलना ठीक नहीं है। जैसा कि उन्हें रामबचन कहकर गये थे।

मगर मैं अप्पू की हालत देखकर उसे मंगल से मिलने देने की गुजारिश की। मंगल को चुपचाप मेरे कहने पर वहां उसके पास जाकर खड़ा हो गया। अप्पू की दोनों आँखों में आंसुओं की धार उसके साफ दिल का सुबूत दे रही थी। मंगल अब भी खड़ा उसके आंसुओं को बहते देख रहा था।

मैंने बाहर जाकर खड़े होना ही ठीक समझा क्योंकि अप्पू और मंगल को वहां अकेला छोड़ देना मुझे सही लगा। रामबचन जी ने अपने अनुभव के आधार पर दोनों को ना मिलने देने के लिए कहा था ताकि गुस्से में मंगल अप्पू को नुक्सान न पहुंचा दे, मगर मैं हमेशा से अप्पू और मंगल को देखता आया था, वो ऐसा कुछ नहीं करेंगे ये मेरा यकीन था।

अप्पू – मंगल मेरे पास बैठो।

मंगल बैठता है।

अप्पू – मंगल, मुझे नहीं मालूम कि क्या हुआ वहां, बापू ने जो कुछ भी किया गुस्से में किया है, और तुम भी जानते हो कि ये हरी और छगन की साजिश ही तो है जिसने कई लोगो कि जिंदगियां तबाह कर दी हैं। असली गुनहगार तो वो हैं।

मंगल – गुनहगार तुम्हें दिख रहे हैं। निर्दोष नहीं दिख रहे? मेरे माता पिता क्या दोषी थे?

अप्पू – मैंने कब कहा मंगल?

अप्पू की आँखें मंगल की आँखों में झाँक कर देख न सकीं जिनमें सिर्फ गुस्सा भरा था।

अप्पू – मंगल मैं तुमसे बहुत प्यार करती हूँ। आज से नहीं, अभी से नहीं, तब से जब से हम बच्चे थे जब संग खेलते थे। मैं तुमसे शायद कह न पाती अगर तुमने इतनी हिम्मत दिखाकर मुझे बचाया न होता।

मंगल अवाक रह गया।

मंगल – मुझे माफ करना मगर मैं अब तुम्हारी कोई मदद नहीं कर पाऊंगा क्योंकि मैं भी इंसान हूँ, दुःख और दर्द मुझे भी होता है। मुझे नहीं पता तुमने इस वक्त ये बात क्यों कही मगर मैं तुम्हारे बापू को बचा नहीं सकता।

अप्पू – मंगल तुम गलत समझ रहे हो। तुम सब जानते हो मगर इस वक्त कुछ भी सुनना नहीं चाहते।

मंगल – सुनने को ही बाकी न रह गया कुछ।

इतना कहकर मंगल बाहर आ गया और अप्पू पीछे रोती हुई मंगल को बुलाती रही।

मंगल का जैसे दिल फट गया था सबसे अब। मेरे कहने पर वो वहां बैठा जरूर था मगर जो मंगल अप्पू को बचाकर यहाँ लाया था वो अपनी तकलीफ में ही उलझकर रह गया। अब वो अप्पू की आवाज पर ध्यान नहीं देता था। शायद दोनों को ही अब एक दूसरे का सामना नहीं करना ठीक लगने लगा।

इधर दादी को लेकर अस्पताल आ चुके थे। हरद्वारी लाखन मंगल सुनीता वगैरह बड़ी जल्दी में दादी को लेकर कैसे भी डॉक्टर के पास पहुँचने की जल्दी में थे। पूछते हुए जब हरी आगे सबको रास्ता बता रहा था कि इधर हैं डॉक्टर तो उसकी नजर गैलरी में निढाल टेक लेकर बैठे मंगल पर पड़ गयी। हरी ने अभी तक तो सब कुछ छगन के बताने पर किया था मगर इस वक्त उसको कुछ करना ही था वरना वो फंस जाता। अब उसने खुद ही मोर्चा सम्भाल लिया और लाखन को आवाज देता हुआ बोला

हरी – लाखन चच्चा।ई देखउ, मंगलवा हियाँ छुपा बैठ है।

अप्पू के कमरे के बाहर बैठे हुए मंगल को देख कर हरी ने बहुत हिम्मत बटोरकर ये कह तो दिया मगर उसको सच में नहीं पता था कि उसके अपराधों की कलई खुल चुकी है। लाखन के कानों में ये शब्द जाते ही वो किसी पागल भेड़िये के जैसे उस तरफ भागा और चिल्लाते हुए लाखन ने अपनी तड़पती सांस खींचती माँ को हरद्वारी के हवाले किया।

लाखन – हरद्वारी अम्मा कइहाँ देखौ, आज भोलेनाथ हमरी सुन लिहिन हैं। आज लगत पूरे खानदान केरी मुकती हमरेन हाथन बदी हय।

मैं अप्पू के पास बैठा था, जिसका दरवाजा गैलरी के बिलकुल सामने था। लम्बी से गैलरी में कई सारे जमीन पर बिछे बिस्तरों पर मरीज लेटे हुए थे। मंगल एक खम्भे के सहारे टेक लेकर खड़ा अपने ही दुःख में डूबा था। उस वक्त वहां कोई भी पुलिस वाला नहीं था जो कि इस घटना का साक्ष्य होता अगर ये घट जाती तो। मैंने जब तक देखा उनको लाखन उस से 10 कदम ही दूर रह गया होगा।

हरी भी लाखन के पीछे ही भागा था, और लाखन के पीछे भागी थी सुनीता यानि अप्पू की माँ। लाखन ने भागते भागते गैलरी में रखा हुआ झाडू फंसाकर सफाई करने वाला डंडा हाथ में लिया और मैंने देखा कि लाखन और

मंगल इस तेजी से आक्रामक होते हुए भागते हुए आ रहे हैं तो मैंने अपने पूरे जोर से चिल्ला कर मंगल को आगाह करने की कोशिश की। मंगल से यही पर गलती भी हो गयी उसने मेरी आवाज पर सर मेरी तरह घुमाया और पीछे से लाखन ने उसके सर पर उस दो इंच मोटी लाठी का एक भरपूर प्रहार किया। इस हद तक जोर से किया गया प्रहार कि मंगल के सर से टकरा कर लाठी बीच से टूट गयी और बिना शोर मचाये मंगल एक ही झटके में संसार से विदा हो गया। अभी तक मरीज और उनके तीमारदार उनको भागते आते ही देख रहे थे मगर मेरी आवाज से चौंक चुके और जब ये घटना हुई तो उन लोगों ने बिना देरी लाखन और हरी को दबोच लिया। मुझे इतना गुस्सा कभी नहीं आता मगर मैंने दौड़कर लाखन के मुंह पर बिना कुछ सोचे समझे कई जोरदार थप्पड़ जड़ दिए।

हरी – अरे मुझे क्यों पकड़ रहे हो? मैंने क्या किया है? मुझे छोड़ दो। तुम लोग मैंने कुछ नहीं किया है।

हरी की इस गुहार का किसी पर कोई फर्क नहीं पड़ा। लाखन मुझे बहुत बुरी तरह गुस्से में देख रहा है। लेकिन मुझे मंगल का ध्यान आया और मैंने पलट कर मंगल की तरफ देखा, मैं अवाक रह गया जब उसके फटे हुए सर को वीभत्स रूप को देखकर भी अप्पू उसको सीने से लगाये बैठी और उसको उठाने की विफल कोशिश कर रही।ये देखकर मेरे आंसू बरबस ही बरस पड़े और मैं वहीं का वहीं बैठ गया। अप्पू रोये जा रही है और मैं उसका कन्धा पकड़े उसको शांत रहने को भी नहीं बोल पा रहा हूँ। तब तक उसकी माँ भी आ चुकी है और सुनीता को देखकर अप्पू के मन में जो रही सही कसर थी वो भी पूरी हो गयी। दोनों के आंसुओं से मंगल की शर्ट भीग चुकी है।

अप्पू – अम्मा ये का हो गया?

अप्पू ने रोते हुए सुनीता के कंधे पर सर रखते कहा।

सुनीता को पूरी बात समझ तो नहीं आ रही थी क्योंकि इतने दिन से हरी और छगन ने उन सबके कानों में सिर्फ जहर ही भरा था। इसलिए वो कुछ भी बोल नहीं रही थी। मगर एक माँ को पता लग ही जाता है कि उसकी सन्तान कि प्रकृति क्या है। सिपाही अब तक चुके हैं! और खुद के बाहर चाय पानी करने जाने वाली बात का उन्हें अफसोस शायद अब जीवन भर रहने वाला था क्योंकि उनके रहते शायद मंगल की जान बच ही जाती। उन्होंने लाखन और हरी को पकड़ लिया और वहां से निकलने लगे कि रामबचनजी जीप से उतरते हुए दिखे।

रामबचनजी ने भी जब मंगल का फटा हुआ सर पास पड़ी टुकड़े हुई लाठी और सिपाहियों कि गिरफ्त में लाखन को देखा तो उनको कुछ भी पूछना नहीं पड़ा। उन्हें देखकर हरी ने खुद को छोड़ने की गुजारिश करते हुए करने लगा क्योंकि उसको जरा भी अंदाजा नहीं था कि रामबचनजी उसकी करतूतों से बहुत अच्छे से वाकिफ हैं और छगन का खेल भी खत्म हो चुका है। पुलिस ने उसको पकड़ने के लिए सिपाही भेजे थे और अगर वो यहाँ नहीं आता तो वो अब इस वक्त तक खुद भी खुद जेल में होता।

हरी – सर ये देखिये आपके रहते यहाँ क्या अन्याय हो रहा है। एक शरीफ इन्सान को ये लोग बंधक बनाने की कोशिश कर रहे हैं।

रामबचनजी ने गुस्से में अपने सिपाही को देखा और सिपाही ने बिना कुछ भी कहे वहां से लाखन और हरी को जीप की तरफ धकेलना शुरू कर दिया। रामबचनजी ने देखा कि अप्पू बिलकुल ही बेहाल हुई जा रही तो धीरे से उसके पास बैठे जाकर। अप्पू की माँ ने उनके लिए थोड़ी सी जगह छोड़ी। बैठकर अप्पू के सर पर हाथ फेरा और जैसे ही वो कुछ कहने को हुए।

अप्पू – क्या गलती थी मेरी? क्या गलती थी स्नेहा की? क्या गलती थी मंगल की? बताइए न सर! बता दीजिये आज आखिर कि हम में से किसी की भी क्या गलती थी?

रामबचनजी चुपचाप सर झुकाए उसको सुन रहे थे। अप्पू की सांसे उखड़ रही थी रोते रोते। वो चुप ही नहीं हो रही थी और सांसे उसको सही से आ नहीं पा रही थीं। हिचकियाँ भरते हुए अप्पू ने ये सवाल किये जिसके जवाब शायद हममें से किसी के पास नहीं थे।

रामबचन – अप्पू बेटा मैं जानता हूँ तुम्हारा स्नेहा का या मंगल का कोई कुसूर नहीं था। तुम लोगों ने सजा पायी उसकी जो तुम लोगों ने किया ही नहीं था। बेटा, मैं रोज ऐसे लोगों से दो चार होता हूँ जिनके घर पर ऐसी कोई विपत्ति आई होती है। लेकिन आज दिल फट सा गया है, इतनी कोशिश की मगर मंगल को तब भी जान गंवानी ही पड़ गयी। मैं जीवन भर ये बोझ लेकर जी नहीं पाऊंगा।

सुशील – मैं आपका दुख समझ सकता हूँ। अप्पू बेटा तुम बहुत बहादुर हो तुम्हें अभी जीवन में बहुत कुछ देखना है। पूरा जीवन पड़ा है। बस आज कि घटना से इतना ही नाता रखना कि ऐसा कुछ हुआ था मगर तुम टूटी नहीं थी कि तुम मेरी बहादुर बच्ची हो न।

अप्पू(सिसकते हुए) – सर, सब कहते थे मंगल नीची जाति से था पर मेरे और स्नेहा के साथ बलात्कार करने वाले तो सब हमारे ही साथ वाले थे। सवर्ण थे। उनको क्यों तरस नहीं आया हम पर? हमने ऐसा क्या कर दिया था कि मौत से भी बदतर जिंदगी देने की कोशिश की उन्होंने हम दोनों को? मंगल न होता तो शायद मैं भी जिंदा भी न होती और इसलिए वो भी उनका दुश्मन हो गया! वो मार दिया गया! ठीक ही हुआ। मर गया ये। ये इस समाज के लायक ही नहीं था। इस समाज में मानवता सिर्फ किताबों में ही रहनी चाहिए। मेरे बापू गुस्से में इतने अंधे हो गये, मान सम्मान उनके लिए इतना बड़ा हो गया कि अपनी खुद की बेटी की उनकी जिंदगी में कोई अहमियत नहीं रह गयी। झूठी बदनामी का डर इतना था कि खुद कातिल बन कर तीन लोगों को मौत के घाट उतार दिया पर पश्चाताप का एक आंसू नहीं निकला। घिन आती है इस इंसान को अपना बाप कहते हुए। एक बार अपनी ही बेटी से पूछते नहीं बना कि बिटिया क्या हुआ...तुम मुझे बताओ! कोई कुछ नहीं कहेगा, सब तुम्हारे साथ हैं। कितना संबल मिल जाता उस वक्त। लड़की का कौमार्य ही सब कुछ होता है बस समाज के लिए, वो किस परिस्थिति में हुआ इसका या जिसने किया उसको कोई नहीं पूछता। मैं समाज को क्या मुंह दिखाउंगी सोचकर कितनी लड़कियां आने साथ होने वाले अपराध को नियति मान लेती हैं मगर समाज इस बात को मानने को तैयार नहीं होता कि बलात्कार सिर्फ एक दुर्घटना है और जिनके साथ भी दुर्घटना हो उनको ख्याल की जरूरत होती है। और मैंने तो वो भी नहीं चाहा मगर एहसास जरूर करवा दिया गया मुझे कि मैं अछूत से भी गयी गुजरी हूँ भले गलती किसी और की हो।

सुनीता – बिटिया यउ समाज लड़किन कइहाँ नाय समझ पइहय। लाख बोलत रहेन कि पुलिस बुलवाए लेओ लेकिन औरत हन न, हमरा कहा कोई काम का नाय हय।

रामबचन – बेटा जो होना था वो तो हो ही गया! रोके न रुक सकता था वो। तुम्हें अब खुद को और अपनी माँ को सम्भालना होगा। तुम बहुत बहादुर हो मेरी बच्ची। तुम टूट सकती थीं मगर तुमने खुद को इस स्थिति में भी सम्भाल कर रखा था, इसलिए मैं कहता हूँ कि औरत से ज्यादा सहनशील और मजबूत कोई हो ही नहीं सकता।

अप्पू – टूटी तो मैं अब भी नहीं हूँ सर क्योंकि मुझे अगर टूटना होता तो मैं कब टूट चुकी होती मगर मुझे तो दुःख इस बात का है कि इतनी बड़ी बड़ी घटनाओं के बाद भी गाँव वाले स्नेहा और अप्पू को उस तरह नहीं अपनाएंगे जैसे वो पहले करते थे।

रामबचन – मुझे एक बात बताओ बेटा। किसी को समझाना ही क्यों है? किसी को अगर फर्क पड़ता है तो वो तुम्हारा अपना परिवार है, तुम्हारी माँ है दादी है, स्नेहा की माँ है। ये कुछ लोग अब भी तुम्हारे साथ हैं। और नहीं भी हो न तो तुम खुद में गलत नहीं हो इसलिए अपने मन में किसी प्रकार का मैल न रखो। एक मिनट, सुनीता जी आप यहाँ कैसे? आपको कैसे पता चला कि अप्पू यहाँ है?

सुनीता – साहब अम्मा केरी तबेत खराब हुइ गे रहय। तबहिन तउ हियाँ आएन हन। अरे उनका तउ हरद्वारी दद्दा संगे छोड़ी रहन। अप्पू बिटिया तुम्हरे जावे के बाद अम्मा कुछौ नाय खाय पी रही रहैं।

अप्पू – दादी की तबियत खराब है, हमको ले चलो दादी के पास। अम्मा ले चलो हमको,

रामबचन – हरद्वारी को भी गिरफ्तार करना पड़ेगा, उसने भी तुम्हारे बापू का साथ दिया था अप्पू। छगन ने सब कुछ बताया दिया है।

अप्पू मंगल के पास से उठाया गया और अस्पताल वालों से कह कर मंगल को उठाकर एक अलग कमरे में रखवाया गया, अप्पू बिलखती रह गयी जब मंगल को उन्होंने छुआ। उसकी हर चीख दिल में टीस छोड़ जाती थी मगर उसने भी नियति को स्वीकार करना ठीक समझा क्योंकि वो बहुत ही बहादुर और खुद को समझने वाली लड़की थी। उसको ज्यादा समझाना नहीं पड़ता था और ये गुण उसमें जीवन की हर परिस्थिति को लेकर था। अप्पू, सुनीता, मैं और रामबचन जी वहां से उठकर वहां गये जहाँ दादी भर्ती थी, थोड़ा बीपी गड़बड़ होने की वजह से दादी की तबियत खराब हुई थी। कुछ देर के इलाज के बाद वो सही थी और हरद्वारी का हाथ थाम कर बैठने की कोशिश कर रही थी।

रामबचन जी और उनके साथ सिपाही को देखकर हरद्वारी ने खुद ही अपने हाथ आगे कर दिए। दादी भौचक्की सी रह गयी जब उनके सामने अप्पू गयी। अप्पू को देखते ही उनके आंसू किसी झरने की तरह बहने लगे। अप्पू की हालत ने इतने दिनों की तकलीफें जैसे खुद ब खुद बयां कर दी हों। पूरे गाँव की सबसे खडूस बुढ़िया आज किसी बच्ची की तरह रो रही थी। अप्पू सीधे जाकर बिना कुछ कहे उनके गले लग गयी। गले लगना ही था कि दोनों को संभालना मुश्किल हो गया था एक दूसरे को। 10 मिनट तक एक दूसरे के गले से लिपट कर रोते रोते आखिरकार जब दोनों कुछ होश में आ पाई तो दादी ने कहा –

दादी – कहाँ चली गयी रहउ बिटिया। बहुत बेईज्जती हुइ गई, पूरा गाँव थू थू कई रहा हय।

अप्पू ने समझ लिया कि दादी अब भी उसे ही कुसूरवार मान रही हैं। यही तो समस्या है इस समाज की कि अव्वल हम किसी को ही अधिकतर दोषी मान लेते हैं या फिर जब वो बच जाता है तो उसे इस तरह दिखाया जाता है कि जो भी हुआ उसमें दोष उसी का ही है भले ही थोड़ा हो। दादी के साथ भी कुछ हुआ इसी तरह था। जब तक अप्पू सामने नहीं आ गयी थी सारा दोष उसी का मान रही थी वो, अब जब कि वो है सामने तो भी मन से उसको पूरी तरह निर्दोष नहीं मान पा रही थीं वो।

इस पर रामबचन जी ने फिर से अपनी कोशिश की जो वो हमेशा लोगों की सोच सुधारने के लिए करते ही हैं।

रामबचन – अम्मा तुमका पता नाय हय अबही कि तुम्हरी अप्पू बहुत बहादुर हय। अइसी हिम्मती लड़की हम अपन पूरी ज़िन्दगी मा नाय देखे हन। तुमका बतइबा तउ होस फाख्ता हुई जइहैं तुम्हरेऊ।

फिर रामबचनजी ने दादी को शान्ति से सारा किस्सा सुनाया यहाँ तक कि मंगल की मौत तक सब कुछ बता डाला।

दादी (रोते हुए) – बिटिया, हमका माफ कइ देओ, हमहीं अंधरे रहन जिका समझ नाय आवा कि बिटिया केरी हालत समझ पउतेन।

अप्पू के दिल में पहले ही दादी के लिए कोई भी दुर्भावना नहीं थी, जब देखा कि दादी की हालत बिगड़ने लगी है तो उसने उन्हें दिलासा दिया और कहा

अप्पू – दादी हमरी कोई गलती नाय रहय, मगर गाँव वालन केरी मानसिकता अइसन हय कि चाहत हुए भी गाँव मा कदम नहीं रख सकेन।

दादी – हां बिटिया लाखनौ बहुत गलत किहिस। हमरा तउ जीवने नास हुई गवा। सब बर्बाद हुई गवा बस। हम का बिटिया का मालूम घर के बाहर का हुई रहा, अउर गुस्सा मा आदमी इत्ता पागल हुई जावत हय। ऊकी सजा तौ मिल्हेक चही जरूर।

अप्पू ज्यादा तो बोल नहीं पा रही थी इसलिए उसकी माँ ने उसको उसके कमरे में छोड़ा और अप्पू ने सबसे अलग होकर मंगल का हाल सोच सोच कर सिसकने लगी। वो कर भी तो नहीं पायी कुछ सब कुछ इतनी तेजी से हुआ। उसका अपने पिता से भी मन उचाट हो गया था जिसने गुस्से में आकर तीन जान खड़े खड़े ले ली। वो सोच रही है कि इंसान अपने मन का कितनी

बुरी तरह गुलाम है। मन हुआ तो बलात्कार की कोशिश कर ली, मन हुआ किसी का खून कर दिया। मन हुआ किसी का पूरा जीवन बर्बाद कर दिया। सिर्फ मन के वश में होकर इतनी बड़ी घटना कर डाली हरी, छगन और बाद में लाखन ने भी। किसी का सबसे ज्यादा दोष था इस पूरी घटना में तो छगन का था। उसकी विकृत मानसिकता जो सिर्फ लड़कियों को अपने से नीचे देखना चाहती है, जो सिर्फ यें चाहती है कि जिस लड़की पर मन आ जाये वो उसके बिस्तर पर हो और मना करने पर वो वही करे जो उसने स्नेहा के साथ किया। उसके दिमाग में सिर्फ और सिर्फ बदले की भावना और हवस घूमती रहती थी।

जमुना और सरपंच को अपने लड़के की करतूत का पता गाँव वालों से चला और उन्होंने एक बार भी थाने जाकर हरी की खोज खबर लेने की कोशिश नहीं की। उन्होंने खुद को बेऔलाद मान लिया था ऐसे कुचरित करने वाले कारनामें सुनकर अपने इकलौते बेटे के। बहुत रोये इकलौते बेटे के गम में मगर उनके मन में बेटे के लिए फिर कभी प्यार नहीं आ सका, न ही वो खुद को अप्पू का सामना करने के लिए तैयार कर सके। इन सारे कामों में पुलिस ने अपना काम पूरी ईमानदारी से किया और दोषियों के खिलाफ बहुत सख्त केस तैयार किया।

ये अप्पू का दृढ़ निश्चय और इच्छाशक्ति ही थी की वो फिर से जी सकी। अप्पू ने दादी के समझाने के बाद भी शहर में रहने का फैसला कर लिया। कुछ समय बाद उसको अस्पताल से छुट्टी मिल गयी। और वो रामबचन जी के एक दोस्त जिनका घर खाली पड़ा था उनके घर अपनी माँ और दादी साथ रहने चली गयी। समाज तो नहीं बदला मगर अप्पू का जीवन ज़रुर बदल दिया इस घटना ने। मगर अपने जीवन की इन भयानक रातों के बाद अप्पू ने आगे की पढ़ाई और नयी जिंदगी की शुरुआत वहीं की और खुद को बस इस काबिल बनाने में लगी रही की आगे कभी वो किसी की इस तरह मदद कर सके और किसी की जिंदगी में नयी उम्मीद लौटा सके। शायद अप्पू अब किसी और के जीवन में उजाला करने को बेकरार थी।

www.ingramcontent.com/pod-product-compliance
Lightning Source LLC
LaVergne TN
LVHW060452051026
849518LV00002B/740
* 9 7 8 8 1 9 3 8 1 0 3 4 7 *